CON DERROTERO INCIERTO

Wilson Rogelio Enciso

Cualquier parecido con la realidad no deja de ser más que una simple coincidencia… o, quizá, un capricho del destino.

PUKIYARI EDITORES
www.pukiyari.com

Ni siquiera el amor sincero contrarresta, ni evita, las fuerzas corrompidas del deseo, del odio... menos, aún, las de la inicua y desesperada venganza.

Índice

PRÓLOGO

Para un escritor las palabras lo son todo. Son el lienzo y la pintura. Son los acordes y los instrumentos. Son la cámara y el sujeto. Con las palabras, el escritor tiene que crear universos y personajes, darles vida y echarlos a andar sobre la página.

En el momento en que el escritor se sumerge en el ancho universo de las palabras, el escritor tiene el poder. Y un buen escritor será capaz de enganchar nuestra emoción e imaginación, suspendiendo por un instante las olas de la vida diaria para llevarnos por los vericuetos de su trama.

Ese es el poder que Wilson Rogelio Enciso tiene cuando toma las palabras y las hace suyas para crear mundos alternos en donde la creación no es solo espejo fidedigno de las cosas tal y como las conocemos sino también una expansión que toca en el nervio mismo del mundo interno, del nuestro y el de los protagonistas, que por un instante se intersectan en la constelación de la tinta.

En "Con derrotero incierto", el escritor nos lleva una vez más a inverosímiles situaciones vernáculas de un país al que él se refiere como sub-continental. Como participantes verdaderos en situaciones similares en países no tan distantes culturalmente del que Wilson Rogelio Enciso describe, los lectores notamos la sonrisa y la rabia aflorar al leer, sintiéndonos parte de la historia que nos refleja tal y como somos, jalándonos hacia la trama, sus personajes, y todos sus problemas, resentimientos e idiosincrasias provenientes de una sistémica inmersión en las avinagradas existencias resultantes de economías de miseria; y, de la misma manera, haciéndonos sentir avergonzados de aquello que es cierto y al mismo tiempo negado a diario en nuestros mundillos latinoamericanos.

"Con derrotero incierto" es una novela que narra la historia de un hombre y dos mujeres, con sentimientos, pasiones, intereses y formas de amar y ver la vida totalmente diferentes, pero con un final dramático común. La historia se desarrolla en un contexto políticamente convulsionado, donde imperan el desequilibrio socioeconómico, la cultura del engaño, el ardid y el deseo de enriquecimiento rápido, sin medir consecuencias ni reparar en daños colaterales. Es una narración inmersa en la nostalgia social que hilvana en su argumento el amor de los protagonistas con el intrincado juego de la política que, de forma inexorable, afecta todos los aspectos de sus vidas.

Con esta novela Wilson Rogelio Enciso no solo atrapa, sino que prosigue desarrollando la voz única y memorable que nos dedicó con su novela finalista del IV Concurso Internacional de Novela Contacto Latino, "La Iluminada muerte de Marco Aurelio Mancipe", publicada también por Pukiyari Editores en el 2016.

Ani Palacios
Escritora/Ganadora del ILBA 2010, 2011, 2014
Presidente, Contacto Latino
Presidente, Pukiyari Editores

EL SECUESTRO

Cuando creía haber superado casi todas las dificultades que caracterizaron su relación con Arinhayeth, durante los nueve años y tres meses que llevaban hasta entonces, Nosly fue secuestrado por delincuentes comunes. El propósito de aquellos era venderlo a la guerrilla, pues lo confundieron con un agente encubierto de la DEA que iba a pasar en ese momento por aquel centro comercial donde tenía citada a su amada Arinhayeth para ir a cenar, luego al cine y, más tarde, tal vez, a bailar y celebrar la enésima reconciliación, tras la discusión de la semana anterior cuando la volvió a descubrir en reincidencia con el último de sus "deslices", pese a sus recientes promesas en el sentido de que esa sí era, de verdad, la última vez que lo hacía; que eso no volvería a pasar, que no lo volvería a engañar. *En traiciones de amor la primera, tal vez, sea culpa tuya. La segunda es mía. La tercera, nuestra. Pero, en todo caso, las consecuencias serán siempre funestas,* pensó Nosly minutos antes de que su vida cambiase para siempre.

Los secuestradores tenían, además de una fotografía poco nítida, una descripción casi exacta de su víctima, es decir, del agente; quien por aquellas circunstancias de la vida y del destino tenía la contextura, edad y estatura de Nosly, así como un asombroso parecido físico. La información adicional que poseían de la seleccionada víctima, es decir, del oficial de la DEA, era que ese día, en ese sitio, y a esa hora, aquel iría a comprar un detalle para celebrarle el cumpleaños a una de sus colaboradoras de su embajada. Un integrante de una organización dedicada al secuestro, que a su vez jugaba un doble rol como miembro de la red de informantes creada por el Gobierno Nacional para fortalecer la Seguridad Republicana, lo citó con engaños en ese lugar para, supuestamente, darle una información clasificada y valiosa. Ese mismo sujeto resultó efectivo en anteriores ocasiones al entregar, por unos cuantos dólares, datos clave para la incautación de grandes cantidades de narcóticos que serían embarcados rumbo a Norteamérica.

Por un retraso del agente, dado el complicado ingreso automotor al parqueadero del Centro Comercial los Andes, Nosly pasó primero por el sitio equivocado, a la hora equivocada, cinco minutos antes de que lo hiciera el agente. Por el gran parecido de Nosly con aquel, aunque no coincidía con el vestuario, excepto por el saco de lana de color amarillo quemado, los sayones aquellos no dudaron en proceder como se les había ordenado. Fue un operativo limpio, sin llamar la atención de los visitantes que a esa hora deambulaban por los amplios pasillos. Lo secuestraron sin que nadie, ni los celadores, ni las cámaras, ni mucho menos los agentes de seguridad encubiertos que vigilaban el exclusivo centro comercial, detectaran novedad alguna. No hubo testigos. Tres hombres muy bien vestidos y hablados rodearon a Nosly al descender la escalera que daba al segundo piso y, al oído, le ordenaron seguir hacia el parqueadero, tras enseñarle con disimulo las pistolas que se alcanzaban a ver entre los abrigos. Ya en aquel sitio, lo subieron al asiento trasero de una camioneta Ford Explorer, la cual tenía vidrios polarizados. Una vez en su interior, le vendaron los ojos, le colocaron esparadrapo en la boca, lo encapucharon, le ataron las manos a la espalda y lo trasladaron, apenas se puso en movimiento la camioneta, hacia la parte trasera, en donde lo cubrieron con unas frazadas y le ordenaron no hacer ruido, ni mucho menos moverse. Quince minutos después, la camioneta tomó la autopista norte a la altura de la calle 170, con rumbo a Villa Rincón.

En ese momento Nosly se concentró en Arinhayeth y le envió, mentalmente, una alerta. Le dijo que estaba en peligro… y que la amaba. Ese mismo mensaje lo repitió a lo largo de esa noche, cada quince o veinte minutos, y durante tres días seguidos. Quería estar seguro de que lo percibiera para mitigarle, en parte, la pena y el desconcierto del incumplimiento de la cita. A las 5:45 de la tarde timbró su celular y el hombre que iba a su lado cogió el aparato, lo apagó, le quitó la batería y la tarjeta SIM, la cual rompió y arrojó por la ventanilla.

Ese día Nosly había decidido, aunque nunca bebía, tomarse unos tragos con Arinhayeth para celebrar la nueva reconciliación. Quería estar tranquilo, por lo que dejó su vehículo desde la mañana en su casa, en su formal hogar, y se movilizó en servicio público todo el día. Tampoco llevó, por seguridad, sus tarjetas bancarias, ni la chequera. De igual forma dejó la agenda, las gafas de leer de cerca, la computadora portátil y hasta las memorias (USB) en la mesita de noche de su cuarto. Quería que ese día no lo "amarrara" ni lo incomodara nada. Dispuso en su billetera la cantidad de quinientos mil en efectivo. Quizá por ello su familia no sospechó de su repentina desaparición sino hasta tres días después, cuando Soledad Daniela, su esposa, se preocupó porque no la llamaba, ni le contestaba el celular, tampoco aparecía, ante lo cual le comunicó a su hija mayor la novedad. Al cuarto día, Soledad Daniela le informó la situación a la policía, pues a las 8:30 de la mañana llamaron de la universidad en donde trabajaba y preguntaron por él, ya que en veintidós años de servicio nunca había dejado de asistir, con puntualidad y, menos aún, sin avisar o pedir previo permiso.

Al anochecer, la camioneta y sus ocupantes llegaron a Villa Rincón; pasaron de largo por el centro del pueblo y unos ochocientos cincuenta metros después de salir del casco urbano giraron a la derecha por una carretera destapada y empinada, rumbo al Valle de Trenza. Unos veinte minutos después, el automotor dejó el carreteable para internarse por una trocha en peor estado que la vía anterior. Al cabo de unos cuarentaicinco minutos de tortuoso camino, el conductor de la camioneta se detuvo junto a un camión destartalado. Ahí esperaban tres paisanos vestidos de civil, con pasamontañas y armados con fusil y carabina. Tras cruzar unas pocas palabras, sacaron a Nosly de la camioneta, le desamarraron los pies y las manos y, sin quitarle la capucha ni el esparadrapo, lo despojaron del saco de lana, la camisa, la camiseta, el pantalón, los zapatos, el reloj, dos cadenas de oro, la billetera con los cuatrocientos quince mil que aún le quedaban, así como sus documentos de identidad. Uno de los tres hombres de la camioneta tomó lo que le decomisaron y lo guardó en la bodega. El más joven de los tres paisanos le entregó a Nosly un dril, unas botas media caña de caucho, una camisa, una ruana y un sombrero, indicándole que se vistiera con tales prendas; orden que cumplió con gran dificultad, pues aún tenía la venda en los ojos y la capucha sobre su cabeza. Una vez el conductor de la camioneta con los otros dos captores, la ropa, el dinero, el celular y los documentos de identidad de Nosly, estuvieron listos para iniciar el regreso por la misma trocha, uno de los tres paisanos le sacó la capucha, el vendaje y el esparadrapo, y lo obligó a subir al desvencijado camión. Minutos más tarde se reanudó el viaje, en sentido contrario al que había tomado el otro vehículo.

Al amanecer llegaron a una casona vieja, en muy mal estado, al borde de un abismo desde donde se podía ver el Valle de Trenza. Hacía frío; frío de páramo. El hombre armado con la vetusta carabina que lo vigiló toda la noche le hizo entrega de una especie de chaquetón tejido en lana virgen; ropón que olía a sudor recalcitrante; pero hacía mucho frío y Nosly prefirió soportar el humano hedor, a seguir tiritando; no se iba a exponer a adquirir una enfermedad, y menos una pulmonía, pensó preocupado. A unos trescientos metros de la vieja y destartalada casona quedaba el subterráneo y bien camuflado cambuche; una habitación que a partir de ese momento sería la de Nosly, y de donde solo saldría una vez al día, por espacio de dos horas para hacer sus necesidades, tomar el sol, muy escaso por esos lares como consecuencia de la perenne neblina, y responder el diario e intimidante interrogatorio de uno de sus captores.

Un hombre desgarbado, pálido, de aire campesino y tosco, a diario le insistía a Nosly, cuando se le permitía salir del cambuche, que debía, si aún esperaba vivir, suministrarle el nombre y los datos precisos de sus hombres, así como el de los otros empleados de la embajada que pudieran ser de interés comercial para su organización, y objetivo militar, económico y político para la guerrilla, siguiente etapa de su periplo. A lo cual Nosly, atribulado, siempre respondió no saber en absoluto de lo que se le estaba preguntando, pese a los castigos a los que de forma reiterada fue sometido por no colaborar. Insistía, y al final suplicaba, para que le creyeran que él era un docente universitario desde hacía más de veinte años; que no era el tal agente encubierto míster Sánchez James, y que mucho menos estaba adscrito a la DEA. Les decía que no tenía hombres a cargo, que no estaba en ninguna operación encubierta, que no sabía nada de ninguna embajada. Y les rogaba que confirmaran su versión llamando a las dos universidades en las que trabajaba.

Tres semanas y media duró aquel suplicio y entierro en vida en el cambuche. Al final de ese periodo Nosly fue vendido por doscientos millones al frente guerrillero con jurisdicción e influencia en aquella zona, el alto precio se debía a que lo continuaban etiquetando agente encubierto de la DEA y poseedor de información clasificada que sería de mucho interés para la causa insurgente, suponían. Con sus nuevos carceleros caminó durante mes y medio por aquellas montañas, siempre rumbo al norte, aunque a veces le parecía estar haciéndolo en círculos, sin avanzar nada, custodiado por los veinticuatro integrantes de aquella columna, junto con tres plagiados más, con los que no lo dejaban intercambiar palabra.

Desde un punto de vista práctico, para Nosly la ventaja de haber sido vendido a la guerrilla consistió en el suministro de botas nuevas de caucho; de mejor calidad que las que le entregaron sus anteriores captores, las cuales se rompieron rápido; un pantalón, una chaqueta y un gabán de dril camuflados, así como un sombrero llanero, verde oliva, por los que de inmediato cambió su ajuar, quedando uniformado, como todos, incluso los otros rehenes. Finalmente, Nosly, sus captores y los demás secuestrados llegaron al definitivo sitio de su reclusión; es decir, a un campamento ubicado en unas elevadas y escarpadas montañas, equidistantes de los municipios de Coromoros y Encinos, en el departamento de San Tandeo, y de Santa Rosita, en Bocayá; bucólico y frío paraje donde nacen innumerables riachos que se descuelgan por las estribaciones de la Cordillera de Oriente.

Seis meses después de haber sido vendido a la guerrilla; y una vez que esa organización verificó la verdadera identidad y dedicación de Nosly, además de haber comprobado que, como las de la gran mayoría de profesores de aquel país, en particular los universitarios, sus cuentas bancarias no lo hacían merecedor para declararlo de interés político, militar, ni mucho menos económico; entonces le comunicaron la decisión para el cambio de su estatus. Dejaría de ser prisionero político para convertirse, si aceptaba, en compañero de lu-

cha, siempre y cuando se quedara con ellos y se dedicara a enseñarles proyectos, administración y finanzas
a los muchachos de esa organización, para, de esa
forma, cubrir los gastos en los cuales ellos incurrieron
en su negociación, es decir: los doscientos millones de
la compra inicial, más los gastos que les había significado todo el tiempo que llevaba con ellos, que a esa
fecha, según contabilidad rebelde, ascendía a trescientos setenta y cinco millones, incluidos intereses. La opción, la única que tenía Nosly era esa, o ir al frente de
lucha como combatiente raso, con fusil, para enfrentar
a sangre y fuego, como lo expresaban los insurgentes,
*"las fuerzas retardatarias del régimen, del gobierno
burgués, hasta conseguir la victoria soberana para el
pueblo oprimido, o morir en el intento como un héroe
de la revolución".*

INFANCIA MONTARAZ

En ese postrer y letal momento toda su difícil y amarga vida, desde su agreste infancia hasta aquel fatal desenlace, pasó por su mente, con atropello, en fracción de segundos, como en cámara lenta. Fue en ese preciso instante cuando Arinhayeth quiso que Nosly, su "Yiyo del alma", supiera toda la verdad. Pensó, y así lo deseó con toda la fuerza de su moribundo corazón, que si él se enteraba, final y plenamente, de su escondida historia, la iba a comprender en su inicuo proceder; ese que tanto daño le causó, no solo a ella, en especial a él; entonces, entendiendo las causas de su conducta, la perdonara y la fuera a buscar al más allá, como tantas veces él se lo cantó, narró y prometió.

Por tal razón, y consciente de la escasez de tiempo que le quedaba para hacerlo, Arinhayeth instó contarle a Nosly gran parte de su frívola y tapada vida. Comenzó evocando su imagen cuando era una niña. Se vio parada frente a esa vaca que se murió en uno de los potreros de la finca de los Vera. Recordó, también, los gallinazos que se peleaban por la carroña. Aquellas aves negras entonaban un graznido, una especie de ruido ronco emanado de sus cuellos; algo así como un: «goss, goss», mientras desmembraban los intestinos del semoviente. Nunca entendió la razón por la cual esas aves solo se comieron el interior del animal muerto; ni el por qué, por fuera, la vaca se veía completa, con el estómago inflado; tampoco de qué murió. En aquella finca vivía doña Adelina y su esposo: don Aurelio Chaparro, exactamente frente a la casa de su abuela Maruja. Evocó, en su agonizante pensamiento, aquellas dos propiedades, la de los Vera y la de su abuela, separadas por la carretera que venía desde El Placer y subía hasta El Cabuyo. Aquellos dos predios estaban rodeados por otras fincas como la de Río Blanquillo, propiedad de las Martínez, las señoras Mima y Necha; El Manzanar, de Luz H. Vivas; El Danubio, del doctor Camilo, predio este que limitaba por el costado noroeste con la casa de su abuela Maruja, y que no tenía potrero, pero sí una gran extensión en donde se cultivaba café, plátano, guamos, aguacates, robles y otros árboles. Por el otro costado, al nororiente, estaba el potrero de los Vera, luego la finca de don Tulio Álvarez, más allá la de don Carlos Navia. Aquel señor, don Carlos Navia, solía subir, casi todos los días, a llevarse las cantinas llenas de leche para venderlas en Puebloyán, la capital del suroccidental departamento del Caucal. A ella le encantaba abrirle la portada para que don Carlos pudiera pasar sin tener que bajarse del carro... pues ese señor era muy correcto y generoso; le pagaba tal favor con monedas, y aunque ella no conocía su valor, siempre corría, feliz, a entregárselas a su mamá, quien sonreía y las guardaba. El único que pagaba era él, don Carlos Navia; los demás no y eso que para hacer dicho favor, es decir, abrir la portada, sobre todo en invierno cuando se formaba un barrizal, además de estar pendiente cuando viniera un carro, tenía que caminar unos ochocientos metros por la enfangada carretera.

En esos fatídicos instantes de introspección fúnebre, Arinhayeth recorrió el Río Blanquillo, el que nace en la parte más alta de la montaña, en un punto llamado Velasquillo. El trepidante caudal de aquella montaraz fuerza vital la asustaba cuando llovía, pues crecía tanto que el color de su agua cambiaba de transparente cristal a amarillo turbio, por lo cual, durante tales crecidas, ella no podía lavar la ropa, ni bañarse, mucho menos brincar de piedra en piedra, como solía y disfrutaba hacer. Su madre les decía, a ella y a sus hermanas, que no fueran por allá durante ni después de haber llovido, ya que era peligroso; pero a veces, a escondidas, lo hacían para jugar con arena y piedras, así como para escuchar y para ver la fuerza intimidante de su creciente. Cuando retornaba la calma, su agua volvía a verse limpia y cristalina; y entonces ellas permanecían todo el día merodeando por su orilla. Primero lavaban los pañales para que se secaran; la ropa blanca la ponían un rato al sol, con jabón, para que blanqueara; después la enjuagaban. Casi siempre llevaban, de regreso a casa, toda la ropa limpia y seca. Cuando les daba hambre comían moras, guayabas, uchuvas, guindas y otras bayas que abundaban, generosas y gratuitas, entre las matas del monte. También hacían, con piedras y palos, una especie de piscina para bañarse; se subían a un barranco y desde ahí se colgaban de las ramas de los árboles para finalizar lanzándose al río.

En ese instante, con moribundo delirio, Arinhayeth evocó a su tía Ernestina. Cuando su tía iba a la casa las asustaba diciéndoles que se iban a volver peces por estar siempre en el río; o que, si no le hacían caso a su mamá, el duende se las iba a llevar por desobedientes.

Antes de trascender, Arinhayeth revivió aquella escena que le aportó la primera cuota en el proceso de insensibilización de su alma. Entonces no supo qué sucedió con Mauro, su hermanito menor, con ese niño tan lindo. Ese día el padrastro de su mamá, don Nero, fabricó un ataúd y lo pintó de color azul cielo; luego lo colocó en la sala, junto a un cirio blanco encendido… y el niño, de un momento a otro, apareció en su interior, acostadito, con sus ojos abiertos; se veía de un blanco que hería la vista. Arinhayeth no alcanzaba a comprender por qué su hermano estaba ahí, metido en esa caja de madera. Por los espacios que quedaron en la tapa lo podía ver. Luego se fueron todas las personas grandes, entre ellas su mamá, quien se había puesto un vestido negro, y solo lloraba y lloraba, y luego con un pañuelo blanco se limpiaba las lágrimas. Arinhayeth recordó, de forma vaga, a uno de sus tíos que llevaba la caja de madera sobre su hombro. Cuando regresaron, ya era de noche. Dejaron el ataúd en alguna parte. A ella nadie le contó que ese niño, su hermanito, había muerto. Y aunque se lo hubieran dicho, a esa edad, no lo habría entendido, o aceptado. Lo cierto fue que lo extrañó toda su vida. Fue una sensación de ineluctable vacío. Como una culpa ajena de imposible e inexplicable perdón.

Antes de partir, Arinhayeth vio en su mente cuando su mamá la mandaba a conseguir escoba silvestre pata de palomo para barrer la casa y los patios. Nunca iba sola, siempre lo hacía con alguien grande, o a veces con su prima Elisa, o con una de sus hermanas mayores: Alcira o Triny. Las ramas para armar la escoba las conseguían en la finca de don Tulio, quien tenía allí ganado lechero y donde pastaba aquella vaca de color blanco con negro, muy mansita, que se llamaba La Haragana. Ese animal producía gran cantidad de leche, por lo que siempre la ordeñaban usando una botella para recoger el precioso líquido, tomarlo aún tibio y saborear su bucólica y blanca espuma. Desde luego que lo hacían a escondidas de los de la casa, y también de don Tulio. Nadie se podía enterar de tal pilatuna, pues las castigarían. Evocó que cuando don Tulio se iba para Puebloyán, su mamá también ordeñaba, a escondidas, las vacas y preparaba queso.

El fúnebre y fugaz vuelo de su mente llegó hasta la casa de Maruja, su abuela materna, en un sitio llamado La Selva, zona rural y al noreste de Puebloyán. La casa estaba rodeada de matas de café, aguacate, guamo, plátano y otros árboles. Tal inmueble era muy grande, estaba hecho de bareque, cubierto con tejas y hojas de zinc. Recordó que con un balde sacaban el agua de un aljibe cercano, con la que tenían que llenar una tinaja de barro y varias ollas. Allá vivían, además de su abuela Maruja y su esposo Nero, varios tíos, su tía Ernestina y, desde luego, su mamá, quien dormía en un cuarto con sus hijas menores. Ella, Arinhayeth, lo hacía en otra habitación con Adulfo, su hermano mayor, y con su tío Asdrúbal. Cuando por la noche sus hermanas lloraban, la abuela le decía a su mamá que dejara dormir, o que mejor buscara para donde irse.

En la cocina había una hornilla grande a la que se le ponía leña para cocinar. A Arinhayeth le gustaba sentarse, en las noches, al pie de la hornilla, por el calor que daban las brasas y porque le dolían mucho las canillas. No recordó quién le había dicho que se frotara ceniza caliente: «Eso es un frío que se le metió y solo se cura con la escoria del fogón». A veces la abuela, cuando servía la comida, les daba, de muy mal modo, a ella, a su madre y a sus hermanas, un pedazo de carne. Solía tirarlo desde lo alto para que cuando cayera al plato de la sopa salpicara y las quemara; pero no tenían derecho a protestar, por no tener una casa propia, o algo así, les enrostraba seguido la abuela Maruja.

Arinhayeth volvió en sus ensueños a su primer trabajo. Tenía como seis años y el doctor Camilo necesitaba gente para sembrar pasto. Como sus tíos y su madre trabajaban en eso, Arinhayeth fue contratada para aquel duro oficio. Cuando llegó el día del pago, el doctor Camilo le dijo que pasara ella primero por ser la única niña. Recordó que en ese momento sintió que todos la querían. Cuando le pagaron, hubo risotadas. No supo cuánto le dieron en esa oportunidad, pues todavía no distinguía los números, y menos el valor de los billetes y monedas. Recibió un sobre como el de las cartas del correo, adornado con bordes de colores, y por dentro venían esos papeles que los mayores llamaban dinero, el cual de inmediato entregó a su mamá.

En tan aciago periplo Arinhayeth llevó su pensamiento hasta el sitio en donde cogían moras para venderlas en las calles de Puebloyán. Con el escaso producido de aquel comercial intercambio, Alcira, su hermana mayor, compraba parte del mercado para llevar a la casa. Arinhayeth la acompañaba y cuando terminaban iban a visitar y a llevarle parte de las moras a la señora Mima; ella las compensaba con dinero y con algo para que comieran durante el viaje de regreso. El bus solo llegaba hasta El Placer, a unos setentaicinco minutos, a pie, de la casa; de ahí en adelante caminaban por la carretera. Si pasaba algún carro, como fuera se "changaban" en él, pero, por lo general, casi siempre caminaban todo el recorrido y llegaban a la casa ya entrada la noche.

En sus visiones vio a su hermana Alcira cuando la llevaba, muy seguido, a la finca de Río Blanquillo, donde la señora Inés Martínez, a quien con cariño llamaban doña Necha. Para llegar hasta ese lugar tenían que cruzar por la finca del doctor Camilo, buscando atajos por donde no hubiera ganado bravo. Aquel era un paraje con árboles de pomarrosas, muchas aves y gansos que le producían miedo, pues los veía muy grandes. A ella le parecía que esas aves como que se la iban a comer cada vez que instaba acercarse a la piscina donde se la pasaban. Allí, por primera vez, montó en el columpio volador. Era un palo largo, de unos dos o tres metros, el cual se enterraba para darle firmeza; en el extremo de arriba se colgaban dos lazos; la persona que se columpiaba se sentaba en uno de ellos y otra la impulsaba; el lazo se iba cruzando hasta enredarse en el palo con los otros participantes. Esa vez jugaron con las hijas de la señora Mónica Martínez; ellas vivían en Puebloyán y habían ido de paseo a la finca. En esa oportunidad Arinhayeth se cayó del columpio desde una altura de casi un metro y medio, pero solo fue un susto. Todas las participantes, al comprobar que no le había pasado nada grave, siguieron jugando durante un buen rato, hasta cuando fue tiempo de regresar a la casa. Y es que la mamá era muy estricta con Alcira y la regañaba porque hacía o porque no hacía, y muy en especial cuando se demoraba en los mandados. En fin, la amonestaba casi por todo.

Arinhayeth se sintió de regreso al día cuando murió Tránsito, su bisabuela materna. Fue una noche muy oscura. Su prima Constanza trabajaba en Puebloyán y al retornar le dijo que la bisabuela había fallecido, que tenían que arreglarse para ir al velorio. En ese momento le pareció verla aparecer, como de la nada, como solía hacerlo, por lo general cuando las velas casi se apagaban con el viento y la lámpara de petróleo apenas si alumbraba en la cocina. Sí, allí aparecía la bisabuela. Llegaba de visita con una jigra de cabuya guindada a la espalda desde la cabeza, en la cual les llevaba papa, yuca, galletas y pan. Se quedaba unos días y luego se tornaba para su casa.

Y así, recogiendo sus pasos, Arinhayeth llegó hasta el día cuando se cortó el pie. En su infancia, como no tenía zapatos, caminaba descalza por las trochas para llegar más rápido, ya que por la carretera era más largo el camino. Dichas mangas solían estar separadas por broches, una especie de puerta hecha con dos palos agarrados de una cerca de alambre de púas. Aquel día, al pasar por uno de ellos, un alambre suelto lesionó la planta de su pie derecho. La herida sangró mucho, pero, casi sin importarle, ella siguió caminando por entre el pasto hasta llegar a la carretera. Su hermana Alcira se asustó, pues el sangrado no paraba, por lo que la cargó a tuta. La llevó así hasta la casa y allá le hicieron una curación. Con el paso del tiempo la herida cerró, luego le nació un grano, un poco más arriba de la cortada, tal vez por caminar descalza. A veces se colocaba unos zapatos viejos y rotos, dejados por su hermana Alcira cuando ya no le quedaron buenos a ella. Esos zapatos, a su vez, se los había regalado a ella una de las hijas de las Martínez, tres años atrás, un día que fueron a su casa y se conmovieron al verla descalza.

Retrocediendo en el tiempo de las evocaciones, Arinhayeth se vio cuando era muy chiquita. Recordó que no se quedaba quieta un solo instante y que permanecía jugando entre cuanta charca se formaba a la orilla de la carretera. Cuando le daba sed, la mitigaba en unos ojitos de agua limpia que brotaban de los barrancos. Ese grano no se le quitaba con nada, pese a que la hacían bañar con agua caliente y limón, al no haber posibilidad alguna de asistencia médica. Después le salieron otros granos en las piernas y en los brazos; estos le picaban mucho, por lo que le aplicaban más limón y baños con hierba de mora, usada popularmente en la zona rural del departamento del Caucal para curar heridas.

En esa época fue que apareció su padrastro: don Tulio Álvarez, cuando vendió la finca de La Selva y adquirió una cafetera en Timbianí, a veinte minutos al sur de Puebloyán, capital del Caucal. La nueva finca se la compró al doctor Ricardo Bejarano, quien tenía un hijo que también era médico. Este último, días después, al pasar por allá, le revisó a Arinhayeth esa llaga impresionante en el pie, que era en lo que se le había convertido el primer grano. Conmovido al verla descalza, fue al pueblo y le compró un par de zapatos nuevos, un par de medias y una crema para que se aplicara. También, en esa oportunidad, le dijo que si quería que la lesión se le desapareciera tenía que cuidarse de la mugre y de las aguas sucias, así como usar, siempre, medias y zapatos.

Su moribundo recuerdo recorrió el día cuando el doctor Ricardo habló con su tía Ernestina para que le permitieran llevarla a la ciudad de Argelia, al consultorio de su hijo, para que le mirara el pie y le diera una nueva receta. Para tal fin, Arinhayeth estuvo por unos días en Puebloyán en la casa de ese doctor, al cuidado de una empleada que era muy querida con ella. Le extrañó que no la mandaran a hacer oficio, ni la dejaban que lo hiciera, según le dijeron, por lo pequeña. Una empleada se encargaba de la cocina y otra de los deberes de adentro. Orfilia era el nombre de la empleada que la cuidaba y con quien dormía en la misma cama. Un día, muy temprano, la levantó y le dijo que se bañara y vistiera, que se iban para Argelia, por lo que salieron en dos carros. En el del doctor Ricardo iba su familia, entre ellos una hija muy linda, a la que llamaban cariñosamente Sueñito, de bellos ojos azules y cabello mono, quien quería a Arinhayeth y le enseñó a decir palabras nuevas y bonitas. En la volqueta viajaron Orfilia, Arinhayeth y el conductor, apodado Contraguerrilla; personaje quien siempre usaba uniforme camuflado y portaba, visible, un revólver en el cinto. Para Arinhayeth fue su primer paseo. Le mostraron sitios nuevos y exóticos, con nombres extraños, muy confusos y difíciles de recordar.

Bajo el horror de su fatal e inmediato destino, Arinhayeth evocó la finca del doctor Ricardo, en Argelia. Había árboles frutales, entre los que sobresalían los de guanábana y bajo los cuales ella se sentía y veía pequeñita. Cuando alzaba la vista para observar las guanábanas, se imaginaba que eran unos gigantes inalcanzables. Se le impregnó por siempre en su mente, pero sobre todo en su alma, el perfume de esas frutas, así como el de las naranjas, las mandarinas y las piñas. En ese momento los estertores del olvido golpearon con saña su existencia; sin embargo, continuó su periplo. No le fue posible recordar cuántos días estuvo en esa finca, hasta cuando llegó el hijo médico del doctor Ricardo, quien vivía en la capital del país. Él tenía el mismo nombre de su padre.

Una tarde la mandaron subir al segundo piso de esa gigantesca casa para examinarle el pie. La llaga estaba medio sanando, por lo que le dieron otra crema para que se aplicara. Le dijeron que no podía mojarse, y que cada vez que se bañara se tenía que cubrir con una bolsa plástica para evitar el contacto con el agua. Cuando volvió a la casa y su mamá le preguntó que dónde estuvo, ella le comentó que en una ciudad muy bonita, de nombre Argelia, en una finca grande, con muchos árboles, flores y mariposas multicolores y gigantes. Su mamá le preguntó que si le había traído algo. Arinhayeth respondió que no; que no le dieron nada para llevarle. Esa sensación de desagradable pobreza y frustración le generó un gran vacío que no solo conservó, sino que la martirizó toda la vida.

Arinhayeth logró escuchar, en su atormentado recuerdo, la disposición del médico en el sentido de que la tenían que llevar de manera periódica a control. Pero, al no haber en su hogar los medios para el transporte hasta Puebloyán, ni para el pago de la consulta, ni mucho menos para los remedios, y como su mamá nunca salía de la cocina por estar haciendo todo el día el oficio

doméstico, su tía Ernestina habló de nuevo con el doctor Ricardo; él le regaló para el pasaje, la consulta y los
medicamentos de la siguiente vez.

INSENSIBILIZACIÓN

Ahí estaba Arinhayeth, recogiendo sus pasos, cuando se encontró en el consultorio de un famoso médico de Puebloyán: el doctor Ruiz, sitio al que su mamá la llevó para consultar por lo de los granos. El galeno le formuló un purgante de muy mal sabor, muy feo, llamado Antibil, y al que había que hacerle dieta; por lo cual, durante el día de la purgada, no podía comer nada.

Su agónico pensamiento regresó hasta cuando visitó al especialista en el hospital del barrio Alfonso Golpes, al sur de Puebloyán. Su mamá llevó unos huevos para vender y completar el dinero para pagar la consulta; también le dejó unos al doctor que la examinó. Arinhayeth recordó haber sido pinchada por el médico con un alfiler en la espalda, el pecho, los brazos y las piernas, mientras le preguntaba que si le dolía, a lo cual ella respondió que no. Su cuerpo, desde entonces, como su corazón, y su alma poco más tarde, eran insensibles.

Su mamá estaba ahí, observando, cuando el doctor hizo la fórmula con el nombre de los remedios que le tenían que comprar para empezarle un nuevo tratamiento. Luego, tras recibir la medicación, salieron y caminaron hasta llegar a la casa de su madrina: una modista coja de nombre Mariana. Su mamá le llevaba un corte de tela azul para que le hiciera un vestido a Arinhayeth, quien casi no tenía ropa para salir —ni de ninguna—, lo que ahora era imperativo ya que tendría que estar viniendo al médico. Arinhayeth volvió a sentir el susto y la angustia que su progenitora le causó esa vez cuando le dijo que la iba a dejar en esa casa con su madrina para que estudiara y aprendiera a coser en la máquina, para que tuviera cómo ganarse la vida. Rememoró su llanto ante la noticia y volvió a percibir en sus labios el salobre gusto de sus lágrimas. Su madre no la dejó; pero, desde entonces, cada vez que la llevaban de visita a esa casa, el miedo, el malestar y la tristeza le comprimían su corazón. Nunca, en lo sucesivo, se sintió bien ahí, ni menos con su madrina, a pesar de que ella solía hacerle unos vestidos tallados de la cintura hacia arriba y repolludos hacia abajo, lo que le hacía vislumbrar, desde entonces, su talle grácil y bonito, la oscura madrugada de su sensualidad.

Durante aquel fúnebre preámbulo también recordó un remedio de sabor horrible, más feo que el Antibil, recetado por el mismo especialista en otra oportunidad que la llevó su tía Ernestina a la consulta. Esa vez su mamá le mandó huevos al doctor para completar el pago de sus honorarios. En esa ocasión el médico no la pinchó; ni siquiera la examinó. Se limitó a elaborar otra fórmula para que continuara con el tratamiento.

Arinhayeth revivió, en sus memorias moribundas, ese primer viaje cuando acompañó a su mamá hasta Timbianí para mirar la casa a la cual llegarían más tarde a vivir. Inmueble de propiedad de una sobrina de don Tulio, quien estaba esperando allí a que llegaran Arinhayeth y su madre para darles instrucciones. La casa quedaba a la orilla del camino que conducía a otras veredas y fincas, cerca a la de don Tulio, y a unos minutos del pueblo. Luego de ver el modesto inmueble, Arinhayeth y su mamá se regresaron para La Selva, donde vivían con su abuela. Poco tiempo después, Arinhayeth volvió a viajar a Timbianí con su mamá. Don Tulio ya había pagado el arriendo de la casa de su sobrina. Esa vez llevaron ropa y ollas para cocinar, así como una cama que él consiguió. A los ocho días llegó su tía Ernestina y otro tío con el trasteo y sus tres hermanas menores que había dejado a su cuidado. Triny, la hermana inmediatamente mayor de Arinhayeth, y Alcira, la mayor, estaban estudiando en la escuela El Placer, en La Selva, razón por la cual se quedaron con la tía Ernestina hasta que culminaran el año escolar. Una vez terminaran, acordaron, se irían para Timbianí. Sin embargo, a Alcira y a su prima Constanza el doctor Ricardo les gestionó trabajo en la capital del país antes de finalizar ese año. A ellas también las invitaron a la finca de Argelia, de donde partieron para la capital. Tenían, desde luego, el consentimiento de la tía Ernestina, pero no así el de la mamá de Alcira, quien, al enterarse de tal situación, tampoco dijo nada.

Cada instante que pasaba, y en la medida que aquella toxina avanzaba y conquistaba la geografía de su humanidad, Arinhayeth sentía que disminuía el hálito de su vida, mas no la emoción de su mente por recorrer y ver, por última vez, los sitios y las personas que marcaron su infancia; sobre todo cuando iniciaron una nueva vida lejos de las ofensas de la abuela, en aquella casa que no tenía agua, y que por lo tanto las obligaba a bajar seguido a un arroyo a recogerla en unos tarros para almacenarla en una olla grande que tenía que permanecer llena para cocinar y lavar la loza.

Todas las mañanas la mamá de Arinhayeth se levantaba a limpiar la hornilla y a sacar la ceniza del día anterior para volver a prender fuego, preparar café y moler el maíz para hacer las arepas del desayuno. Al primero que había que llevarle de comer era a don Tulio, hasta su casa, y al tío Arnulfo, quien llegó a trabajar en la finca cafetera de Papá Tulio, como le comenzaron a decir Arinhayeth, y todas sus hermanas, desde entonces. Solo hasta cuando se les llevaba a ellos, ellas podían desayunar. Entre uno y otro regaño, su mamá les enseñó a sus hijas mayores los quehaceres domésticos, como el de preparar un tinto, un sancocho, pelar la papa, la yuca; y las cosas tenían que quedar como a ella, a su austera madre, le gustaban; y si no lo hacían así, las regañaba, las reprendía y les decía que nunca iban a aprender a preparar la comida y, entonces, que: «¿Cómo van a hacer el día que les toque atender un hogar y retener un marido?».

Bajo estas augustas instrucciones, Arinhayeth dominó el arte de administrar la miseria de su entorno: remendar ropa, pegar y correr botones y cremalleras, hacer colchas con los retazos de algunas prendas que ya no servían o estaban en muy precarias condiciones como para seguírselas poniendo, y, por ende, a lavar la ropa en el arroyo, el mismo en el que cogían el agua para preparar los alimentos. Se lavaba la ropa teniendo cuidado de no enmugrecer la que llegaba limpia al pozo por medio de un canal de guadua que se colocaba de tal manera que la que por allí circulaba fuera suficiente para recoger y bañarse. El agua usada y sucia salía por un costado a encontrarse con una menos apta para el consumo, ya que el ganado que por ahí se la pasaba la ensuciaba con frecuencia. Ese arroyo nacía del centro de la tierra, le había dicho su mamá, y Arinhayeth y su familia lo llamaban el "Ojo de agua". Gracias a esa fuente inagotable nunca faltó el vital líquido; incluso, en verano brotaba poca, pero era suficiente hasta para la gente del pueblo que iba allí a bañarse y a recogerla para llevarla a sus casas.

En ese tétrico peregrinaje Arinhayeth llegó hasta la época cuando empezó a estudiar. A su hermana inmediatamente mayor, Triny, su mamá le encontró cupo en la Escuela Sucre, en el pueblo; sin embargo, para Arinhayeth no, razón por la cual la envió a estudiar a El Placer. Allá le tocó vivir con su tío Juvenal y su esposa Maritza. Sus primas, hijas de aquellos, se creían de mejor familia por el hecho de tener mamá y papá, por lo que no les faltaba nada. Ellas sí tenían su uniforme completo de diario y el blanco para la práctica de la educación física. A Arinhayeth su mamá le consiguió el uniforme blanco; para el de diario la directora le aceptó vestido corriente, es decir: podía ir a la escuela de particular, sin uniforme. Cuando su mamá iba a visitarla le llevaba fiambre para que comiera en los recreos. Además, le dejaba a su tío para que le diera un peso para las onces; dinero que tenía que tasar para toda la semana. En ese tiempo los productos eran muy económicos. No cogía transporte, pues ella y sus primas caminaban desde la casa, bajaban por la huerta, pasaban sobre un arroyo por un puente hecho con un palo atravesado de una orilla a la otra; luego continuaban por un pastizal hasta salir a la carretera Panorama, rumbo al norte, ya sobre el barrio El Placer, donde quedaba la escuela que tenía el mismo nombre. Ese era el recorrido por la mañana y en sentido contrario en la tarde.

Mientras exhalaba su último aliento, Arinhayeth recordó fugazmente su primera maestra, de nombre Gisela. Era una mujer robusta. Enseñaba muy bien las letras, los números y la escritura cursiva, así como juegos, coplas y poesía. Quería a Arinhayeth, quien le llevaba moras y guayabas recogidas por el camino cuando iba hacia la escuela. Así transcurrió su primer año escolar, entre la incomodidad en la casa de su tío y la antipatía que les despertó a sus primas, sobre todo porque tenían que compartir con ella la cama para dormir.

Cuando Arinhayeth volvió a Timbianí, al siguiente año, sus hermanas estaban más grandes. Triny y ella eran, ahora, las mayores, y esa vez su mamá sí le encontró cupo en la Escuela Sucre, en el pueblo. Ingresó a segundo de primaria. Su primer uniforme se componía de falda de color café y blusa amarilla, manga corta, y, para proteger el uniforme, un delantal blanco con un bolsillo en la parte delantera, unos zapatos y unas medias del mismo color de la falda. Estudiaba todo el día y hacía largas caminatas en la mañana, al medio día y en la tarde, pues la escuela quedaba retirada. El recorrido lo hacía por una carretera destapada hasta el sitio denominado La Bocana Timbana y, desde allí, por la Panorama, hasta el pueblo, atravesándolo de noreste a noroeste. Se levantaba temprano a limpiar la hornilla y a prender el fogón de leña para colocar la olla con el agua para preparar el tinto; luego iba y se bañaba el cuerpo bajo el chorro del canal hecho con guadua y recogía agua para dejarle a su mamá para que preparara el almuerzo e hiciera otras tantas actividades. A Triny le tocaba moler el maíz para las arepas del desayuno. De regreso al mediodía, la mamá les pedía el favor de comprar azúcar, manteca, sal, harina de trigo y otros víveres, pero solo cuando había dinero. Muchas veces llegaron a almorzar, pero no estaba listo porque faltaba algo o porque la leña estaba húmeda. Cuando al fin había almuerzo, primero se le tenía que llevar a Papá Tulio y al tío Arnulfo; luego sí podían almorzar ellas y volver a la escuela. En la tarde llegaba, se cambiaba el uniforme, tomaba onces, después de llevarle a Papá Tulio y al tío Arnulfo, desde luego, traía agua del chorro, hacía los oficios que su mamá le ordenaba entre regaño y regaño, y realizaba las tareas de la escuela bajo la mortecina luz que emitía aquella vetusta lámpara de petróleo, a veces, o la de una vela de cebo, otras tantas. Antes de irse a la cama tenía que cumplir la interminable lista de órdenes dadas por su mamá, de tal manera que cuando se acostaba, casi de inmediato se dormía, agobiada por el cansancio de su frágil cuerpo.

Arinhayeth conmemoró cuando recogía, en un canasto de mimbre, moras silvestres para venderlas en el mercado del sábado, junto con plátano cosechado en las matas del solar de su casa. Con el producido de la venta compraba las cosas más urgentes para el hogar. Cuando, además de plátano había café, su mamá lo pesaba y se lo daba a Triny para que lo vendiera en el pueblo. Con esa otra plata completaban para adquirir los víveres esenciales. Después de las ventas de la mora, del plátano y del café, lo cual siempre le anegaba de felicidad su alma, pasaba por la Telefónica, donde también quedaba la oficina de correos y preguntaba si había carta de Alcira. Ese era el único medio de comunicación con ella. Las cartas de Alcira solo las podía leer Triny, pues su hermana mayor escribía muy enredado. Al contestarle las misivas, su mamá era quien decidía qué se le escribía.

Al entregarle a su mamá lo comprado, Arinhayeth la veía ponerse contenta; lo cual no era común en ella. Las cosas en su casa nunca fueron fáciles, pero el ejemplo de su madre, quien lo fue también padre, criando sola a sus siete hijos —pues Papá Tulio, a pesar de vivir tan cerca, solamente hacía presencia en casa muy de vez en cuando y casi siempre de noche, sin amanecer jamás— marcó, no solo el sino fatal de Arinhayeth: también lo hizo señalándole el camino por el que trasegó su vida, precisamente esa que ahora se le estaba extinguiendo de forma inexorable.

Arinhayeth pudo ver también la época cuando construyeron la nueva casa, en el lote La Quinta, en La Bocana Timbana, sobre la vía Panorama. Tal evocación hizo que su ya casi inanimado cuerpo se estremeciera como consecuencia de la emoción agridulce que esto le causó. Su padrastro, Papá Tulio, empezó a medir el terreno, a conseguir los materiales de construcción. Unos los compró él y otros los fabricaron allí mismo. La piedra se extrajo del río y se cargó, en costales, al hombro, hasta el lote. Ella ayudó, también, a pasar clavos, alambre, vigas, tejas, adobe; a conseguir boñiga seca para mezclarla con el barro pisado en un pozuelo y con el cual se pegó el adobe que sirvió para levantar y rellenar las paredes. Y aunque fue un trabajo arduo, el aliciente para todos consistía en que esa era la casa de su mamá, la que se construyó entre todos, en el lote que don Tulio compró para que ella estuviera y se sintiera bien, en su casa, aunque no con todas las comodidades, pero era su casa, en la que ella podía disponer a su antojo. Para el sombrío, sembraron árboles de guácimo alrededor de la casa y entre las matas de café, plátano y aguacate. El agua la sacaban del aljibe que había y con la que ahora se podía cocinar, bañarse y lavar la ropa, con mayor comodidad que la que ofrecía el chorro, al que ya no hubo necesidad de volver. Años después, y cuando Papá Tulio, presionado por sus hijos, los de su matrimonio formal, comenzó a molestar por la propiedad de la casa, con la ayuda del esposo de una de las hermanas menores lograron conseguir un dinero y se la compraron.

DOCENCIA REBELDE

Un año y tres meses después de su secuestro, Nosly se había ganado la confianza de los comandantes de aquella organización guerrillera, pues les enseñó administración y gerencia, proyectos, planeación y finanzas; también les estructuró el Plan Revolucionario Marco (PRM) para los siguientes diez años de lucha, con sus respectivos presupuestos anualizados y digitalizados. En pago por ello sus captores le daban, cada mes, una especie de salario cercano al millón de pesos, y lo fueron dejando ir de excursión a las ciudades y pueblos circunvecinos; unas veces a Los Tunjos, otras a Bucalamarca, Paipal, Sogamayor y otros municipios de la zona. Iba vestido de paisano y con algún dinero en el bolsillo, aunque nunca solo. Siempre lo acompañaban tres y cuatro escoltas que no se le despegaban, quienes reportaban a sus superiores todo lo que el cautivo profesor hacía, consultaba y compraba. Esas oportunidades él las aprovechaba para adquirir libros y revistas, así como para investigar en internet, actualizarse y mejorar sus clases y asesorías. Desde luego que tenía precisa y expresa prohibición de consultar y enviar correos electrónicos y, menos, por medio físico, así como hacer cualquiera tipo de llamadas y hablar con desconocidos y personas no autorizadas. Tampoco le era permitido gastar en cosas que atrajeran la atención o estuvieran expresamente restringidas por la organización insurgente.

Otras veces usaba su día libre mensual para tratar de distraer a su espíritu atormentado. Lo hacía mediante fatigosos y prolongados recorridos por el agreste, indómito, solitario y triste lomo de la Cordillera de Oriente, abatido en forma perenne por la hiriente y congelante brisa gestada en la misma cuna del Cocay. En aquellos días, el desesperado y atormentado hombre solía ir hasta inaccesibles sitios enquistados en lo más alto de la cordillera donde tienen, escondidos entre los caprichosos repliegues de la ignota geografía nacional, sus nidos de vida una serie de frías y bellas lagunas. Allá, en cada una de ellas se detenía a meditar y a suspirar largo rato; lo mismo hacía en el alto La Horca. Ahí, además de iniciarse el sinuoso y caprichoso recorrido de innumerables quebradas y riachuelos, se otea, hacia el norte, el imposible de mejorar paisaje, subyugante y poético, compuesto por otros accidentes geográficos incrustados entre Encinos y Coromoros, bautizados con sugestivos y muy particulares nombres vernáculos.

Pese a la estrecha y perenne vigilancia de la que era objeto en esos lugares agrestes, Nosly se sentía libre y dejaba volar su alma, su pensamiento y la nostalgia del adiós. Allá se "encontraba" con Arinhayeth, con su madre, con su esposa y con sus hijos… y les hablaba…. y les daba consuelo… y lloraba junto a ellos, prometiéndoles volver pronto… que no perdieran la esperanza… que él volvería, reiteraba. Y sus promesas siempre las cumplía (y las cumplió) al precio que fuera.

La hiriente, helada y estridente brisa que de forma perenne lamía con ansia atropellada y corrosiva aquellos desolados riscos, era la encargada de llevarse, con derrotero incierto, los suspiros, los sentimientos, el llanto y las ilusiones fraguadas en la desesperanza del abandono y la desazón que anegaba su compungido corazón. Podría decirse que allá, impregnada en la naturaleza muda y sola de aquel paraje, quedó, indeleble, su alma, su tristeza, su añoranza; pero, sobre todo, los momentos más aciagos, hasta entonces, de su desventurada vida.

Su ejercicio docente, en medio de las montañas, se realizaba en un complejo académico compuesto por aulas, bibliotecas, salas de sistemas, laboratorios de idiomas, plazas de armas para instrucción física y militar, cambuches, un polígono, dormitorios, comedores, casino, enfermería, torres de vigilancia con antenas de radar y escáner, y depósitos de armas. Todo ello mimetizado, ya en unas cavernas naturales, enormes y profundas ubicadas entre los riscos, los riachuelos y las cascadas, en la falda de la montaña; ya bajo el follaje de los gigantescos árboles, en las zonas más bajas; ya en los túneles y subterráneos que se venían construyendo desde hacía más de doce años; o bien, en las casas diseminadas en esa vereda donde parecía que vivían campesinos dedicados a la labranza, la crianza y la explotación de animales como ovejas, cabras y ganado vacuno.

Ese complejo insurgente a simple vista semejaba un caserío, un corregimiento, pues la infraestructura bélica solo era visible una vez internado en sus vericuetos, tras fatigosas y más que controladas jornadas a pie o a lomo de mula o caballo, únicos medios de acceso posible. A Nosly se le conminó, entonces, para que preparara temática para dos niveles de capacitación gerencial y administrativa. El nivel avanzado: el "Diplomado en Gerencia Insurgente", le decían sus alumnos, a razón de un cupo máximo de veinte estudiantes por curso, era para comandantes de bloques, jefes de frentes, milicias y escuadrillas, así como para profesionales de diversas disciplinas, vinculados, estos últimos con sueldo, a la organización insurgente para desarrollar actividades inherentes a su respectiva formación y, de esa forma, perfeccionar la gestión de ingresos, recursos y operaciones de la misma. Es decir, el mercado para tales cursos era cautivo y un requisito obligado, no solo para depurar la organización, sino para que sus integrantes se mantuvieran o no en la actual posición y, desde luego, para ascender en la escala jerárquica de aquella lucrativa y cincuentenaria empresa sediciosa. Eran cursos que se dictaban cuatro veces al año, de lunes a viernes, incluidos festivos, de siete de la mañana a doce del día, con una intensidad de cien horas por curso, y netamente práctico, nada de "carreta", le sentenció El Mugre —comandante del Frente de Adiestramiento, Capacitación y Formación Revolucionaria, regional nororiente, al cual Nosly fue adscrito— el día que este le explicó de lo que se trataba ahora su contribución académica a la revolución.

Y era bien práctica la clase, pues básicamente cada integrante debía llegar a la primera sesión con un informe ejecutivo y completo, en medio magnético y encriptado, con indicadores de resultados de su gestión respectiva, con análisis de las causas y sus efectos, independiente de si se hubieran o no alcanzado las metas del plan anual operativo anterior. Los estudiantes le entregaban una copia al comandante de mayor jerarquía que asistía al curso, por lo general un integrante o delegado principal del estado mayor insurgente, que lo remitía, con doble cifrado, vía internet, a sus superiores, quienes antes de finalizar el curso enviaban observaciones e instrucciones precisas a involucrar en el plan para la siguiente vigencia anual. La otra copia se la entregaban al instructor, con la contraseña de acceso y control respectivo, para el análisis, revisión, reformulación y apalancamiento académico.

Durante la primera semana de clase todos los alumnos exponían el informe, explicaban las causas, los efectos de los resultados, presentaban y justificaban los objetivos y las metas a lograr para el siguiente año. A cambio recibían, por parte del instructor, el análisis y acompañamiento académico, sendas sugerencias brindadas por los integrantes del mismo o inferior rango, y recomendaciones y órdenes de los integrantes de mayor jerarquía, entre ellos el representante del estado mayor, quien llevaba la vocería de las instancias superiores. El aval para el nuevo plan operativo por parte del instructor, y desde luego, del estado mayor, se constituía en la aprobación del curso. Quien no aprobara el curso, si era comandante o jefe, de inmediato era relevado de su cargo y enviado al frente de batalla como guerrillero raso, si su expediente y anteriores aportes a la organización lo ameritaban, siempre y cuando su hoja de vida estuviera limpia de faltas disciplinarias y conductas antirrevolucionarias; de lo contrario, corría la misma suerte de los profesionales a sueldo que lo perdieran: los fusilaban sin término de juicio. Esta razón, quizá, fue el motivo para que, en sus veintidós años de docencia universitaria, y casi tres de extensión revolucionaria, los mejores y más aplicados alumnos que tuvo Nosly, tanto en la teórica como en la práctica, fueran los asistentes a ese diplomado.

Metodología esta, la docencia guerrillera, diferente en algunos aspectos a la de la universidad privada en la que trabajó Nosly casi dieciocho años antes del secuestro, en donde aquello de la calidad y el mejoramiento académico eran tan solo un decir, un muy elaborado y teórico discurso para mostrárselo en el papel a los pares académicos e incluirlo en los folletos promociónales de las carreras. ¡Qué les iba a importar de verdad la calidad académica a la mayoría de los propietarios de las universidades privadas, de ese entonces, cuando tal tema estaba asociado e implicaba mayores costos; y de ello, de costos adicionales, la mayoría de los dueños de las entidades sin ánimo de lucro, como lo expresaban casi todas estas instituciones en sus estatutos y razón social, no querían saber nada; y, por el contrario, exigían a sus administradores llegar a cero costos, si aspiraban a que se les volviera a contratar para el siguiente periodo!, Nosly solía reflexionar al respecto, aunque siempre en silencio, para sí mismo.

La política de cero costos se hacía más que evidente en la mayoría de universidades privadas del país, en ese entonces, sobre todo con las absurdas, ofensivas y ladinas condiciones laborales y contractuales impuestas a los docentes, a quienes se les exigía, si querían el contrato por los cuatro meses, concretamente dieciséis semanas, aberrantes y muy comunes prácticas universitarias, en perfecta contradicción con la calidad académica, formal, permanente y ampliamente publicitada. Incluidas las universidades de mayor prestigio y reconocimiento nacional, y por ende costosas.

Durante su cautiverio, por lo regular, excepto cuando dictaba los diplomados, Nosly también orientó cursos con un nivel básico sobre administración, contabilidad, finanzas, planeación y control. Los alumnos de estos cursos eran muchachos de la insurgencia, la mayoría adolescentes capturados a la fuerza, o cautivados con engaño y propuestas de mejorar su vida a partir de una muy buena remuneración laboral. Oferta de empleo muy atractiva para la juventud menos favorecida del país, gracias al incremento galopante del desempleo y al aumento desproporcionado del costo de vida, no solo en la gran capital, sino también en ciudades principales e intermedias, así como en pueblos, corregimientos y veredas. Reclutamiento efectuado y dirigido por parte de las respectivas milicias revolucionarias en cada una de esas ciudades hacia bachilleres y otros tantos estudiantes y egresados profesionales universitarios; estos últimos, varados, sin oportunidades a la vista y, en consecuencia, desesperados por los crecientes, elevados, inexorables y coercitivos cobros del Instituto del Fomento Educativo Superior (IFETES), que por concepto de intereses comerciales y abonos a capital solía hacer aquella entidad oficial para recuperar el financiado pago de las onerosas matrículas semestrales durante el período de estudios.

Eran cursos básicos de hasta veinticinco estudiantes y ochenta horas de intensidad. La temática de los mismos se ajustaba a requerimiento de los frentes insurgentes solicitantes. En cada curso había siempre un alumno encubierto, es decir, que los restantes estudiantes pensaban que era uno más de ellos, acabado de incorporar. Pero, no, este era llamado internamente Inspector de Estudios. Se trataba de uno de los cuadros de mando del Frente de Adiestramiento, Capacitación y Formación Revolucionaria, regional nororiente, por lo general bastante joven, encargado de vigilar e informar sobre la disciplina, obediencia, seguimiento y control de los muchachos, así como de garantizar que el profesor instructor Nosly se dedicara a la enseñanza de lo que era requerido de él y no de otros asuntos que podrían ir en contra de la causa revolucionaria. La segunda vez que Nosly vio a Matilde iniciar el mismo curso que ella ya había aprobado dos períodos atrás, dedujo que esa era una forma de control interno para él y para sus educandos. Por ello no preguntó nada. Menos cuando se le fue acercando, no solo en lo académico y operativo, sino en lo afectivo. Entendió la estrategia, siguió el juego y disipó, entre sus fogosos brazos, algunas penas.

Esos cursos básicos, como los del diplomado, tenían semejanzas, en especial, en la consecuencia de la aprobación o no del mismo, que al parecer la daba el instructor. Sin embargo, el inspector de estudios jugaba un papel determinante, pues solo hasta cuando el jefe del Frente de Adiestramiento, Capacitación y Formación Revolucionaria, regional nororiente, autorizaba informarles a los estudiantes la aprobación del curso, sujeto al nunca motivado reporte del inspector, se les podía comunicar a los muchachos el resultado y su destinación; es decir, a qué frente eran adscritos y qué actividad iban a realizar tras graduarse. Pese a ello, de cada veinticinco estudiantes de estos cursos básicos, solo entre doce y quince, al final, en promedio, recibían la adscripción de funciones revolucionarias. De los restantes, nunca nadie supo nada.

La labor de la inspección de estudios era contundente, de tal manera que cualquier conducta que pudiera poner en riesgo a la organización, que por lo general era detectada de manera oportuna en ese nivel, descalificaba la vinculación. Entre los inspectores más eficaces y contundentes del Frente de Adiestramiento, Capacitación y Formación Revolucionaria, regional nororiente, estaba, desde luego, la bella joven Matilde. Fue ella quien, en la intimidad, le manifestó a Nosly, días antes de su fuga, el por qué sus discípulos le tenían tanto temor a sus cursos, y la razón del alias que le habían dado: PMS, por las siglas de la frase: Profesor Muerte Súbita. Para los estudiantes, el instructor era el único responsable de dar o no la aprobación del curso. Por tal razón, más de uno de sus discípulos, le dijo Matilde, le guardaba recelo, bien porque hubiera preferido ser destinado a labores de oficina y no a operativas (de fusil); o lo contrario: que le hubiera gustado, antes que oficinista, ser un comando, un guerrero de la causa; o porque alguien de los que nunca nadie supo qué pasó con ellos era familiar de alguno de los sobrevivientes; o porque en ese breve lapso que duró el curso nació entre estos y aquellos una amistad o una relación afectiva, truncada, gracias al riguroso profesor Nosly. Para todos aquellos inconformes o afectados discípulos de Nosly, él era el único responsable, pues todos ellos creían, o se les hizo creer de esa forma, que él y solo él era quien firmó su sentencia de muerte, o su destinación y adscripción revolucionaria.

EL OASIS

Durante el cautiverio y la obligada docencia insurgente Nosly nunca dejó de pensar en Arinhayeth. Sobre todo a las diez de la mañana, a las cuatro de la tarde y a las diez de la noche, como se lo había manifestado alguna vez, invitándola a que ella también, en especial a esas horas, se concentrara, pensara en él y le enviara mensajes mentales. Le dijo que él haría lo propio y de esa forma, cuando no estuvieran juntos, tendrían ese canal de comunicación. Desde entonces, pero con mayor razón ahora que la fatalidad los había separado de tan abrupta forma, además de estar atento a recibirlos de ella, le enviaba de manera telepática sus sentires de amor, de fe, de esperanza y perdón. Se mortificaba cuando pensaba que ella hubiera creído que su desaparición tendría algo que ver con la disputa y el reclamo que él le hizo, una semana antes del secuestro, por la reincidencia en el desliz que él presintió y que, como en tantas veces, ella se lo confesó, con muy poca resistencia, cuando se lo preguntó.

Desde cuando Nosly se fijó en Arinhayeth, allá, en el salón de la universidad en donde él orientaba asignaturas de negocios y proyectos, hacía diez años, había caído hechizado ante su hirsuto y largo cabello negro, ante ese cuerpo divino y acompasado, ante la sonrisa de sus ojos de miel, ante la belleza exótica y embrujadora de su piel canela, de su faz trigueña y bella, de sus ojos de fatal sonrisa sensual y seductora. Sin embargo, tuvieron que pasar casi nueve meses desde aquella celestial aparición para que él, incapaz de soportar aquel lacerante silencio, sin expresarle lo que sentía por ella, pese a que hacía más de cinco años que había decidido clausurar su vida afectiva por las vicisitudes de su historia matrimonial, en una noche de octubre le manifestara sus sentimientos, los cuales ella aceptó y recogió sin mayor detalle del piso, donde para entonces yacían. Y tal vez hubiera sido mejor que ahí permanecieran, se fustigaba Nosly en silencio, muy de vez en cuando.

En ese momento ella mantenía tres tormentosas relaciones que no dudó en hacérselas saber. Tales revelaciones hicieron que Nosly se interesara, aún más, en su historia difícil, la cual, en lo sentimental, guardadas proporciones, era muy parecida a la suya. Compleja y atorrante historia que Arinhayeth le narró con lujo de detalles, aunque no en su totalidad. Fue así como Nosly fue descubriendo, o ideando, en esa divina criatura, un proyecto de vida por reconstruir, junto al suyo, el cual, para entonces, ya había decidido ahogar en el tedio y los recuerdos de una serie de experiencias de estruendosos fracasos y dolores insuperables. Tal vez desde el principio se enamoró plenamente de ella; sin embargo, durante cuatro años guardó prudente distancia, esperando, eso sí, el momento para actuar en profundidad. Mientras tanto, ella, con cierta mediación de él, instaba disipar esta, aquella y otras aventuras y relaciones sentimentales y afectivas que tenía, unas; que aceptaba nuevas, otras tantas; y que para Nosly —fue su empeño y fatal obsesión— Arinhayeth, todas, las iba a terminar y a superar; pues guardaba la ilusa esperanza de que ella, al final, fuera exclusivamente suya.

A los cuatro años, y tras ella haber sufrido unas cuantas malas relaciones, así como disfrutado otras tantas, incluida la de Nosly entre estas últimas, él le propuso, con un sutil anillo de oro y una diminuta esmeralda allí engastada, su proyecto de vida y de amor. Propuesta que ella nunca entendió... o, quizá, no quiso, o no le interesó entender... o no le convenía entender... o, simplemente, le daba miedo aceptar. Lo cierto es que ella, muy por el contrario de él, aunque nunca le rechazó la propuesta, tampoco se comprometió por más que él le insistió de diversas maneras y en varias oportunidades. Pese a tan dubitativa, a tan elusiva actitud, Nosly comenzó a ser más frecuente, a dar su apoyo permanente y a construir el sitio para los dos, en el cual se resguardaría ahora, mañana y siempre, como él solía reiterársclo.

A ella, pese a que algo de aquello que profesaba, proponía y ofrendaba el profesor Nosly le llamaba la atención, en especial lo de la proyección y seguridad material y física, que eran evidentes, también le incomodaba perder esa autonomía, esa libertad en todo sentido que tanto le fascinaba. Por ello, con hábil estrategia, comenzó a manejar la situación para sacar provecho de esto nuevo sin perder lo que más amaba, es decir, ser libre y disponer de su vida como lo venía haciendo desde los trece años, aunque a esa edad terminó de perder, le acabaron de raptar, de forma abrupta y desconsiderada, sus dos tesoros más valiosos: la sensibilidad y el amor. Desde entonces todo aquello que le significara, o ella interpretara como sincero afecto, se convertía, de inmediato, en el blanco de sus rencores y venganzas inconfesas y subconscientes. Y Nosly lo sabía, y pese a ello se propuso resarcirle esas dos cualidades, esperando a cambio ser él, en exclusiva, el artífice y beneficiario de las mismas.

¡Sí!, Nosly sabía desde el comienzo lo difícil y frustrante que ello iba a ser, así como el riesgo que corría. Sin embargo, se propuso encontrar, al precio que fuera, la forma para componerle y restaurarle a su amada la sensibilidad y el amor, pues ella, desde entonces, se constituyó en su postrer, algo tardío, proyecto de reconstrucción de su vida. Nosly se dedicó a encontrar las causas reales y escondidas en el pasado de Arinhayeth, fortalecidas en su presente. Quería descubrir el motivo de su díscolo y abrupto proceder sentimental y afectivo. Comportamiento aquel que, pese a todo, le tocaba, con dureza, su alma y corazón envejecido y débil cada vez que ella sufría y recaía en deslices, a pesar de todas las estrategias y tácticas que él utilizaba para contrarrestárselas, de lo cual siempre dejó evidencia y se las compartió, a título, sin que ella supiera, de terapia conductista, mediante sus narraciones románticas, que a la fecha del secuestro del que fue objeto, sumaban treinta y seis, fuera del sinnúmero que le compuso y cantó, de forma esporádica, al oído, sin dejar evidencia escrita de ellas.

Una de estas últimas narraciones, recordó Nosly, que una tarde de invierno, al oírsela de sus labios, ella dejó escapar un síntoma que le hizo pensar en el inicio de su cura, pues mientras él le cantaba, de aquellos bellos ojos de miel que poseía Arinhayeth, los cuales se tornaban grises cuando experimentaba ira, dolor, pasión o emoción, afloró una lágrima, al parecer sincera, al escucharle decir:

"Te vas y vuelves. ¡Qué necio he sido! Parece que ni los años, ni la experiencia amarga de la vida, ni tantos quebrantos, tristezas y emociones vanas han sido suficientes para mitigar mis ansias de quererte, mi debilidad de amarte, mi aspiración de pretender frenar con versos e ilusiones el montaraz ahínco de tu juventud, la voluptuosa y salvaje pasión de tus encantos y la perfidia de tus acalorados y ardientes sentimientos.

Te vas y vuelves como el viento en el valle del olvido, como la brizna en el ocaso triste y fúnebre de mis ilusiones cansadas de vivir...

Te vas y vuelves... y nada puedo, ni quiero decirte; mucho menos reprocharte...

¡Gracias por volver! ...no importa que tu cuerpo regrese con sabor a hierba verde, a algas grises o a placer mundano.

Quiero que sepas, terrible amante mía, que siempre te recibiré y haré omiso caso, no solo del lodo que lacera tu alma y del impío placer que anega tu corazón, sino de esa, tu injuriosa sonrisa contagiada de pecado...

Hasta la muerte: ¡tuyo!".

Para entonces Arinhayeth, a sus casi treinta y seis años, y después de un poco más de cuarenta y siete relaciones o amoríos tormentosos, ya había más que perfeccionado el ardid de las lágrimas, las congojas y la expresión de dolor y tristeza en su divina faz para cuando ello fuere menester. Amaño que con Nosly usó en forma efectiva y reiterada. Sin embargo, él era enfermizamente fiel a sus promesas. Y no solo en el plano afectivo, también en el económico. En cuanto a este segundo aspecto le quedaba algo de tranquilidad, pues tres meses antes de ser plagiado le compró a Arinhayeth la casa a la cual se fueron a vivir ella y la mamá de Nosly. Casa esta que gracias a los dos apartamentos que tenía para arrendar les permitiría a aquellas dos mujeres vivir, en adelante, sin mayores sobresaltos por falta de dinero. En la compra de esa propiedad Nosly invirtió los ahorros de toda su vida más los recursos de unos créditos de libre inversión del fondo de empleados de una de las universidades en las que laboraba, el producto de la venta de unos enseres en desuso de la casa matrimonial, y un adelanto de las cesantías de las dos universidades en las que trabajaba.

EL HOGAR

Nosly, durante su cautiverio, también pensaba, muy seguido, en su esposa: Soledad Daniela; en sus dos hijas: Adriana y Sirlene; y en su hijo: Danilo. En cuanto a ellos, y respecto al factor económico, estaba más tranquilo aún, pues su situación la había dejado, a su juicio, muy sólida. Su hija mayor llevaba más de dos años graduada como profesional y año y medio trabajando en una transnacional. En tal empresa, si bien era cierto que no pagaban los mejores sueldos, era aceptable en cuanto a lo laboral. Sirlene, la menor, ya estaría también graduada y con seguridad estaría trabajando y consolidando el local comercial que le ayudó a montar cuatro años antes de ser plagiado. Su esposa administraba muy bien el otro local. Su hijo Danilo estaría en séptimo semestre. Además, un año antes del secuestro les transfirió a sus tres hijos, por venta formal, la casa en la cual vivían hacía casi quince años. La ficticia transacción se hizo por el valor del avalúo catastral. Allá estarían viviendo y recibiendo la renta por los tres apartamentos que él adecuó para alquilar. Con ese ingreso, pensó, satisfarían todas sus necesidades básicas. Sin embargo, recordó con el malestar que siempre esa situación le espinaba su ego, que uno de los mayores reclamos, en especial de sus dos hijas y esposa, tenía que ver con el sitio en el que vivían; ya que no estaban de acuerdo, querían hacerlo en uno de mejor estrato. Situaciones como estas eran parte de los motivos de mayor disgusto entre Nosly y su esposa, pues ella siempre justificaba todas las conductas de sus hijos.

A pesar de algunos importantes logros de sus hijos, como por ejemplo: búsqueda incesante por el estudio, por la profesionalización, así como la iniciativa empresarial y el espíritu de superación social y económico, entre otros, el hogar padecía de profundas, algunas incurables, dolencias. La problemática con su esposa e hijos era la resultante directa de una de las tres situaciones que degradó su matrimonio en lo emocional, afectivo y estabilidad. Lo cual, Nosly nunca logró entender ni aceptar. Esto lo sumió, con drasticidad, en el océano de la decepción y el fracaso: su esposa siempre lo desautorizaba y contradecía en la crianza y formación de sus hijos. Soledad Daniela lo hacía tan solo por saborear el morboso placer de la refutación, así con ello, no le importaba, se causara daño ella misma, se lo ocasionara a sus hijos, o a quien fuera. Incluso, para los logros en estudio, en iniciativa empresarial y en el espíritu de superación de sus hijos, nunca se pusieron de acuerdo en la forma. Los dos buscaban los mismos resultados para sus hijos, pero, usaron, casi para todo, métodos antagónicos e hirientes. El objetivo de Soledad Daniela fue, siempre, oponerse a ultranza a lo dicho, dispuesto, ordenado, emprendido, hecho, incluso pensado, por su esposo; con gran énfasis, en tanto estuvieran sus hijos de por medio; y algo menos intenso cuando se trataba de cualquier otro asunto doméstico. La consecuencia de esto: unos hijos que hasta entonces no reconocían la autoridad, ni el respeto hacia ella, su madre, ni mucho menos hacia él, su padre. Ahí la causa de la perfecta anarquía del hogar; de la rampante falta de apoyo y colaboración, así como de aquella actitud de recargarse y de atenerse para todo en sus padres.

Pese a esa primera causa del resquebrajamiento en su relación con su esposa, y para evitarse una polémica que en nada beneficiaba ni resolvía el quid del asunto, Nosly optó, al principio, por negociar y ser condescendiente con ella. Sin embargo, cuando él adoptaba sus métodos o daba sus opiniones, de inmediato ella cambiaba con ofensiva actitud. Él después asumió una posición pusilánime, dramática, peligrosa y nefasta para sus hijos: dejarlos hacer lo que ellos quisieran, hasta que, algún día, su buen juicio y criterio los condujera hacia él; momento aquel cuando estaría dispuesto a oírlos, a orientarlos y a darles consejos. Pero, fueron pocas, muy pocas, las veces que eso se dio, que lo consultaran. Que lo escucharan. Pese a ello, su esposa siempre puso en tela de juicio lo sugerido o recomendado por Nosly, y no descansaba hasta que sus hijos hicieran lo contrario de lo dicho o insinuado por su padre.

Frente a esa estrepitosa derrota moral prefirió dejar las cosas así, con la esperanza de que la maleza no ahogara por completo la hierbabuena que en ellos sembró. No buscó otra alternativa, aunque le dolía en el alma ver que su primer proyecto de vida se desmoronaba y él no tenía el coraje para resarcirlo. Buscó comprender, primero, y cuando no encontró explicación ni remedio para ese mal, instó hacer omiso caso de ello; pero fue peor y su espíritu cayó en el letargo del fracaso. En su fuero interno, de una u otra manera sabía que en sus hijos existía el potencial suficiente para salir adelante y lograr muchas más cosas que las obtenidas por él. Ellos contaban con más posibilidades de las que él disfrutó a la edad actual de aquellos. Las condiciones dadas en el hogar, a pesar de tantas falencias y complicaciones, eran muy superiores a las suyas; y él había hecho, pensó con inútil alivio, un avance grande en este, su primer proyecto de vida: su hogar.

EL DESAMOR

El otro aspecto que menoscabó su primer proyecto de vida tuvo que ver con lo fundamental. Y hay que precisar que Nosly supo (o sospechaba en silencio ignoto) de ello desde muy temprano en la relación. Pero se le volvió una obsesión, propia del hombre joven: ¡querer cambiar las cosas! Y, peor aún, a las personas, según su óptica. Sin embargo, el tiempo y los sentimientos de Soledad Daniela lo terminaron venciendo y apabullando, ¡casi treinta años después! Él sentía que ella tal vez no lo amaba. Desamor manifestado por esa zafia forma de ser de Soledad Daniela, interpretado por conducto de sus familiares, amistades y, desde luego, por su señora madre. Cuando ella, su madre, se lo insinuó, Nosly sintió morirse. En ese momento, solo en ese momento, lo creyó, o mejor sería decir: lo aceptó. Empero, no dijo nada. El silencio del dolor enmudeció su alma y aletargó su corazón, por lo que decidió dar por finalizada su vida afectiva, su primer proyecto de amor, sin comunicárselo a nadie, ni siquiera a ella, a quien por el contrario le escribió y leyó un día:

"¡Atardece ya! Prevalece en el filo crepuscular de los años idos el recuerdo febril de tu sonrisa joven... ¡hermoso e invaluable tesoro de nuestra accidentada historia! Una cascada de brillante cabello negro y fino, montaraz, airosamente sensual y perfumado, una tarde

de agosto, hace ya casi treinta años, entró para siempre a mi existencia errante, haciendo deleznar mi arrogante y desaforada juventud, hoy diezmada por el arduo fragor de la contienda diaria. El destello letal de aquellos, tus pardos ojos, y la exótica belleza de tu mirar salvaje me enseñaron a contemplar con profundo, incólume y nuevo sentimiento, la abundante e hiriente como amarilla flor de julio del bosque sabanero, sucedida en agosto por otra, aún más bella, sutil, blanca, caprichosa y enigmática que ulula majestuosa en los gigantes árboles de aquellos cerros orientales, testigos fieles del frenesí de antaño...

¿Cuánto nos amamos? ¿Y cuánta felicidad y juventud, a manotadas, derrochamos? ¡Dios lo sabe y para nada nos arrepentimos! ¿Y cuánto padecimos? En ti el negro brillante de tu cascada juvenil, hoy ebúrneo y breve manojo de arreboles de octubre lo atestigua mudo, taciturno y quedo. En mí, la sombra del adiós que abriga la esencia de mis versos y la humana palidez de la alegría vana se enchipan y aferran, con denodado y corrosivo empeño, ¡al frágil cristal de mi esperanza yerta!

Escribimos con amor, dolor, tristeza, penurias, llantos, alegrías e ilusiones, esta, nuestra gran historia de la vida. Allí forjamos con versos, algunos de azufre, otros de alelíes, la existencia de dos esbeltas, intrépidas e indomables araucarias, así como la de un robusto, ineluctable y portentoso pino, quienes a dentelladas y a pasos briosos —a veces confundidos, pero, eso sí, siguiendo, sin saberlo, el indeleble camino por los dos marcado— hoy emergen entre la maraña boscosa de la vida, escenario de la tragicomedia humana *donde tú y yo antes florecimos, amamos y sufrimos, y que hoy debemos estar prestos a heredárselo a ellos.*

Cae aciaga e inexorable la penumbra fatal de la existencia.

Ahora el esplendor y el florecer les son propios a nuestros hijos, a quienes corresponde vivir y escribir su respectiva historia, ojalá por la senda indeleble forjada en ellos.

Ya el paisaje primaveral nos es ajeno, y la brisa fría del otoño abre paso al ocaso de los días. Ahora, tú y yo, ebrios de satisfacción frente al deber cumplido, con gracia plena y bellos recuerdos idos, hemos de zarpar a lontananza, dejando espacios para que continúe la historia".

Esta narración, al parecer, emocionó a Soledad Daniela. Sin embargo, Nosly no logró, ni era su objetivo conmoverla o hacer que se disparara en ella el torrente de sus sentimientos; mucho menos su amor.

Fue, quizá, a partir de ese momento cuando Nosly decidió aferrarse a ese huracán de aviesas pasiones. Fue, tal vez, el saber (o pensar) que su esposa no lo amaba, la causa de su artera decisión. Verdad revelada, contada por su propia madre, a la que en una tarde Soledad Daniela, tras ultrajarla y faltarle al respeto, lo cual hacía con rabia y desprecio muy seguido, se lo gritó a la cara, buscando, no solo maltratarla, aún más, sino que se lo dijera a su hijo para ver si al fin reaccionaba y entendía que tal vez ella jamás lo había amado, y que tal vez no lo amaría nunca. ¡Sí! Fue a partir de dicho episodio que Nosly, quizá, tomó la decisión de refugiarse en las infectas garras de aquel amor difícil, con derrotero incierto… de aquel sino fatal que, a cambio, le ofrendó, le ofertó Arinhayeth, y a muy bajo precio, pero de elevado y mortal costo.

Soledad Daniela se casó con Nosly por caprichosas circunstancias de la vida, pero, sobre todo, ante la infatigable y asfixiante insistencia de él. Según sus hirientes palabras, le habría dicho Soledad Daniela a su suegra, Nosly no era su tipo, no le gustaba físicamente, ni lo aceptaba como persona. Algo, no muy significativo, lo reconocía, la satisfacía en lo sexual. Se casó, como se lo gritó esa vez a su suegra, para poderse desquitar de él; pues, con su persistencia, con sus detalles y palabras amorosas la sometió y, entonces, terminó por aceptarle una relación sin compromisos; lo que a la postre le alejó a los tres pretendientes que tenía desde antes de que él se le atravesara en el camino. Uno de ellos, a quien ella sí adoraba, amaba y que no olvidaría jamás; y que un día, al verla con Nosly, decidió desaparecer de su vida. Eso, Soledad Daniela, nunca podría perdonarle a Nosly; y se lo reiteraba con encono siempre que se presentaba la oportunidad.

Ese drama que turbó para siempre su alma y su corazón, Nosly lo documentó en otra de sus más sentidas narraciones románticas, la cual tituló: *"Cenizas de dolor"*. Escrito que unos días antes del secuestro se lo leyó a Soledad Daniela en la intimidad de su alcoba:

"Lo presiento… siento que el final es inminente… momento de partir, de emprender la triste e ineludible retirada; sin adiós, en este arrebol sin gloria, bajo el abrigo de estas cenizas de dolor, de esta tristeza vana y de una ilusión desecha en el acantilado agreste del olvido y la desesperación incierta.

¡Llanto de versos de poeta herido! ¡Sombras etéreas engalanan los recuerdos en estas calles húmedas, solitarias, frías, con olor de muerto y sinsabor de olvido!

Te quise y te amé desde el principio mismo; sincero sentimiento te profesé por siempre; me esforcé más allá del cansancio, del desvelo y de la desesperación, a la siga de ese, tu amor, tan esquivo, mortal, silencioso, ebúrneo y aterradoramente yerto. A cambio, y como inútil recompensa, solo obtuve —porque recogí del piso— un mendrugo de tu amor efímero, ante mi pertinaz y obstinada presencia en cada instante de tu vida, soportando, abnegado, tus certeros desaires, desdenes y diatribas.

¡Ignominia fatal cercenó mi espíritu!

El cansancio, creo, o quizá fue la costumbre de verme, terminó por prodigarme tu existencia en mi rutina diaria; eso sí, instando siempre huir de mí, cual arrebol al caer la tarde. Era mío solo tu cuerpo, mas nunca, o quizá muy pocas veces, lo fue tu corazón, tus sentimientos, tu alma y, menos aún: tu amor, que a pesar de todo lo disfruté con ansia loca y pasión sin límites.

Hoy, después de tanto tiempo, cuando el paisaje y la geografía del luctuoso ocaso adornan de gris el entorno de nuestras vidas, sigues ausente, ida, como al principio, y más aún, con el dolor de la juventud y la pasión esquiva, perdida y trémula en el haber querido ser y no haberlo conseguido.

Y entonces afloran, quizá sin proponértelo, dardos de fuego, de odio y de nostalgia, en esos, tus bellos ojos pardos, traicioneros, fríos, que me traspasan el corazón, los sentimientos y la menguada ilusión de vida que aún se aferra a la desgracia eterna.

¡Sí! Nunca me quisiste y, menos aún, me amaste... ¡Y no lo harás jamás! Has estado al lado mío quizá por mera conveniencia. Sin embargo, mi amor, así te acepto.

¡Sí! A pesar de tu enojo injustificado e inefable, y de tu odio recalcitrante y recóndito, te amo, te quiero y, sobre todo, al comenzar nuestro preludio hacia el edén de los olvidos, te necesito, tanto como tú a mí; pues has de reconocer, no sin poca dificultad, que soy para ti la última de las estrategias; pero, eso sí, la más segura y sincera...

¡Y quizá la única!

Ignoro, aunque sospecho, mas no quiero saber, ni menos comprender, confirmar ni enfrentar, la razón de tu acibarado desdén que mana a borbotones hacia mí desde de tu atormentada alma.

Las cenizas del dolor que consumen la fuerza de la juventud, la ilusión perdida y la alegría triste del pasado, es mejor que pernocten en perenne latencia de murmullos, ¡pues su letal tibieza presagia un ardor que abrasa, que devora... que destruye! Que el hálito del recuerdo no avive su furor de espanto, ni su artero y mortal desdén de odio y de agonía.

Mira que es breve la brizna que falta por recorrer el valle... Por eso, por siempre, amada esposa mía, hoy solo quiero suplicarte por vez última que, al caer la tarde, que al momento de los adioses postreros de nuestras vidas, tú y yo partamos a lontananza, cogidos de la mano, cual si me quisieras".

AMORES ENCONTRADOS

Que Soledad Daniela lo contradijera en todo, lo cual conllevaba a que nunca lo apoyara, y que (al parecer) no lo amara, pese a haberle dado sus tres hijos, así como soportado tanto tiempo, Nosly, al final, lo asimiló, se resignó y perdonó. Como había dispensado a su padre cuando su madre le contó, muy niño, que desde su concepción aquel hombre pretendió y la presionó para que suspendiera el embarazo. Y ese fue el pretexto perfecto que aquel esgrimió para eludir su responsabilidad paterna y, desde luego, su promesa y palabra de hombre. Esta era la razón por la cual Nosly, cuando daba su palabra, pese a las circunstancias y penalidades que le implicara cumplirla, siempre lo hacía, en especial si se trataba de promesas y responsabilidades de amor y sentimientos. No quería, en absoluto, reproducir el miserable ejemplo de su progenitor.

La tercera situación que deleznó su matrimonio, esa que Nosly jamás le perdonó a su esposa, fue, en última instancia, la razón del fin. Ella sabía que Nosly tenía su talón de Aquiles en el amor por su madre a quien él adoraba, la defendía y apoyaba al precio que fuera. Tal vez por ello no dudó en golpearlo ahí; donde sabía que más le dolía. Sí, ese fue su mayor afán y estrategia: molestarlo, ofenderlo, afectarlo y desquitarse con él de su rabia e incoada frustración. Para tal lid, aprovechó, no solo la compra de la casa que por aquella época hizo su esposo, sino la cercanía de su suegra; pues a pesar de su férrea y altanera oposición, Nosly llevó a su madre a vivir con ellos en un apartamento independiente que tenía, en el tercer piso, aquel recién adquirido inmueble. Una vez allá, Soledad Daniela enfiló su arsenal de odio contra su suegra. Comenzó haciéndolo cuando las dos se quedaban solas, pues no quería que sus hijos se enteraran de tal actitud. Luego, y ante el silencio de la anciana, quien nunca le dijo nada de eso a Nosly para evitarle un dolor y un problema con su esposa, lo siguió haciendo, aún más evidente. Como vio que no pasaba nada y que Nosly, o no se enteraba, o hacía omiso caso de las agresiones, terminó haciéndolo, de manera tenue al principio, en su propia cara. El atribulado Nosly entendió de inmediato la estrategia de su esposa, por tal quid, y como primera medida, sin enfrentarse a ella ni reclamarle en absoluto, le solicitó a su madre que se mantuviera alejada de Soledad Daniela, que rompiera toda relación y contacto con ella, y que permaneciera en su apartamento. Que ni se asomara por el segundo piso donde, en un amplio y cómodo apartamento, vivían ellos. Al principio fue un verdadero trauma para la anciana, pues la soledad y el aislamiento la afectaron más que las seguidas ofensas y leves agresiones físicas que en adelante llegó a recibir de su nuera. Incluso, de sus nietos. Afectación causada, pese a las diarias visitas que solía hacerle Nosly en la mañana, antes de irse para el trabajo, y en las noches cuando regresaba. Algunos meses después la anciana se acostumbró a la soledad y a la distancia, pero se le atizó la depresión.

Como segunda medida, y una vez él consolidó, aparentemente, su relación con Arinhayeth, y tras comentarle al respecto a su madre, aunque con discreción, le compró una casa. Allá, en tal inmueble, las reunió, las llevó a vivir bajo el mismo techo para tratar de reconstruir sus vidas; las de los tres, pensó Nosly, aunque él no abandonó su formal hogar, ni a su esposa. La compra y la unificación de las dos mujeres que ahora constituían su razón de ser se efectuó tres meses antes de ser secuestrado. Desde el inicio de las agresiones, es decir, desde la compra de la primera casa para su esposa e hijos, hasta el traslado de su madre con Arinhayeth, pasaron casi doce años. Sin embargo, fueron los últimos siete los más delicados en cuanto al maltrato proferido por Soledad Daniela y sus hijos a su suegra y abuela, respectivamente.

Ese: el ataque moral y físico, en particular el de su esposa contra su adorada madre, entre las tres situaciones, fue lo más grave e imperdonable, lo cual, al final, desgarró su matrimonio; primer proyecto inconcluso en la vida sentimental de Nosly. Proyecto que, y a pesar de todo, nunca clausuró; pues él era un hombre de palabra y le había jurado a Soledad Daniela estar siempre con ella, con independencia de las condiciones y de las circunstancias que se les presentaran. Sí, se lo había prometido: «Estaré a tu lado hasta el fin de nuestros días». Y tal promesa la iba a cumplir al precio que fuera. ¡Y la cumplió al pie de la letra!

¡Él era un hombre de palabra!

PREMATURA MADUREZ

En su afanado empeño por caminar con su pensamiento la senda trasegada de su vida, antes de trascender hacia ignoto atardecer, Arinhayeth volvió sobre su primera comunión. Estaba en tercero de primaria cuando la profesora Julieta Rengifo hizo la lista de las niñas que podían prepararse para recibir a Jesús sacramentado. Para entonces Arinhayeth ya sabía leer y escribir.

Después de clases, al mediodía, regresaba a la casa y subía hasta el Colegio San Antonio, donde las monjas las preparaban para tal sacramento a ella y a otras niñas del municipio. Todas las chiquillas especulaban sobre el vestido que iban a usar ese día; Arinhayeth no decía nada, pues no sabía qué se iba a poner; su mamá no había comprado ni dicho nada al respecto; además, tenía muy claro que en su casa el dinero era escaso; para eso estaba, pensaba, el vestido hecho por su madrina, el cual se ponía cuando la llevaban al médico, que todavía se veía casi nuevo. ¡Sí!, aquel traje de color verde nuez que cuando se lo colocaba, todos, pero en particular los hombres, le decían que le quedaba muy bonito, y luego añadían: «Ya eres toda una mujer, esbelta y agraciada como tu madre», con quien, en efecto, guardaba un gran parecido físico.

Unos días después, su mamá fue citada por las monjas a una reunión para saber si le iban a realizar o no una fiesta. Arinhayeth no supo lo que su mamá dijo en esa conversación respecto al ágape; de lo único que se enteró fue que el día de la primera comunión tenía que ir bien temprano y en ayunas, ya que las monjas ofrecían en la parroquia, esa mañana, pan y chocolate. Supo, también, que la ceremonia era con vestido largo y zapatos blancos. Por fortuna, en esos días llegó Alcira, su hermana mayor. En esa oportunidad llevó una maleta muy grande y pesada. Cuando la abrió, dijo: «¡Mire, mamá, los vestidos para la primera comunión de Arinhayeth!».

Eran dos vestidos muy bonitos y, al parecer, costosos; además, tenían una blancura impecable. Se los había regalado la patrona, la señora Rocío, esposa del doctor Julián Géneco; pareja que tenía tres hijas, y como las dos mayores ya habían hecho la primera comunión, y nunca más los volvieron a usar, se los facilitaron a Alcira cuando comentó que su hermana Arinhayeth iba a recibir el sacramento. Al ver los dos finos y delicados trajes, su mamá, de inmediato, ordenó que los guardaran en un baúl para evitar que se dañaran. Allá estuvieron hasta aquel sacramental día cuando su madre los sacó para escoger cuál de los dos le quedaba mejor a Arinhayeth, que para entonces estaba más delgada de lo común. Sin embargo, el más grande le quedó justo a su grácil talle, ni le sobró ni le faltó. Por fortuna no requirió de refacción alguna en ese último momento.

Ese mismo día, evocó Arinhayeth en su agónico vuelo al más allá, su hermana Alcira le arregló el cabello, la vistió y le puso un par de zapatos nuevos que también le trajo desde la capital. Luego, su mamá le dio un poco de chocolate, ya que le daba nervios que se desmayara mientras llegaba la hora del desayuno. Arinhayeth tenía que estar a las ocho de la mañana en el colegio. Como nadie más estaba listo para ir con ella, alguien le dijo que fuera saliendo, que ya la alcanzaban. Por el carreteable la recogió la chiva de don Clodomiro, sobrino de Papá Tulio, y la dejó, a tiempo, frente al colegio. No recordó, al final, quién la acompañó más tarde; tal vez fue su hermana Alcira, la mayor. Su mamá no fue por quedarse ordenando la casa; los demás estaban ocupados con sus propios asuntos y sus hermanas menores eran muy pequeñas para mandarlas solas. Su madre casi nunca salía, pues Papá Tulio era muy celoso. Cuando su mamá salía de la casa era por algo ineludible, o porque lo ameritara; y esto, la primera comunión de su hija, al parecer, no era ni lo uno ni lo otro, concluyó esa vez, triste y para sí misma, Arinhayeth.

Cuando las niñas estuvieron listas, las monjas las llevaron a la capilla y allí, por orden de estatura, las fueron acomodando en las bancas. De esa manera, les dijo una de las religiosas, tenían que pasar a comulgar. Empezó la ceremonia, el ritual, esa curiosidad por saber a qué sabía la ostia; y aunque ya les habían explicado el significado, para Arinhayeth, a esa edad, era algo nuevo, trascendental en su vida.

Al fin le correspondió el turno de recibir a Jesús sacramentado; desde entonces ya lo podía seguir recibiendo, siempre y cuando, de manera previa, confesara sus pecados. En ese momento, antes de recibir su primera comunión, un estremecimiento invadió su cuerpo: no le había confesado al señor cura su gran falta. Desde luego que a nadie se la contó, ni esa vez, ni nunca. Solo lo supieron ella y su tío Arnulfo, el hombre que desde los ocho años la abusó. Y lo siguió haciendo hasta cuando a los once le causó una fuerte y dolorosa hemorragia vaginal; percance del cual tampoco nadie supo. A partir de ese día ella se rebeló y le dijo a su madre que no volvía a acompañar a su tío Arnulfo en las noches, por lo que mandaron a su hermana Sherly, seis años menor que ella, y quien tuvo un hijo de su tío Arnulfo antes de cumplir los catorce. Culpa que Arinhayeth cargó toda su vida, pues, tal vez, si ella hubiera confesado su pecado, si se lo hubiera contado a su hermana Triny, o a su severa madre, entonces, quizá, no hubieran obligado a su hermana menor a reemplazarla en la cama de su tío materno, quien se quejaba del frío y de la soledad en las noches, por lo que su hermana, la mamá de Arinhayeth, disponía que una de sus hijas lo acompañara.

En el mismo orden que recibieron a Jesús sacramentado, las niñas pasaron al salón del colegio donde estaban listas las mesas para el desayuno, mientras los fotógrafos realizaban su oficio. La única que no sabía si le iban a tomar fotos era Arinhayeth; sin embargo, cuando ya salía, alguien, al parecer Alcira, le dijo al fotógrafo que le tomara una al pie del niño Jesús de Praga. Ese recuerdo fue el único que conservó, toda su vida, de aquel momento.

Al concluir el desayuno regresó a su casa; ella no invitó a nadie, no tenía amigas, pero ese día llegaron unos familiares y recibió regalos; su padrastro, Papá Tulio, autorizó, después de mucho insistirle, que le prepararan una comida, pero él no estaba, había viajado a Puebloyán, a su casa, con su esposa e hijos. En la casa no se hacía nada si no era con permiso de su padrastro. Siempre fue así. Él era muy estricto y ahorrativo con los trabajadores de su finca y, desde luego, con lo muy poco y casi nada que pasaba a regañadientes para la casa de la mamá de Arinhayeth, pese a que sus cuatro hermanos menores sí eran hijos de él.

Por aquel tiempo su hermana Alcira ya había hecho el intento para que su mamá le dejara llevar a alguna de sus hermanas menores para la capital, a trabajar en lo mismo que hacía ella. Pero, como todas estudiaban, y como había que consultar y obtener el consentimiento de Papá Tulio; y además las niñas hacían falta para ayudar con los oficios de la casa, la respuesta fue, como en todas las anteriores oportunidades, que quizá más adelante.

Su moribundo pensamiento retrospectivo continuó su curso hasta cuando cumplió los trece años y, específicamente, hasta el día de su desarrollo definitivo. Cuando ello sucedió, Arinhayeth no sabía qué pasaba ni qué hacer; nadie antes le había explicado nada al respecto, pues tampoco había preguntado qué hacer en esos casos. Dos años antes fue objeto de aquella hemorragia, la cual sorteó sola y por fortuna pasó rápido; fue un intenso dolor en la parte baja de la espalda, el cual le comenzó como a las once de la noche y se le quitó cuando sintió expulsar algo, antes del amanecer. Había sido, sin que ella lo supiera, un aborto, lo que a su vez le generó gran estrés y el retiro del periodo por casi dos años, el cual no alcanzó a tener ni la primera vez, como consecuencia del continuado abuso al que la tenía sometida el tío que la dejó embarazada una vez fue fértil. Sin embargo, en esta otra oportunidad las cosas fueron bien distintas y tras diez horas de padecimiento y sangrado insistente, aunque el dolor era mucho más llevadero que el sentido dos años antes, lo único que se le ocurrió fue buscar ropa interior vieja para colocarse. Sin embargo, al ver que no le pasaba, se lo comentó a su hermana Triny y ella, a su vez, se lo dijo a su mamá, quien le indicó lo que tenía que hacer.

Para entonces había terminado el cuarto año de educación primaria y su hermana Alcira fue a pasar vacaciones. En esa ocasión también llevó en su maleta regalos y ropa para todas. Cuando Alcira las visitaba, Arinhayeth notaba que su mamá sonreía, se alegraba, y su rostro dejaba, por momentos, esa frialdad preñada de nostalgia, angustia y tristeza, lo cual, y a su corta y adolescente edad, tanto miedo e inseguridad le causaba. Cuando se terminó el tiempo de vacaciones, Alcira insistió para que le dejaran llevar a su hermana Arinhayeth, prometiendo que en la capital seguiría estudiando, incluso en mejores condiciones, y en cosas más productivas que la harían progresar muy rápido. Eso escuchó que le decía su hermana Alcira a su mamá. Después de pensarlo y consultarlo con Papá Tulio, a las cinco de la tarde del mismo día del regreso de Alcira, su mamá le dijo a Arinhayeth que sí ya tenía lista la maleta. Entonces, Arinhayeth empacó en una caja de cartón lo poco que tenía y, quizá por los nervios, le vino por segunda vez el periodo, pero esta vez no se asustó y supo qué hacer.

A las ocho de la noche estuvieron en la terminal de transportes de Puebloyán y abordaron una flota del Expreso Bolívar que las llevó a la capital del país tras casi doce horas de mareante recorrido. Previamente su madre le había hecho a Arinhayeth, cual sentencia, cinco advertencias: Que la capital era diferente y extraña a su pueblo, por lo que le enfatizó que se cuidara del engaño, de la mentira y de las deslumbrantes, seductoras y falsas propuestas de personas sin escrúpulos. Que en la capital iba a tener muchas más opciones para progresar que en Timbianí, por lo que le encomendó no perder la oportunidad de estudiar, trabajar y triunfar. Que lejos de su madre y de su hogar iba a extrañar y le iban a hacer falta hasta sus regaños, por lo que le indicó que confiara, que le hiciera caso y que se resguardara en su hermana, sin dudar, cada vez que lo necesitara. Que no dejara que la ingratitud por los que se quedaban en su pueblo se apoderara de su espíritu, independiente de la situación en la que ella estuviera, por lo que le solicitó que cada vez que pudiera, compartiera y ayudara. Y que el día que ella considerara necesario, o le tocara volver, sin importar la razón, las causas o las circunstancias, no lo pensara dos veces, que esa era su casa, por humilde que fuera.

Todas y cada una de estas maternales y premonitorias sentencias, varias veces, a lo largo de su corta y truncada vida, se le cumplieron a Arinhayeth, indefectibles.

Alcira vivía arrimada en el apartamento que tenía en arriendo, en un incómodo e improvisado inquilinato en el barrio de invasión Policarpo Saldarriaga, al sur de la capital, una de sus cuñadas, la esposa del hermano de su novio, quien vivía con ellos. Para aquel sitio Alcira llevó a Arinhayeth, una vez llegaron a la gran ciudad. Por aquel entonces Nosly tenía una novia que habitaba en aquel barrio, a escasas tres cuadras de ahí. ¡El destino estaba marcado! En ese sector Arinhayeth y Nosly se cruzaron un par de veces, sin verse, sin saberlo, sin imaginarlo... mas no sin presentirlo. Una extraña y etérea fuerza color magenta, a los dos, por separado, cuando estaban en ese barrio, les perturbaba el ánimo, con mayor e inquietante intensidad cuando, sin conocerse ni tratarse aún, es decir, cada uno por su lado, se cruzaban en la calle quinta Sur, abajo de la carrera décima.

A ese apartamento de dos alcobas, un baño y una cocina compartida por tres familias más, en total catorce personas, era a donde llegaba Alcira cada quince días cuando salía a su dominguero merecido descanso. Alcira era empleada interna en el barrio Santa Ana, al norte de la capital, y para ese lugar fue para el cual llevó a su hermana menor. Allá la presentó a los patrones, a las tres hijas de éstos y a otra empleada, y la ubicó para que iniciara a trabajar, desde ese mismo día, ocho después de haber llegado de Timbianí.

A Arinhayeth tal situación le generó una inexplicable y compleja sensación agridulce que le comprimió el alma. Ella, en ese momento, no sabía con certeza si estaba contenta o triste con el cambio. La verdad inconfesable era que extrañaba su hogar, que, aunque pobre, en el campo, e imposible de comparar con aquella mansión, la de Timbianí era su casa, y ella, allá, la hija de la patrona, y no la "muchacha", la "empleada doméstica", "la criada", como ahora le decían. Palabras fatales aquellas que nunca asimiló, ni aceptó, y que le causaron inmensurable e irremediable daño durante el resto de su corta vida. Pero nunca le dijo nada a nadie, y menos a su hermana Alcira. Libó en silencio ignoto el acíbar de la nostalgia social. Pronto se dio cuenta que no le quedaba más que resignarse y beber en soledad aquel primer amargo trago que le servía el destino en tierra extraña. Aprendió las cosas del oficio sin murmurar, pese a los perennes regaños de la insufrible patrona, pues como le había aclarado su hermana mayor: «Para eso y mucho más le están pagando, y tiene que cumplir y someterse, sin chistar siquiera, a las reglas impuestas». *Estrictas e injustas*, pensaba Arinhayeth. Salía, como Alcira, un domingo cada quince días, a las ocho de la mañana, después de dar desayunos. Tenía que regresar a las siete de la noche para preparar la cena y arreglar la cocina para el otro día.

Así transcurrieron, con tedio, los días y las noches, hasta cuando su hermana la sorprendió diciéndole que se casaba al finalizar ese año; razón por la cual Arinhayeth se tenía que quedar, en su reemplazo, trabajando allí. Alcira arregló para ir por días, pues al ser tan excelente empleada, y al llevar ya cinco años en esa casa, sus patrones no querían perderla, menos cuando Arinhayeth, sola, no podía con todo el trabajo en la cocina, ni se defendía bien con los restantes e innumerables oficios. En ese momento, un inefable y callado sentimiento de engaño, de haber sido utilizada, y de frustración, embargó la humanidad de Arinhayeth. Entonces, no pudo evitar culpar de ello, otra vez con amargura y en silencio, a su hermana Alcira. Y solo fue hasta este momento, cuando la vida se le estaba escapando, que Arinhayeth pudo perdonarla de verdad por aquel engaño; por haberla usado como canje; por haberla inducido por aquella maltrecha senda social y emocional.

El matrimonio de Alcira fue el 7 de diciembre de 1979 en la Notaría Tercera de la capital. Arinhayeth llevó las argollas. Sus patrones ofrecieron una comida en el garaje de su casa; y luego, en el barrio Policarpo, donde su cuñada, es decir, en el inquilinato, fue la fiesta. Al matrimonio vino su mamá, pero no demoró. Arinhayeth no pudo ir a despedirla a la terminal de transportes porque se le hacía tarde para llegar, a las siete de la noche, al trabajo. Hubiera querido decirle a su vieja que se iba con ella, que estaba aburrida y triste; que sus planes de estudio y progreso para ayudar en su casa no estaban saliendo como lo prometió su hermana Alcira; que el clima le había sentado mal; que permanecía enferma, especialmente del hígado, y que su piel, sobre todo la de las manos, brazos y piernas, se cuarteaba hasta sangrar; que prefería mil veces estar en su Timbianí, con ella, bajo el abrigo de su gélida pero familiar y hogareña mirada; que esta era una ciudad extraña, agreste y fría; que, en efecto, le faltaban hasta las cantaletas suyas. Sí, que añoraba ir a recoger moras silvestres al campo, al aire libre, tibio y puro de su campiña del alma, para venderlas en el mercado los sábados. Algo le insinuó al respecto a su hermana Alcira, pero ella la regañó y le comunicó que solo hasta cuando cumpliera un año de trabajo tendría derecho a vacaciones, y que lo del servicio médico, que se aguantara, pues en esa casa no les daban tales lujos a las sirvientas; por el contrario, si alguna decía o pedía algo, simplemente la reemplazaban por otra que no molestara y estuviera alentada.

ENCARCELADA ADOLESCENCIA

El agónico pensamiento de Arinhayeth aceleró su recorrido por su encarcelada adolescencia. De manera fugaz los recuerdos se hicieron presentes en el campo-santo de su estertor; en especial, las vivencias de los siguientes cuatro años durante los cuales inició estudios para terminar la primaria.

Cumplió, aburrida, enferma y sola, trabajando de interna y en un lluvioso 19 de octubre, los quince años. Hizo varios cursos de manualidades, tejidos, bordados y confecciones. Cambió de trabajo varias veces. Volvió a Timbianí una corta temporada y conoció a Fernando Obando, quien años más tarde fue diputado del Caucal. Regresó a un nuevo trabajo en la capital en donde cumplió los dieciocho años, tras lo cual obtuvo su postal de ciudadanía. Tuvo su primer novio, el cuñado de una de sus primas, con quien se encontraba cada quince días para ir al cine, siempre al mismo teatro en donde veían unas aburridísimas películas, algunas veces de porno-grafía, otras de guerra, de las cuales nunca supo sus tí-tulos, pues ese programa le parecía absurdo, ya que a ella no le parecía salir de un encierro, como lo era su trabajo, para entrar en otro, además, en la oscuridad, pero nunca le dijo nada de eso a él.

Su nueva patrona, la señora Necha, una de las dueñas de la finca en donde se cayó del columpio volador cuando era niña, la motivó para que estudiara el bachillerato por la Radiodifusora Nacional. Por esa razón compró en la Caja Agropecuaria los folletos correspondientes a cada materia. El examen para el primer año lo perdió la primera vez; en la segunda oportunidad lo aprobó. Intentó hacer el segundo año por el mismo medio, pero las matemáticas, en especial esas operaciones con letras, se le cruzaron en su intención de superación y, entonces, desistió. Su novio le insistió para que no declinara en el estudio. Le manifestó que él se encargaba de conseguirle otro trabajo donde ganara mejor, pero para ello tenía que terminar el bachillerato. Ella se había empeñado e ilusionado en ser secretaria, porque cuando leía el periódico siempre aparecían avisos solicitando secretaria general o auxiliar contable; y de verdad se lo propuso, pero para alcanzar esa meta sabía que tenía que dejar ese oficio, por lo que le dijo a su patrona que trabajaba hasta el siguiente mes de enero, año de 1982, fecha a partir de la cual se fue a vivir con su hermana Alcira, al barrio Policarpo, en el inquilinato. Allí comenzó a buscar colegio y trabajo, sin mucha suerte ni con lo primero, por cuestión eminentemente económica; ni con lo segundo, por su falta de estudio, competencias e idoneidad para lo que buscaba, es decir, secretariado.

LOLITA

Muy pronto la cuñada de su hermana comenzó a decir que si Arinhayeth no iba a trabajar, que si también se iba a recostar, por lo que Arinhayeth no lo pensó y entonces decidió volver al trabajo de empleada doméstica. Por recomendación de una muchacha que trabajaba con una de sus primas, se contactó y se colocó con una familia que vivía en el barrio El Chapín.

En aquella casa, en el patio, tenían un perro grande y una perra pequeña. Animales aquellos a los que había que recogerles sus gracias dos y tres veces al día. La casa era inmensa y de dos pisos. El trabajo de Arinhayeth, además del aseo inherente a los perros, era cocinar, lavar y planchar para el matrimonio, sus dos hijos: una niña y niño, y un hermano de la patrona, dos años mayor que Arinhayeth. Ella decidió, por el momento, dedicarse solo a trabajar, porque para esa época su mamá se encontraba muy enferma y necesitaba ayuda económica, pues ahora más que nunca la situación de su hogar era precaria, lo que la mortificaba aún más, en particular al recordar que su viejecita, el día que la despidió, una de las cosas que le sentenció fue, precisamente, la solicitud de apoyo; lo cual, hasta entonces, poco y nada había cumplido. Ahora era el momento… esa era su intención.

Sin embargo, el destino, ya tantas veces ensañado contra ella, la envió, una vez más, a una nueva trampa que no pudo evitar, pese a la premonición nefasta que al respecto tuvo desde cuando pisó la entrada de aquella casa.

El hermano de la patrona era de muy buena apariencia y poseía, además, el principal y más caro atractivo de todo ser humano: ¡juventud! Y comenzó a galantearla, preciso cuando su relación con su primer novio entraba en franca decadencia; pues el afecto que le inspiraba, ya que nunca sintió querencia alguna por él, y menos amor, se esfumaba, no tanto por la distancia quincenal de sus rutinarias y aburridas citas, sino por la diaria presencia de su nuevo trovador.

No la afectó en absoluto la ruptura de ese noviazgo, pese a ser el primero. Tal vez porque fue, desde su óptica, una relación de cariño inocente de su parte; pero, sobre todo, porque él fue algo tosco en su trato, en especial en el íntimo, se justificaba. Sin embargo, la verdad era otra, muy distinta; la misma por la cual todas sus relaciones amorosas, incluida la tormentosa que mantuvo con Nosly, su Yiyo, fracasaron, fueron un verdadero desastre: ella, y desde su temprana infancia, estaba condenada a no amar a nadie, ni siquiera a sí misma. El destino la sentenció a la pena de hacer sufrir, así como de atormentar con su belleza montaraz, a cuanto hombre se atreviera a quererla; y su proyecto piloto fue su primer novio. Aquel hombre nunca superó el abandono, la ruptura de su relación con Arinhayeth. De rodillas le imploró, reiteradas veces, continuar; incluso, como último recurso, le propuso matrimonio; pero, ya Raúl, el hermano de su patrona, había arado fino en la huerta de sus pasiones y la semilla seductora y embriagante de la galantería germinaba, enredándose con sinuosidad y asfixia en aquel bello, débil y desprotegido espécimen femenino; muy a pesar de las advertencias de la patrona que intuía la tragedia... no la de Arinhayeth, sino la de su familia; pues no admitía que su hermano cayera tan "bajo"; con una "muchacha" del servicio, de quien, además, no se sabía nada de su estirpe, de sus antecedentes.

La prohibición y la oposición a uno y a otro produjeron el efecto contrario, sobre todo en Arinhayeth. Al saber, por boca del mismo Raúl, lo que de ella pensaba su patrona, fiel al tan humano y en especial femenino sentimiento de la contradicción, y a título de exquisita y subrepticia revancha, Arinhayeth asumió con ahínco el reto. Empezó a salir con Raúl a escondidas; se encontraban en la calle 63 con carrera 17. Con él alcanzó los primeros supinos logros de su vida: conoció tabernas, supo y probó de las diferentes clases de trago y, desde luego, conoció varias residencias y moteles. Él la invitaba, pero era ella quien pagaba la cuenta; pues el individuo no era más que un parásito familiar a quien no le gustaba trabajar y por ende andaba sin plata, o ese era el argumento que esgrimía siempre.

Arinhayeth nunca entendió cómo pasó. Ignoraba que podía quedar embarazada; desconocía los métodos para planificar, por lo que no se preocupó por hacerlo. Tal vez, de haberlo sabido, lo hubiera evitado. Desde luego que a Raúl lo de la planificación familiar no le interesaba, ni mucho menos le preocupaba; él ya había pasado, con irresponsabilidad, por dos situaciones similares, las cuales desconocía Arinhayeth, mas no su patrona, hermana de Raúl. Su objetivo era el placer, el goce, además sin costo y, por añadidura, quedarse, sin mucha dificultad, con parte del sueldo que su hermana le pagaba a la incauta e inerme joven.

Arinhayeth supo que estaba embarazada a los tres meses, pues al sentirse muy mal —ella creía que era otra vez el hígado, por aquello de los rebotes de estómago, los mareos y los desmayos— su patrona le ordenó ir al médico. Al salir del consultorio, Raúl la estaba esperando para pasar un rato rico antes de regresar a la casa. Al comunicarle su estado, lo primero que hizo Raúl fue llevarla a una droguería para aplicarle una inyección y hacerle tomar unas pastillas. Su objetivo era provocarle un aborto. Estas intenciones también las ignoraba ella, quien pensó que Raúl buscaba con aquellos medicamentos fortalecerle sus condiciones físicas para garantizarle la salud al bebé. Por lo avanzado del embarazo, los medicamentos aplicados no tuvieron efecto sobre la vida que se gestaba; o los dependientes de la droguería, por evitarse problemas legales, aplicaron otros, y no los que había pedido Raúl.

Al regresar Arinhayeth a la casa solo pensaba en su hogar, en su mamá, en la situación tan precaria por la que allá atravesaban, sin que ella pudiera colaborar, pues casi tres cuartas partes de su sueldo se las gastaba en las salidas con Raúl y en lo que tenía que pasarle para sus gastos personales. Años después supo que aquel hombre tenía una demanda por alimentos y que ella, con su flaco sueldo, contribuyó a pagar parte de lo que el juzgado le imponía. En esos aciagos momentos recordó que su hermana Triny se fue de la casa tras disgustar a su mamá cuando le había dicho que estaba embarazada. También recordó que Triny tuvo que regresar a tener la niña porque el hombre que la embarazó la abandonó. Lo sabía a través de las cartas que le escribían y que ella respondía, sin atreverse a comentar su calvario. Lo de su embarazo, en su familia, solo lo supo su hermana Alcira, pues ella empezó a sospechar ya que Arinhayeth dejó de ir los domingos, en su día de descanso, por lo que fue a buscarla al trabajo. La atendió la patrona que le contó y le aseguró que no se debía preocupar, que no la iban a dejar sola; que ella se encargaba para que su hermano respondiera por Arinhayeth y su hijo.

Pero, para esa fecha la patrona, y su hermano, habían decidido que Arinhayeth tendría que dar en adopción a su cría. Para ello la fueron preparando y coaccionado en lo que tenía que decir el día que la llevaran, sobre todo en cuanto al padre. Arinhayeth, entonces, forzada y amedrentada, el día que se presentó al sitio en el que ofreció a su hijo en adopción, contra su voluntad y deseo materno, mintió al decir que no sabía nada del padre; que era un obrero que la engañó y que nunca más lo volvió a ver; que ella era sola; que estaba trabajando de empleada doméstica y que no tenía modo alguno para darle a su hijo un futuro digno, por lo que había tomado tal decisión, sobre todo porque era consciente de que en esa institución tenían la capacidad de encontrarle a su bebé unos padres que le iban a dar un hogar, un techo, una niñez adecuada; la que ella no tuvo, como tampoco podría brindarle al crío. Ese día lloró amargamente. Era muy duro hacer eso, no tener a su criatura con ella y, sobre todo, saber que el irresponsable padre tampoco tenía la menor intención de responder. ¿En qué momento se había dejado llevar por tan sinuoso, incierto y estéril camino? La amargaba aún más pensar en ello... pero, reconocía: *No puedo ser egoísta con mi bebé*. Entonces, aceptó darlo en adopción...

Además de la asistencia médica que le ofrecieron hasta el día del parto, Arinhayeth necesitó también la ayuda sicológica. La especialista en estas lides del carácter y el comportamiento humano era una joven gorda, buena persona; la atendía siempre que Arinhayeth iba. Le hablaba y explicaba para que comprendiera que el paso que estaba dando no era un pecado. «Pecado sería acudir al aborto; quitarle la oportunidad de vivir a esa criatura. Por el contrario, con esta decisión, usted le está brindando el bienestar que se merece ese bebé. Además, de esa forma, puede seguir capacitándose, incluso, llegar a ser profesional y lograr un mejor empleo». Fue la primera persona que le insinuó a Arinhayeth el sueño de ser profesional; logro que a la postre fue definitivo en el desenlace de su vida; esa que en ese momento se le diluía de manera inexorable.

Tal decisión —la de dar a su hijo en adopción— tampoco se la comentó a ningún familiar; ni siquiera a Alcira, a su hermana, quien iba a visitarla de vez en cuando, pues Arinhayeth no volvió a salir los domingos; solo iba a misa a la iglesia del barrio El Chapín en las noches. Frente a la imagen de la Virgen le pidió, le suplicó con lágrimas en sus divinos ojos, que la ayudara, que hiciera que todo le saliera bien. Que su derrotero dejara de ser tan incierto y tortuoso, como hasta entonces y desde su llegada a la fría capital.

El 18 de julio de 1984, cuando llegó el momento, la patrona despertó a Raúl para que llevara a Arinhayeth al hospital; también le dijo a ella que alistara la ropa que iba a necesitar durante esos días. Arinhayeth recordó que su maleta era una caja de cartón grande. Ahí colocó, no solo la ropa que su patrona le dijo que tenía que usar en el albergue para señoritas durante la estadía mientras se recuperaba del parto y hacía la dieta, sino que la empacó toda; además, no era mucha. Su idea era nunca más volver a esa casa, pero no se lo dijo a nadie, ni siquiera a Raúl. El taxi que abordaron los llevó hasta el barrio San José, al sur de la capital. Raúl se bajó unas cuadras antes. Arinhayeth llegó sola al sitio. Como a las siete de la noche nació la criatura. Y supo que era una niña porque se lo escuchó mencionar al médico que la atendió en medio del llanto estridente que hizo.

A esa misma hora que nacía su hija, la hija mayor de Nosly, ya de cuatro años, en los brazos de él, era atendida en el primer piso, en urgencias, en el mismo hospital. Nosly llevó a su primogénita hasta aquel centro médico por unas molestias que aquella presentaba. Años después, los dos, Arinhayeth y Nosly, encontraron la causa de tan extraña e inexplicable sensación que tuvieron en esa oportunidad. El destino, inquieto, juguetón, los acercaba de forma paulatina y caprichosa. Sus vidas estaban cruzadas de manera dramática e inexorable, pero con destino incierto.

En el hospital, Arinhayeth estuvo dos días y nadie fue a visitarla. Luego la llevaron al albergue. Ese era un hogar para madres que daban en adopción a sus hijos. Allá esperaban algunas embarazadas el momento del parto; las otras eran mujeres que estaban pasando la dieta, como ella. Allá Arinhayeth supo, entonces, lo que era estar en un sitio de esa clase. Algunas comentaban de sus hijos, otras de sus familias; sin embargo, el social y común denominador de tales conversaciones era, además de la congoja y pena espiritual, que casi nadie sabía la decisión que cada una de ellas había tomado. Y ese era su caso. Su estadía allá fue muy corta. La directora encargada de ese hogar era una señora de edad. Arinhayeth aún no cumplía la semana de dieta cuando habló con la directora, a quien le dijo que le gustaría ver a su hija; razón por la cual recibió una vehemente y agria reprimenda negativa; además, la misma directora la remitió, de inmediato, al departamento de sicología donde le explicaron que ella no estaba en capacidad de darle ningún porvenir a esa criatura y que, además, ya tenía padres adoptivos, quienes le colocaron el nombre de Lolita. En ese momento le mostraron una foto que le tomaron a los tres días de nacida. Arinhayeth volvió a llorar. Lo hizo por más de dos horas sin parar hasta resecar el reservorio de sus salobres lágrimas. Luego regresó al hogar donde pasaba la dieta.

Todas las señoras que estaban allí le tomaron aprecio, por su juventud, decían unas; por ser tan bonita, decían otras; que por haber conservado esbelto y sensual su cuerpo, opinaban las demás. A pesar de las atenciones, comida y actividades que le daban y realizaban, Arinhayeth se sentía muy mal, en lo moral y sentimental, por lo cual llamó a la señora Necha; una de sus anteriores patronas y una de las hijas herederas de la finca en Timbianí en donde Arinhayeth se cayó del columpio

volador cuando era niña; y le comentó que estaba buscando trabajo, que por favor la ayudara.

Ocho días después de haber tenido a su bebé, alistó
su caja de cartón y se fue a trabajar con la señora Tilde,
una conocida de su antigua patrona, la señora Necha.
Antes de salir del hogar le informaron que tenía que
estar pendiente para ir a dar la firma para legalizar la
adopción, la cual se efectuó, unos veinte días después,
en la Notaría Segunda, en la avenida Carabobo con calle 39. Algunas semanas después, Raúl la ubicó. Volvieron a salir; esas últimas veces ya no pagó ella. Él le
insistió para que formalizaran su relación, pero ella le
sugirió que trabajara; lo que hizo en un lavadero de carros donde no duró mucho tiempo, pues le tocaba ma-
drugar. En un lapso de tres meses la relación se enfrió:
él nunca más volvió, como tampoco ella quiso saber de
él.

Su nueva patrona, al poco tiempo, tomó la decisión
de irse para el Brasil donde vivía una de sus hijas; por
lo cual le propuso a Arinhayeth que se fuera con ella.
Arinhayeth, sin pensarlo, aceptó la propuesta, pues el
hecho de ir a conocer otro país, gente diferente, sitios
nuevos y viajar, la ilusionó y, además, era una oportunidad para mitigar el dolor intenso, incomparable, que
le causó su hermana Alcira al enterarse de la adopción.
Alcira no solo reaccionó de esa fría y distante manera,
sino que la rechazó; le dijo que hasta ese día ella había
sido su hermana; así mismo, le pidió que nunca más
volviera ni llamara a su casa.

A pocas semanas del viaje al Brasil, una mañana,
como a las diez, en el mes de julio, Arinhayeth recibió

una llamada de larga distancia desde Puebloyán. Por primera y última vez le escuchó la voz por teléfono a su padrastro Tulio Álvarez. Papá Tulio nunca llamaba. Su mamá estaba muy mal, los médicos le daban dos meses de vida, por lo que se requería la presencia de todos los hijos para determinar qué hacer, le comunicó Papá Tulio. Esa noticia le partió, otra vez, el alma. Lloró, lloró y lloró sin consuelo. Su patrona, la señora Tilde, la comunicó con su hermana Alcira; entonces, unidas de nuevo por el mutuo dolor, tomaron la determinación de viajar de inmediato a Puebloyán.

—El viaje al Brasil puede esperar —le dijo la señora Tilde—, la madre no. Y entonces le hizo la liquidación por los once meses de trabajo.

Arinhayeth alistó su caja de cartón y se fue para donde su hermana Alcira, con quien salió esa misma noche rumbo a Puebloyán. En la flota hablaron de la adopción de su hija Lolita; su hermana Alcira la comprendió y la perdonó.

EL TRUEQUE

Al llegar a la casa, en Timbianí, Alcira y Arinhayeth se enteraron: su madre tenía cáncer; le detectaron un tumor maligno en la matriz, por lo que le ordenaron unas radiaciones. Resistió el tratamiento, el tumor se desprendió y se lo extrajeron. Cuando le dieron la orden de alta, Alcira tuvo que regresar a la capital. Arinhayeth se quedó para atender y acompañar a su madre. De inmediato comenzó a buscar trabajo, pues las finanzas familiares eran miserables y Papá Tulio poco y casi nada contribuía; por el contrario, seguía exigiendo que lo atendieran con sus tres comidas, con el lavado de la ropa y demás menesteres, sin aportar nada a cambio; pero ninguno se atrevía a decirle o a pedirle algo; menos a negarle lo que siempre se le había dado; al fin y al cabo, por sustracción de materia, todos lo reconocían como la cabeza del hogar.

Arinhayeth se empleó en una agencia de chance que hacía poco había inaugurado una sucursal en el pueblo, pero como la remuneración no era significativa, estaba impelida a buscar nuevas fuentes de ingresos. La alternativa era Puebloyán, aunque conseguir empleo allá era muy difícil. No tenía a quién recurrir. Los dueños de la agencia le propusieron sacar la mesa del chance en esa ciudad, que era buena plaza, en especial los viernes cuando jugaba la lotería del Caucal. Así lo hizo. Se iba todos los días después de almuerzo; a veces no vendía ni un boleto, ni siquiera conseguía para llevar un pan a la casa, como tampoco para regresarse, por lo que acudía al buen corazón de las personas que tenían su carro para trasportar gente de Timbianí a Puebloyán y viceversa.

Un día estaba en la vía Panorama esperando transporte para ir hasta Puebloyán cuando pasó un señor en una camioneta. Al verla, y ya a unos cien metros adelante, se detuvo, dio marcha atrás hasta llegar junto a ella y le preguntó que para dónde iba; ella le dijo que para Puebloyán; entonces se ofreció a llevarla. Arinhayeth le tomó confianza cuando le dijo que él trabajaba con el Ejército Nacional; que su nombre era Juan Anastasio Orduz Nope, familiarmente llamado Tato, y que era el económo del batallón de Puebloyán.

Tato la invitó a almorzar a un hotel muy elegante, con un paisaje precioso. Le pidió un plato exquisito, nunca antes ella había probado algo similar; era la primera vez que recibía una invitación tan elegante, con tantos cubiertos, los cuales no sabía en qué orden se usaban. Quedó impresionada, no solo del sitio, sino de la gentileza, de la amabilidad y de la cortesía de aquel militar, quien, pese a su edad, la cual rayaría en los cincuenta años, calculó, era un verdadero caballero. Terminó de comer y un hondo pesar la embargó, pues hubiera querido de todo corazón decir que le empacaran un poco de lo que dejaron, para llevar y compartir en su casa; pero Tato le enseñó que cuando se estaba en un sitio tan elegante como ese, no debía hacerse tal cosa. La llevó de nuevo a su casa y le propuso ser su amigo, además, le solicitó, con seductora gallardía, que le permitiera visitarla. Ella aceptó.

Al día siguiente, y en lo sucesivo en forma periódica, Tato llevó mercados generosos para la casa; además, cada vez que iba, fuera de invitarla a almorzar, hacia las afueras de Puebloyán, y siempre en parajes despoblados, le hacía el amor dentro del carro. Para ella y su familia él fue una bendición de Dios, pues gracias a esas compras semanales que llevaba Tato, hubo comida en casa, en esa época tan dura, difícil, precaria. De todas formas, ella continuó con el puesto del chance, aunque para entonces creció la competencia y el frío de la noche la comenzó a afectar y le generó sinusitis.

Un buen día, sin siquiera ella saber la razón, tomó la decisión de volver a la capital del país, a trabajar, aunque Tato le ofreció escriturarle, ese mismo día, una casa en Puebloyán y una finca en el municipio El Tambor, cerca de Timbianí, para que no se fuera. Pero ella no aceptó. Le argumentó que su meta más importante era estudiar y trabajar en la capital. La verdad, ella ya no sentía seguridad estando con él, ni mucho menos cariño, afecto, ni amor, y, menos, consideración. Sentía que no quería a nadie. Sabía que él se estaba enamorando de ella, que la quería; razón de más para hacerlo objeto de su rencor por los hombres, fatal sentimiento aquel incoado en su alma desde la violación; ultraje del que fue objeto, desde muy niña, por parte de su tío Arnulfo. Ira que se afianzó en su alma, recalcitrante, cuando Raúl, el hombre que la embarazó, instó hacerla abortar, y al no lograrlo, le propuso e impuso para dar en adopción a su hija Lolita.

No hubo razón ni argumento que le impidiera tomar la decisión de irse para la capital. Entonces, lo dejó.

Quién sabe, si se hubiera quedado con él, con Tato, pensaba muy seguido Arinhayeth, qué le hubiera deparado el destino. Tal vez no hubiera sido tan incierto. Más tarde supo que él sufría mucho sin ella, y eso, en lo más recóndito de su alma, le generó una inconfesable e inexplicable sensación de inicua e inútil satisfacción.

INÚTIL INSISTENCIA

Sus últimos, atropellados, arremolinados y fugaces recuerdos, antes de su partida al más allá, fueron aquellos cuando Arinhayeth volvió a la capital a trabajar con una señora a quien le decían Mima, madre de Necha, su antigua y benefactora patrona. Allí estuvo tres años, al cabo de los cuales le resurgió el deseo de continuar estudiando. A ella la arrancaron de su pueblo con la expectativa del estudio como pasaporte al progreso, y lo iba a lograr, al precio que fuera.

Con ayuda de la misma señora Necha se matriculó en la nocturna, en el Colegio Interamericano de la avenida Dos de Mayo con carrera Octava sur. Sin ella saberlo, allá había estudiado Nosly, nueve años antes, los dos últimos períodos lectivos del bachillerato. Sus vidas paralelas y derroteros inciertos volvían a cruzarse, sin proponérselo.

Abandonó de nuevo el oficio de doméstica; habló con su hermana Alcira, quien trabajaba todos los días en un restaurante y necesitaba que alguien le colaborara con el cuidado de sus dos hijos, aún muy pequeños. Arinhayeth le solicitó apoyo para concluir sus estudios; le dijo que necesitaba techo, comida y algo de dinero para pagar la pensión y los transportes. Que, a cambio, le propuso, ella le ayudaría en la casa a cuidar a sus dos sobrinos. Alcira aceptó, compelida ante el hecho de que fue ella quien la trajo de Timbianí con esa expectativa de estudiar para que progresara.

Los domingos y festivos Arinhayeth también empezó a trabajar como mesera en el mismo restaurante donde lo hacía su hermana Alcira. Sin que ninguno de los dos se imaginara lo que les deparaba el destino, pocos años después, Nosly, muy de vez en cuando iba a almorzar a dicho restaurante, los domingos, con su familia. Allá ella lo atendió varias veces, aunque ninguno, después, recordara haberse visto. Solo lo presintieron, cual ignota fuerza avasalladora de magenta color.

En forma complementaria con su bachillerato, Arinhayeth estudió los sábados, todo el día, secretariado ejecutivo; pues en su escala de logros el ser secretaria, además de ser su anhelo, era el primer peldaño hacia el éxito. Tato, pese al desplante hecho y al abandono al que lo sometió, la seguía ayudando, no solo con mercados en su casa en Timbianí, los que solía sacar del economato del batallón. También le giraba cada mes dinero para que terminara su bachillerato. Ilusionado esperaba que ella volviera a su lado, a sus brazos, una vez obtuviera su bendito título de bachiller.

En una oportunidad que Arinhayeth iba para el aeropuerto a reclamar un giro enviado por Tato, como en tantas y reiteradas oportunidades, su figura esbelta, su ineludible aroma de mujer fatal, su bella faz, pero, sobre todo, sus grandes y coquetos ojos de miel, atrajeron, cautivaron, la atención de Jorge, quien a la postre la contactó, ese mismo día, con el propietario de una pequeña aerolínea de carga, cuya oficina operaba en uno de los hangares del aeropuerto internacional de la ciudad capital. Allí le ofrecieron trabajo para servicios generales (es decir, aseo), comenzando el siguiente lunes. Posteriormente, y ante el retiro de la secretaria de aquella empresa, Arinhayeth pasó a ocupar ese cargo, logrando su primer sueño laboral.

El costo de esta, y de otras tantas, pero, al fin y al cabo, supinas metas, lo cual fue una constante en su vida, desde su infancia, fue el asedio de los hombres por obtener y disfrutar tan sensual, esbelto y hermoso cuerpo. Desde luego que después de Raúl, y tras haber obtenido, en calidad de trueque, beneficios con al menos una treintena de hombres, antes de Nosly, ella no oponía resistencia, ni dificultad alguna para que accedieran a sus encantos de mujer cuando el individuo era de su agrado físico; o cuando oteaba en este algún posible dividendo. Casos concretos, entre otros, con Tato, en Puebloyán; con Jorge y el sobrino de este, en la aerolínea; con Eduardo, el arquitecto; y con un mafioso que se enamoró de ella en el restaurante donde atendía los domingos y quien le daba significativas sumas de dinero por estar con él y guardar silencio, ya que nunca consumaron relaciones sexuales por el problema de disfunción eréctil que sufría. Tampoco le molestaba, ni se inmutaba, por el perenne asedio masculino; por el contrario, se le convirtió en un modo de subsistencia, satisfacción y venganza, haciendo que cada uno de esos, al menos treinta desdichados hombres que surcaron su fatal vera, una vez estaba segura de que aquellos se habían enamorado de ella, padecieran y sufrieran su abandono y desprecio; y esto le prodigó, en cada oportunidad, fútil refocilo. Gozó desechándolos, inclemente y despiadadamente, sin ambages ni consideración de ninguna naturaleza. Lo hacía porque sentía una inicua e inexplicable satisfacción al verlos padecer, sufrir y rogar.

Se cuidó, eso sí, después del parto, antes de volver a Timbianí a cuidar a su madre, en la misma clínica donde tuvo a Lolita, de hacerse aplicar un dispositivo intrauterino para no quedar, de nuevo, embarazada. Lo cual cumplió a pesar de que una gran mayoría de los hombres que conoció, después de Raúl, le rogaron y propusieron que tuviera un hijo con ellos, garantizándole el apellido y un futuro seguro y decente, solían decirle. Pero ella nunca aceptó. Solo se quitó el dispositivo unos años después de conocer a Nosly, de quien sí quiso tener un hijo, pues lo consideraba un hombre muy educado; además, de modales finos, muy respetuoso y adecuado como para perpetuar su sangre. Sin embargo, él se había practicado, hacía diez años, la vasectomía, después del tercer hijo con su esposa.

Algunos de sus desdichados amantes, tras el abandono abrupto del que fueron objeto por parte de Arinhayeth, se refugiaron en el alcohol, otros perdieron la cordura, dos murieron de dolor, uno más se suicidó y, de los demás, nunca más quiso saber de ellos. A ninguno amó. A todos les fue infiel. De pronto a algunos les tomó algo de cariño, como el caso de Camilo, el agente de la Dirección Judicial de Inteligencia Nacional, con quien duró cinco años y al cabo de los cuales, para no perderla cuando ella se cansó de él, este le propuso matrimonio, suicidándose luego de su abrupta negativa. O de Eduardo, de quien quizá se enamoró, un poco, pero a quien terminó aborreciendo ya que se

casó, estando de novio con ella, con una mujer adine-
rada y mucho mayor que él. Arinhayeth, a todos afectó
y les cambió, de manera negativa, el rumbo de sus vidas.

A Nosly tampoco lo quiso. Hubiera querido
amarlo, se lo merecía, pero ella no podía. Su pasado se
lo impedía; lo reconoció en ese preciso instante cuando
su vida, de manera inexorable y trágica, se le esfumaba
entre espirales de magenta color. Pero, a diferencia de
todos los demás, consideró Arinhayeth, Nosly fue alguien demasiado especial para ella, por lo que, en aquel
fugaz final, le encomendó seguirla; irla a buscar al más
allá, como él mismo se lo había prometido. Entonces,
falleció mientras gritaba, en silencio mortuorio, su
nombre: «¡Nosly, mi Yiyo bonito, aquí te espero!».

CITA INCUMPLIDA

Cuando Arinhayeth llegó al Centro Comercial Los Andes eran las 5:25 de la tarde. Quince minutos antes la camioneta Ford Explorer había salido del parqueadero, rumbo al norte, con su plagiado cargamento humano. Al no encontrarlo en el sitio acordado frunció los brazos en señal de despreocupación, aunque le pareció raro que no estuviera ahí. Nosly, en los nueve años que llevaban de relación, siempre que la citaba, estuvieran las cosas como estuvieran, solía llegar muy puntual. Nunca había faltado, nunca había llegado tarde a las citas. Pensó que estaría dando una vuelta; quizá comprándole un detalle, como solía hacerlo para aquellas situaciones de reconciliación, aun cuando esta vez la causante del disgusto, como siempre, fue ella y, más aún, en esta oportunidad donde, lo reconocía en su más íntimo e inconfeso fuero interno, le había saltado largo, demasiado largo, con esa traición tan abyecta y descarada.

A ella siempre le parecía extraño que Nosly, su Yiyo del alma, como le decía por coquetería, le aceptara todos sus deslices, como los llamaba él mismo. Sabía que él la quería. Que venía de una relación difícil y frustrante en su matrimonio. Que él solo había amado dos veces: primero a su esposa, quien era, según lo poco que le compartía al respecto, una persona complicada, difícil de entender y, peor aún, de querer; y segundo, a ella: a Arinhayeth, la postrera pasión de su vida y en quien él esperaba encontrar un sitio de amor. Arinhayeth tenía la certeza de que él estaba enamorado de ella, pese a que ella jamás se comprometió con él diciéndole que lo quería, ni mucho menos que lo amaba, en las reiteradas oportunidades que al respecto Nosly le inquirió. Siempre instó, de cualquier manera a su alcance, esconder en el averno de sus pasiones humanas los verdaderos e inconfesos sentimientos que hacia él ella creía sentir.

Tal vez le daba miedo expresar lo que había, de verdad, en su alma atormentada y maltratada desde joven, así como en su corazón destrozado desde niña. Ella sentía que no podía amar ni querer a nadie. Una obscura y penosa satisfacción le causaba cuando hacía sufrir a quien se atrevía a quererla, y con mayor énfasis, al que osaba amarla. Le parecía normal que los hombres que llegaban a su fragosa vera obtuvieran, sin dificultad alguna, sin complicación de ninguna índole, sus delicias; y desde luego, sin compromiso alguno de parte y parte. Y que cuando a ella se le acabara la química, independientemente de lo que el otro sintiera o le pasara, un adiós o un hasta luego, y ya: «Aquí ni el trillo quedó…», solía decir tras sus abruptas rupturas con los hombres.

A sus ocho años, la escena del padrastro de su madre, un hombre que para entonces rayaba en los sesenta y cinco años, violando a su hermana mayor, allá, en esa manga de potrero, y luego, los ojos llorosos y atormentados de la víctima, se incrustaron, para nunca salir, en lo más recóndito de su corazón. Tal experiencia afectó de forma negativa, todas y cada una de sus tormentosas y difíciles relaciones con los hombres. Se sentía culpable, y no sabía por qué. O, tal vez, porque jamás a nadie se lo quiso contar; y posteriores violaciones efectuadas, tanto a ella como a sus otras hermanas, mayores y menores, por la misma persona, así como por otros familiares, las sentenció, a todas ellas, a una vida muy difícil, complicada y sexualmente frustrante. Incluso, para dos de ellas, obligadas a cargar el lastre humillante de una maternidad incestuosa; de la cual ella se libró, quizá por su corta edad, cuando su tío materno, y durante casi tres años, todas las noches, abusó de ella, ya que su madre le ordenaba que tenía que acompañarlo para que no estuviera solo. Callado y compelido ultraje que duró hasta cuando, a sus once años, y durante aquella noche, tuvo el percance de la hemorragia que le produjo el aborto. Al día siguiente ella le dijo a su madre que no quería seguir acompañando a su tío; entonces, enviaron a su hermana menor para que la reemplazara. Cuatro años después su hermana tuvo un hijo de su tío.

Quizá esa era la razón por la cual cada vez que Arinhayeth intimaba con un hombre, tornaba vago su mirar; además, sus ojos se humedecían de melancolía. También solía sentir asco, rabia y deseos inconfesos de venganza, mientras sus pensamientos se contagiaban con esa necesidad, como un impulso, de hacer sufrir, de odiar, incluso de matar al amante de turno. Situación aquella que, además, la alejaba, casi siempre, del goce, del disfrute, del placer; y, desde luego, de sentir afecto y amor, no solo por los hombres, sino por ella misma.

Pero, ahora, con la aparición y enfermiza perseverancia de Nosly, ella sentía que él la descontrolaba, como que la desubicaba. Además, le inquietaba que en las tantas ocasiones que, o no había podido, o tal vez, que no había querido refrenar sus instintos de mujer libre y casquivana, o sus deseos de hacerlo sufrir, lo cual él intuía, casi de inmediato (ella no sabía cómo lo hacía, «pareces un brujo», le dijo un día) y ella, sin mucha resistencia, se lo confirmaba con morboso placer: ¿cómo era que no reaccionaba?, ¿cómo era que volvía y la perdonaba, aceptaba o le creía su promesa de que esa había sido, ahora sí, la última vez? En las anteriores oportunidades, tal vez, porque solo se había tratado de una o dos veces con el mismo sujeto. Pero, esta vez: ¿por qué lo hacía y aceptaba? O, mejor sería preguntar: ¿por qué imponía seguir con la relación?, si él ya lo sabía, pues ella, con descaro, se lo confesó cuando en el carro él le dedicó *El Calmante*, canción interpretada por Galy Galeano, ante su reiterada negativa de estar con él, sobre todo en los últimos doce meses.

En esa ocasión Nosly le dijo que percibía la existencia de una tercera persona entre los dos, y ella se lo confirmó sin ambages. Le dijo que sí, que había otro hombre en su vida; que esa aventura llevaba al menos dieciocho meses; que se veía con él casi una vez a la semana en Chapín. Que esa sí era la verdadera causa para que ella no quisiera estar con él, con Nosly, sino muy de vez en cuando. Que sí, que ese era el personaje, el amigo que tanto la llamaba al celular. Que a ella le dolía mucho, que todo esto la hacía sentir muy mal, pues, durante esos últimos dieciocho meses él, Nosly, le venía dando, cada mes, el equivalente a dos salarios mínimos para sus gastos personales y los de su familia en Timbianí y, además, que en ese mismo lapso le había comprado muebles, la argolla de compromiso que ella no usaba con frecuencia por la misma razón, la casa a su nombre para que viviera en ella y obtuviera una renta cercana al millón de pesos mensuales y, al menos, otros veintiséis detalles más, entre peluches, serenatas, paseos, botas de cuero, ropa y cenas románticas. Que ella no sabía la razón, pero que seguía encaprichada con el personaje aquel, pese a su maltrato, a su tosquedad, falta de detalles y, sobre todo, sabiendo que le sonsacó más de tres millones de pesos del dinero que Nosly le consignó en su cuenta de ahorros para que le figuraran movimientos y saldos bancarios, y poder así, como lo tenía planeado Nosly, solicitar un crédito bancario para montarle un negocio mediante el cual obtuviera sus propios recursos y se distrajera un rato. Que, incluso, también le confesó Arinhayeth esa vez a Nosly, que después de haberle confirmado y confesado lo de este desliz y, además, de haberle jurado que no volvería a verlo, ni mucho menos a estar otra vez con aquel sujeto, al siguiente fin de semana pasó otra vez.

Pero, a cambio de lo que ella esperaba, es decir, de que Nosly la maltratara, la golpeara, la dejara, le quitara todo lo que le había dado, que la desamparara, él le dijo que la amaba, que la perdonaba y le insistió en su amor por ella, puesto que Arinhayeth era su última esperanza y proyecto de vida, le argumentó. Que la entendía en su proceder, le justificó.

Una vez Arinhayeth terminó su evocación, instó consolarse diciéndose, en silencio, que era posible que Nosly hubiera tomado la decisión de dejarla, ahora sí, sola. *Me lo merezco* —se recriminó—. *O, a lo mejor, se está haciendo el digno y quiere darme una lección de orgullo. Por tal razón, esta vez no va a llegar temprano... por ahí estará, enojado... Ya aparecerá.*

Pero, muy adentro de ella comenzó a crecer la intranquilidad, pues esa no era la forma de ser, ni el proceder de Nosly. Ella lo intuía. Había pasado algo extraño... ¡y muy malo! Lo percibía, no sabía de qué manera, allá, en su mente, como un mensaje cifrado. También captó una extraña sensación de amor, la cual, en algo, la tranquilizó; pues supo, sin entenderlo, que provenía de él. Esperó hasta las 5:45 de la tarde y al ver que no llegó, le marcó al celular. Dejó timbrar tres veces, colgó y esperó, como siempre lo hacía, para que él la llamara. Pasaron cinco minutos y no hubo respuesta. Su preocupación fue en aumento. Volvió a marcar, pero esta segunda vez la llamada se fue de inmediato a buzón. Quizá le estaba marcando en ese mismo instante —pensó— o estaría haciendo otra llamada. Esperó otros cinco minutos para volverle a marcar... otra vez sin respuesta. Comportamiento por completo inusual en él, quien por más grave que fuera la situación, o por más enojado que estuviera, nunca apagaba el celular, ni dejaba de responderle en el acto. A partir de ese momento insistió marcándole cada cinco minutos al celular, pero, en adelante respondía el buzón. Dos meses después contestaba una grabación, diciendo que ese número estaba temporalmente fuera de servicio.

Si tan sólo llegué tarde veinticinco minutos, ¿por qué no me iba a esperar como en otras oportunidades cuando lo he hecho durante horas completas?

De repente un extraño presentimiento se apoderó, de nuevo, de su mente, como si le hubieran hablado en su interior e indicado que algo malo había pasado. No supo qué escuchó, no sabía de dónde, ni cómo, pero sintió frío y mucho miedo. Era la primera vez que experimentaba aquello tan horrible, tan nítido, ni comparable siquiera con la sensación agridulce e inquietante que percibía cada vez que se encontraba con su amante fortuito en la calle 63 con carrera 17, e iban a cualquiera de los moteles de sus inmediaciones y ella no dejaba de pensar en que su Yiyo aparecería por ahí, y quién sabe qué podría hacer. Desde luego que tal situación, es decir, la de llegar a ser descubierta en flagrante infidelidad, no dejaba de agradarle de forma intestina e intensa cuando lo pensaba y con morbo deseaba que ojalá así sucediera. Sin embargo, esta vez no sabía cómo ni por qué, pero intuía que había problemas. ¡Grandes problemas!

¿Qué habrá pasado?, se preguntó, pero no instó imaginar la respuesta. Le daba pánico intentarlo.

Estaba aterrada y se sentía sola y desnuda en medio de aquel centro comercial. Buscó fuerzas en su alma y se repuso. Decidió ir a dar otra vuelta con la esperanza, utópica, ella lo sabía, de encontrarlo. Se extrañó por esa sensación, nueva en ella, de intranquilidad sincera por Nosly. Nunca antes, de verdad, le había preocupado, pensó. Ahora ya no se trataba de la ansiedad por perderlo y quedarse económica y materialmente sin soporte, pues para eso tenía, a su nombre, la casa rentable que él le compró. Se trataba de algo raro, inquietante y alarmante:

La tonta se está enamorando... ¡qué estúpida!, se recriminó en silencio; pero esta vez le dolió lo que pensó de sí misma.

Se acercó, una vez salió del centro comercial, a una cabina telefónica en la cual vendían minutos a celular y le marcó de nuevo. Podría ser su equipo que por algún desperfecto técnico no tuviera comunicación. El buzón de voz se activó al momento. En ese preciso instante sintió que lo había perdido para siempre. El terror del olvido y la soledad preñaron sus entrañas con ese engendro que nunca saldría de su cuerpo y que la fue carcomiendo de forma lenta y dolorosa, como un cáncer incurable, de adentro hacia fuera. Quiso consolarse diciéndose que a lo mejor seguía bravo:

¡Con justa razón!, se autofustigó en silencio.

Volvió a recriminarse por lo de su última e infame hazaña, pese a que ya habían hablado de eso y ella le prometió, una vez más, que ahora sí, que nunca más lo volvería hacer, que se lo juraba; y él, de nuevo, la perdonó, como en otras tantas oportunidades.

¡Sí!, debe estar digno... ya se le pasará, volvió a pensar a título de inútil consuelo.

Esperó hasta las siete de la noche para llamar a la casa y preguntarle a la mamá de Nosly que si él la llamó o la fue a ver esa tarde. Habría quedado tranquila con escuchar una sola respuesta positiva. Incluso, le hubiera provocado mayor placer que el que le generaba la tosquedad de su último amante, sobre todo cuando acudía a sus grotescas posturas y la trataba con tan indecentes palabras... Pero, ¡no! Las dos respuestas fueron negativas. Un frío necrótico besó su existencia. La madre de Nosly le preguntó sobre lo que pasaba, y ella le dijo que nada extraño, que ya iba para la casa, que no demoraba. Que la esperara.

A las 5:30 de la tarde de ese mismo día, y muy seguido en adelante, la madre de Nosly percibió un inefable y criminal vacío en el pecho; algo así como una zozobra o picadura de áspid en el alma; lo que la condujo, junto con las imprecisas y cada vez más presagiosas noticias que le daban de su hijo desde entonces, cinco meses después, a su fallecimiento.

Aquella noche ni Arinhayeth ni la madre de Nosly pudieron conciliar el sueño. De hecho, a partir de entonces, todas las noches eran de intranquilidad e insomnio para las dos, lo cual ella instaba mitigar encontrando respuestas al releer la postrera narración romántica, *Soledad final*, que él escribió como consecuencia de su último desliz:

"Crepúsculo de junio a la siga de la inevitable soledad final. Insuperable dolor del alma. Fúnebre presagio y amargo sabor de olvido. ¡Letal herida nos causó tu desliz fatal! No sé si lo amaste más que a mí. No estoy seguro... O, quizá, de lo que no estoy seguro es si alguna vez me amaste... Tal vez tan solo me quisiste un poco. Pero que a él lo deseabas y añorabas con inefable sentimiento y pasión abyecta, como nunca lo sentiste ni hiciste conmigo, eso sí lo comprobé con inmensurable ardor y sufrimiento.

¡Oh triste realidad del mundo cruel y despiadado! La interminable y oscura noche en la que me sumiste ya no la evita, ni la aclara, el resplandor divino de tus

traicioneros ojos de acibarada miel que sonríen, que enamoran, que enloquecen y asesinan al mirarlos.

Buscaste con ansia irrefrenable, en otro, turbio placer... y lo obtuviste, tanto como lo disfrutaste... Jugaste rudo con mi amor en la ruleta extrema del perder... y, además de destruirlo, ¡lo condenaste! Le apostaste al placer... y lo conseguiste. Jugaste a perder... y lo lograste. Nunca valoraste, ni mucho menos te importó, lo que te daba. No previste el costo ni el riesgo que tu aventura implicaba.

Desde el comienzo oí, iluso, tus pérfidas, justificativas y elaboradas explicaciones, según las cuales, aquello tuyo, tu desliz fatal, era tan solo el producto exagerado de mi prolija imaginación y falta de confianza en ti y en tu amor por mí... Y acepté, ciego, ¡qué tonto!, por el amor que te profesaba, varias veces, que lo que tú sentías por esa gran y decente persona, como lo llamabas, era solo una simple y necesaria amistad...

¡Oh abominable engaño cruel y despiadado con el cual diste rienda suelta a la bajeza de tus ensortijadas pasiones en el valladar infecto del placer impío!

¿Cuántas veces, amor de mi alma, su aunque no física presencia invadió e interrumpió con alevosía desmedida nuestros íntimos momentos? Y tú disfrutabas mi dolor, con gran intensidad, en tanto más ello me afectaba... ¿Cómo pudiste estar con él y más tarde fingir amor entre mis brazos? ¿Cómo pudiste prodigarme sucios besos sin que tu conciencia te recriminara tan aleve afrenta?, ¿tan ignominioso y feo engaño?; ¿cómo es que la vergüenza no turbó la luz de tu mirada ni el

rubor de tus mejillas? Porque ya estabas acostumbrada a ello... y de igual forma, lo disfrutabas... ¿Cuántas veces, amor de mi alma, tus hondos suspiros, la indiferencia de tus besos y caricias, así como tu ausencia de pensamiento, estando tú y yo, golpeó con saña la historia de amor que te escribía? ¡A diferencia de otras ocasiones, en esta, de él te ilusionaste!

¿Cuántas veces, amor de mi alma, saliste, fiera, en su defensa, sin siquiera estarlo mencionando? Creíste que él era el hombre que siempre esperaste; y aunque desde el principio de tu desliz fatal la duda criminal no dejó de golpear mi mente, guardé hasta el final la tenue esperanza de que todo fuera como lo justificabas.

Fallaste cuando todo te lo daba. Quebrantaste la confianza del ser que te adoraba. Cambiaste por sucias migajas de corrompido goce, recogidas a hurtadillas de la fría y frondía calle, el proyecto de limpio amor y vida recta que te ofrendaba.

¡Sí! Nunca comprendiste... o quizá no te interesaba comprender, lo que para ti edificaba y por lo cual estaba dispuesto a darlo todo, hasta lograrlo. Trocaste el futuro limpio y cierto que a mi lado te esperaba por turbios y fugaces momentos de vulgar placer de calle, para satisfacer clandestinamente lo que guardas desde siempre, recóndito, en tu alma. ¡Sí! Esas, tus ansias irrefrenables de causarle daño a quien se atreva a quererte. A quien te ame. A quien te respete. A quien de verdad te adore.

Hoy, el ardid, por su magnitud, es evidente, imposible de ocultar, y público. La ignominia fatal corroe mi alma, delezna con tristeza ignota mis sueños y mis alegrías. Hoy, aunque para entender tu error fatal con él tuviste que sufrirle engaño, mentira, vergüenza y afrenta pública —y ello me hace aún más desgraciado y triste— ya no puedo creer, aunque quisiera, ni en tus lágrimas, ni en tus súplicas, ni en tus vacías promesas de fidelidad futura, ni mucho menos en los besos de tus infectos labios... porque de nuevo, en un mañana, no muy lejano, así quisieras refrenarte, vuelve a suceder... Y aunque lo intente, mi alma destruida no puede perdonar, ni mi agonizante corazón de nuevo amar, pues tú y yo nos hemos condenado, para siempre, en esta, la soledad final".

Arinhayeth se sintió tanto halagada como incómoda al encontrar, otra vez, como cuando él se la leyó con lágrimas en los ojos hacía menos de ocho días, que con ese escrito, como con otros tantos, su Yiyo le desnudó el alma y dibujó con letras sus inconfesos sentimientos: ¡la historia de su vida! Nosly, esta vez, había narrado con escalofriante precisión, no solo el pasado, sino el presente y el futuro de aquella tortuosa relación, de aquel amor difícil que, por culpa de ella, lo reconoció, vivían los dos. Volvió a sentir ese temblor que le causaban siempre, no solo las palabras de Nosly cuando le expresaba, a flor de boca, sus sentimientos e instaba guiarla por la senda que a él le parecía que ella debía tomar para su propio bien, sino cuando le leía aquellas narraciones que ella le inspiraba y en donde, con extraña y miedosa precisión, además de describir lo que era ella y lo que hacía a escondidas suyas, también presagiaba aquellas cosas que les sucederían. Sí, esta vez oteó en ese escrito, desde su atormentada alma, un dramático final, para los dos, pletórico de tristeza, tragedia y dolor. Sintió miedo, pánico de soledad y abandono. Guardó, nerviosa, el manuscrito que le quemaba las manos, buscando olvidar y hacer omiso caso de lo que allí Nosly auguraba.

Al siguiente día lo llamó al celular, muy temprano, pues sabía que él llegaba antes de las siete a su oficina. La llamada se fue de nuevo a buzón. Desespero y desasosiego impregnaron, aún más, su corazón. En ese momento sintió, pero esta vez con una intensidad mayor a todas las anteriores oportunidades, que, al parecer, estaba enamorada, pues sintió su ausencia. ¡Sí! Aquel era, tal vez, un amor difícil …quizá ese que le fue esquivo desde niña, afecto que estaba aflorando en su alma y corazón hacia Nosly, más ahora que la noche anterior, después de leer la narración, la llamó el sujeto aquel y le exigió que le prestara otros cinco millones de pesos, y quien al decirle que ella ya no tenía dinero, la ultrajó y trató de la peor y más baja manera, muy común en él, amenazándola, además, que si no le conseguía ese dinero en el transcurso de la semana, que para eso tenía una casa que podía hipotecar, no lo volvería a ver. Esa vez Arinhayeth al fin tuvo el valor de responderle que eso era precisamente lo que ella quería. También le dijo que no la volviera a llamar. El tipo cumplió esto al pie de la letra. Se desvaneció para siempre de la vida de Arinhayeth, con todo y el dinero que le logró sonsacar.

Cada media hora Arinhayeth volvía a marcar el número del celular de Nosly, y pasaba siempre lo mismo: la llamada se iba a buzón. A las diez de la mañana lo hizo al fijo de la oficina, al que nunca llamaba. Pero, dadas las circunstancias, ahora era necesario, era de vital importancia hacer esa llamada. La secretaria le comunicó que no estaba y que no sabía si iba a ir o no, pues no había avisado; además, enfatizó la secretaria, lo estaban esperando, pues tenía clase programada toda la mañana. Por tal motivo Arinhayeth le pidió el favor a su suegra para que llamara a su nieta, la hija menor de Nosly, y le preguntara por él; pero la respuesta fue que ella no sabía, pues cuando su papá llegaba a casa, ya estaba dormida, igual cuando se iba; que por tal razón no sabía nada. En ese momento a Arinhayeth se le ocurrió que de pronto se había ido de comisión para alguna ciudad y que no le había avisado, como castigo... tal vez para hacerla sufrir por lo de la semana pasada.

Ya volverá, se dijo. Aunque ella sabía que su Yiyo no actuaba así; además, en la narración que releyó la noche anterior él fue muy claro al decirle que no la podría perdonar así quisiera. Entonces, la sensación del abandono no se hizo esperar y la absorbió física y mentalmente. La sumió en la desazón y en el pánico de la soledad.

Al tercer día se ocupó de asuntos propios de su familia, pero le marcaba cada dos o tres horas, y solo regresó a su casa a las nueve de la noche. Su suegra le preguntó por Nosly, su hijo, ya que llevaba tres días sin que la llamara, lo que nunca dejaba de hacer dos veces por día, por lo menos, a lo cual Arinhayeth le respondió, para no preocuparla, que ya había aparecido, y que, como siempre, tenía una de sus acostumbradas pataletas; que ya se le pasaría y la volvería a llamar, o a ir. La madre de Nosly recibió la respuesta con incredulidad, pero como estaba empeñada en mantener una buena relación con ella, para que no se repitiera la historia de cuando vivió con Soledad Daniela, no hizo más comentarios, pues no tenía más argumentos que el presagio y el presentimiento maternos. Además, con su hijo, nunca se sabía cuándo estaba de buen o mal humor, pues todo dependía de lo bien o mal que estuviera con Arinhayeth. Y al parecer, por ahora, las cosas no parecían andar de la mejor manera, aunque, ella lo sabía, esa relación no debió ser y nunca vio ni sintió que marchara bien. Sin embargo, y pese a que no la aceptaba, sobre todo porque presentía y algo había visto de infidelidad en Arinhayeth, no se lo expresaba a nadie, menos a su hijo. Por ello sufría, pues sabía que su hijo amaba a esa mujer; y, además, que él sí le era íntegramente fiel, sin ser correspondido de igual forma. Asimismo, entre Soledad Daniela y Arinhayeth, ella solo quería, a pesar de todo, con toda su alma, a Soledad Daniela, la esposa legítima de Nosly, por lo que se sentía mal al aceptarle a su hijo esa relación extramatrimonial, aunque lo comprendía.

Al cuarto día, en la mañana, su nieta, la hija menor de Nosly, la llamó y le preguntó si sabía algo de su papá, pues hacía cuatro días que nadie daba razón de él. Con esta noticia la duda se disipó y en el pecho de la anciana estalló la crisis. A su hijo, ella lo sabía desde las 5:30 de la tarde de aquel martes aciago, algo malo le estaba sucediendo, y sospechó que la causante era Arinhayeth, pero calló y tan solo se dedicó a observar con recelo cómo, ante estos acontecimientos, aquella mujer rompía en llanto. Presentía lo peor. A partir de ese instante la anciana enfermó de gravedad hasta cuando su corazón no resistió lo intenso de la incertidumbre y el dolor de no saber nada de su hijo; entonces, falleció, cinco meses después, mientras recitaba en el silencio de su amargura el nombre su hijo.

Al funeral sólo asistió Sirlene, la hija menor de Nosly. Adriana, la mayor, se disculpó por asuntos de trabajo, mientras que Danilo argumentó que para ese día tenía un parcial en la universidad. Soledad Daniela, la esposa de Nosly, tampoco asistió al sepelio de su suegra.

ABANICO NOCTURNAL

Pese a las diarias e inexplicables "presencias" etéreas de Nosly a las diez de la mañana, cuatro de la tarde y diez de la noche, Arinhayeth no lograba entender lo ocurrido, pues aún no le daba crédito a lo que escuchaba en su mente. ¡Sí!, era cierto que la última falta fue muy grave y que golpeó, de manera drástica, el corazón, el alma y el honor de su Yiyo; pero él ya estaba acostumbrado a sus deslices; entonces, no era para tanto, así que no justificaba ni explicaba su radical comportamiento. Tal vez se había cansado de todo: de ella, de su esposa, de su madre, de sus hijos, del trabajo... y decidió desaparecer sin dejar rastro, tal y como se intuía en casi todas las narraciones que desde hacía nueve años él le compuso, pero, en especial, en esa que tituló: *Seres queridos*; la que ella siempre se rehusó a leer. Sin embargo, ahora, dadas las circunstancias, tal narración, al parecer, cobraba vigencia. Si quería comprender lo que estaba pasando tenía que hacerlo. Buscó entre las empolvadas carpetas donde guardaba todos los escritos de Nosly y procedió a leerla en silencio:

"Letales y certeros golpes diezman el espíritu... la esencia vital insta a huir, sin ambages de ninguna índole, por el umbral taciturno y gris de la nostalgia absorta...

Castiga el destino con infames golpes que merman el hálito de la voluntad y deleznan la ilusión, los sueños y las esperanzas, otrora pletóricas de ahínco, efervescencia y fuerza. El cansancio de los días agobia, sin clemencia y con gran prisa, el trasegar de los instantes que en orgía de remolinos se precipitan por el acantilado del averno y la desesperanza, do ulula el canto fúnebre de la melancolía y pulula el acíbar del amor, ofrendado en frágiles y exquisitas copas de traición y engaños inconfesables.

Yace varado en la amontada estación de los olvidos el tren de la agonía, cargado ahora con tristezas, rencores, fracasos e idas alegrías. Castigo artero propina, no tanto el envejecer temprano en un letargo de ironías, sino la actitud extraña, agreste y por demás aleve de los seres que uno quiere y, sobre todo, en quienes se gastó la juventud y hasta la misma vida.

Fieros leones y hambrientas hienas persiguen, jadeantes y con rabia inicua, los despojos del alma herida de un hombre solo y triste que en lontananza muere.

Todo lo quise hacer bien. ¡Más que bien! Siempre pensé en ellos, en mis seres queridos. Les procuré nobles objetivos, metas dignas y alcanzables, y se las propuse, entusiasta, para que las cosecharan y disfrutaran. Les hice el camino. Les señalé la senda. Les conduje de la mano, no sin pocas dificultades, sacrificios y privaciones, por donde creí más seguro, probable e indicado para sus vidas, a la siga de un destino de éxito y, sobre todo: digno. Ellos respondieron con afrenta. Ella pagó con rencor y aleve engaño, ahí mismo, en el sitio que con exagerado amor le construí para asegurarle su futuro.

Fui el arquitecto de sus ideales y el gestor de sus primeros sueños; y en ello se me esfumó, se me escapó la fuerza, la juventud y las ilusiones de vivir... lo cual me hunde, cada aciago día que le resta a esta descorazonada existencia, en el confuso deseo de acallar, presto, el latido débil, casi murmullo agónico, de un corazón de muerte herido.

Hoy el arrebol presagia el arribo inexorable —y ahora más que nunca por mí buscado y deseado— del abanico nocturnal de las sombras en el olvido final y de los adioses no esperados. Y estoy solo, enfermo de muerte y engañado, en esta fría y familiar multitud estridente de la incomprensión y la diatriba artera, relegado a la triste función de proveedor de sus crecientes y cada vez más exigentes y extravagantes necesidades, sin que logre, por más que me esfuerce en ello, satisfacer su cada vez más voraz apetito.

Es injusta, desagradecida e inexplicable la razón, cualquiera sea, que ellos tengan para actuar así; y ello corroe mis sentimientos y le desgrana, en forma perenne, lágrimas al alma. Lo cierto es que lo hice, lo hago y lo seguiré haciendo con morbosa devoción. Me es imposible dejar de hacerlo, ya que asumo y cumplo, hasta las últimas consecuencias, mi palabra dada y mi compromiso de hombre y padre, independiente de las circunstancias que se presenten en mis relaciones con ellos, incluyendo en esto el sutil y casi a diario engaño inconfeso del amor de mis amores, que pese a todo sigo

*amando con ternura, limpieza y sinceridad, como na-
die lo podrá hacer... y ella sí que lo sabe; sin embargo,
de manera inefable lo hace... y lo seguirá haciendo,
sabiendo que con su traición me causa gran dolor y me
precipita con mayor ahínco al averno sepulcral de los
olvidos.*

*¿En qué me equivoqué? ¡Porque estoy seguro de
haberme equivocado en algo! ¡Claro!; pero, ¿en qué?*

*Para poder apreciar lo vital del agua que se bebe
es menester haber sufrido sed, sin tener como saciarla.
Para sentir y agradecerle a Dios el descanso bajo la
sombra es preciso haber padecido la muerte de la in-
solación, sin poder guarecer la espalda del astro rey.
Cuando se invierte en amor no se debe entregar del
todo el corazón. Un poco de hambre y sed, algo de frío
o intemperie, y un tanto de indiferencia de cuando en
vez es imprescindible sentir para valorar el bocado
ofrecido, el abrigo socorrido y el sentimiento profesado.*

*Todo lo obtuvieron fácil, sin ningún esfuerzo ni
contraprestación. ¡He ahí el error!, ¡esa fue la equivo-
cación! De forma inconsciente pretendí con ello, quizá,
comprar, ganarme o mantener su cariño, su amor, su
respeto, su lealtad, su afecto, su confianza y... en especial, de ella, su fidelidad íntegra: física y mental.*

*A cambio, solo recibí abrojos, guijarros filosos e
hirientes y, de ella, esa parcial fidelidad que incluso
hoy me ofrenda, guardándose en su mente el refocilo
de aquella aventura inconclusa, aún pendiente y en
perspectiva, y, para mis desgracias, y por no perderla*

por completo, de ello hago omiso caso y por ende acepto.

Acaso, pese al profuso dolor y daño letal que esto me causa, ¿tengo alternativa?

Cuando caí en cuenta del error quise enmendarlo de inmediato. Otro error, ¡tal vez más grave que el primero! Pues la desazón ya galopaba sobre aquellas fértiles dehesas. En consecuencia, terminé siendo yo el inconsecuente, el absurdo, el cruel, el malvado... además: el responsable de sus desapacibles vidas. En consecuencia, odiado, reprochado, traicionado por ella... vituperado, ofendido y condenado por quienes amo, respeto y entiendo en ese, su dolor; el mismo que de forma involuntaria les incoé en el alma, y que quizá solo con mi temprana y aciaga muerte reivindicaré".

Arinhayeth se sintió en parte culpable del sufrimiento que allí, en aquella narración, destilaba angustia. Que allí descubrió. ¡Sí!, en ella, en Arinhayeth, Nosly quiso refugiarse para encontrar consuelo al dolor producido en el seno de su familia. Pero, ella, adrede, le falló y causó aún mayor padecer con sus traiciones.

Desde cuando escribió estas letras... hace un año, pensó, Nosly lo tenía decidido; iba a desaparecer. Ahora lo cumplió. Quizá se suicidó...

Pero, no. Esas diarias, extrañas y etéreas presencias mañana, tarde y noche le hacían sentir que aún, en algún ignoto lugar, estaba él, pensaba en ella, la esperaba y sentía que la amaba, aún más. Sintió morboso consuelo al interpretar que el dolor que ese hombre llevaba en su alma, si bien era cierto que gran parte se lo

causaba ella, también había otras personas responsables. Además, suspiró, ahora entendía su desaparición
y presentía su regreso, no sabía ni por qué ni cuándo.
Se daría en algún tiempo muy incierto, pero él regresa-
ría, ella lo sabía.

Y estaba en lo cierto.

VALLADAR DE INFECTAS PASIONES

Durante la inhumación de Rosalía, la madre de Nosly, uno de los inquilinos de Arinhayeth, oportunista samario cuarentón, se le acercó a darle el pésame. Al ofrecerle su apoyo para lo que ella llegara a necesitar, él sabía que, con esa loción barata, su peluqueado estilo militar que tanto la seducía, lo intuía, pero, sobre todo, con el apretón y el abrazo que le dio haciendo rozar los pezones de sus erectos senos contra su varonil y poblado pecho, aquella inerme y atractiva mujer sería objeto de su atracción y segura seducción. Y así acaeció.

Pese a la extraña y etérea sensación de la presencia de Nosly que en algo la inhibía, Arinhayeth inició con aquel samario una fácil y rápida aventura para apaciguar, mientras aparecía su Yiyo bonito, se justificó, el dolor de haberlo perdido sin razón aparente. Aventura que concluyó en escándalo cuando el tipo no quiso pagar la renta durante tres meses y ella, entonces, le tuvo que hacer juicio de lanzamiento. No pudo, eso sí, hacer que le devolviera el equipo de sonido, ni el DVD que le compró Nosly y, menos, su cadena de oro, reloj, argolla de compromiso y finos anillos, también obsequiados por Nosly, que aquel oportunista inquilino le sacó, de manera abusiva, del joyero que ella guardaba en el cajón de su armario.

Arinhayeth seguía atribulada por esa perenne impresión de tener a Nosly cerca que se hacía cada vez más fuerte, todos los días, a eso de las diez de la mañana, a las cuatro de la tarde y, de nuevo y con mayor énfasis, a las diez de la noche. A esas horas del día Arinhayeth no podía dejar de verlo en su pensamiento; situación aquella que la incomodaba tremendamente, desconcentraba y la hacía sentir muy mal cuando buscaba entretención con alguna de sus nuevas, abundantes y fugaces conquistas que tuvo durante la ausencia de Nosly, instando, se justificaba, mitigar y disipar la pena y el dolor por la pérdida inexplicable, sin justa causa, de su Yiyo bonito; a quien, ahora más que nunca, sentía que de verdad era el hombre que sí la había amado con plenitud, desinterés y entereza. Sentimiento este que se le volvía tenaz, sobre todo cuando escuchaba en la radio la canción *Tirana*, interpretada por Darío Gómez; melodía que un día, en el carro, con lágrimas en los ojos Nosly le dedicó.

A veces Arinhayeth se preguntaba la razón por la cual ella lo hacía. ¿Por qué serle infiel y causarle tanto daño a ese hombre cuyo único pecado fue conocerla y enamorarse? Sin embargo, ella sabía la respuesta desde el comienzo. Nosly la amaba sin condiciones de ninguna índole. Ella era su proyecto de vida; su más sublime y postrer objetivo; la razón y la causa para seguir adelante, para luchar por algo; para esperar con alegría un nuevo amanecer y disfrutar y pintar con versos los arreboles del atardecer. Además, desde el comienzo él fue sincero con ella. Le puso las cartas sobre la mesa. Le manifestó que su relación con su esposa, pese a las dificultades que existían, pese al desamor por ella profesado (lo que él creía) y a la tristeza incoada en su corazón por tan adversa forma de ser con él, era, antes que nada, un compromiso indisoluble, en el cual estaba de por medio su palabra dada.

Arinhayeth sabía que Nosly le prometió a Soledad Daniela que los dos llegarían unidos, juntos, hasta la muerte. Y él era un hombre de palabra, sobre todo en asuntos de amor, trabajo, familia y sentimientos. Pese a todo, ella no podía evitar serle infiel, ni antes cuando él estaba, y, ahora, que había desaparecido, menos.

¿Cuál era, entonces, la razón de su infidelidad? Y Arinhayeth tenía, o creía tener, la respuesta. Sin embargo, su íntima justificación para ser así con él, esa que armó en su mente para contrarrestar el inherente cargo de conciencia que esto le causaba, lo entendía, carecía de fundamento; pues ese hombre, su Yiyo bonito, no merecía tan sucio engaño, ni tan abyecta y continua traición a la que ella lo sometía.

El rol que ella jugaba en esa relación con Nosly; el ser la otra, la escondida, la que no podía tenerlo, ni mucho menos retenerlo, en exclusiva, cuando lo quisiera o necesitara; pues antes que su cama y su mesa estaban las de su formal hogar; era muy doloroso, injusto, y la causa de un inconfesable rencor, de un inevitable resentimiento ¡que alguien tenía que pagar! Y ese alguien no podría ser otro distinto al propio causante, es decir, él: ¡Nosly!, pese a que ella aceptó las cosas así desde el comienzo; pese a que él le dejó todo claro desde entonces, pese a lo hablado, a lo acordado y a lo prometido al respecto. Y la forma del tan humano desquite era esta: ¡serle infiel!, se justificaba: *Como para compensar en parte…*

Ambiguo, inquietante, y, sobretodo, fatal, común y peligroso proceder humano.

Sin embargo, fue la misma Rosalía cuando la enteraron de aquella relación quien, tal vez buscando evitarla o detenerla, o quizá por ingenuidad, sin proponérselo, le hizo nacer a Arinhayeth, o tal vez fortalecer, tan inicua justificación de infidelidad contra su hijo. Basada en su experiencia, la anciana le hizo énfasis sobre el sufrimiento y el daño que aquel rol de amante les propicia a las personas, en particular a las mujeres. ¡Sí!, fue la misma mamá de Nosly quien le contó a Arinhayeth su dolorosa historia. Según las palabras de la anciana, quería evitarle la amarga experiencia del padecimiento silencioso y artero que ella sufrió en su juventud y madurez temprana al haber sido durante largo trecho la segunda opción de un hombre casado, con quien nunca pudo contar en exclusiva, hasta el día cuando este se cansó del juego y la abandonó a su suerte con el fruto de ese amor oculto: la hermana menor de Nosly.

TIMBIANÍ

A los seis meses del incidente con el inquilino, y tras saber que su señora madre, quien aún vivía en Timbianí, departamento del Caucal, al sur occidente del país, estaba otra vez delicada de salud, Arinhayeth vendió la casa por menos de la mitad de lo que había pagado Nosly; regaló los muebles de sala, comedor, alcoba y cocina y se fue a atenderla, a estar con ella, a cuidarla, a refugiarse entre sus enfermos brazos; allá, a su campiña del alma, de donde, pensaba muy seguido, no debió haber salido nunca.

Y fue precisamente allá, en Timbianí, en donde, y pese a las extrañas y etéreas presencias de Nosly cada vez más nítidas a media mañana, media tarde y diez de la noche, Arinhayeth sufrió, pero esta vez con mayor ardor, la traición en carne propia. Libó, en infecta copa, el acíbar del desamor. Por aquellas cosas del destino, y tal vez con el propósito de buscar olvidar a Nosly, como ella se justificaba, se enamoró de su última conquista; de un hombre que le prometió matrimonio y hogar, y quien estuvo firme con ella hasta cuando los veintidós millones quinientos mil pesos, rezago con el que Arinhayeth llegó a Timbianí, producto de la venta de su casa en la capital del país, se le fueron acabando por los desembolsos que le hacía a ese individuo, ya para la compra de un lote, ya para los materiales, ya para otras tantas cosas necesarias para la construcción de la casa adonde se irían a vivir una vez se casaran. Sin embargo, una vez obtuvo los últimos tres millones quinientos mil pesos que le quedaban a Arinhayeth, el individuo se casó con una joven del pueblo, su novia de siempre, a quien llevó a vivir a la casa nueva. A título de compensación, aquel desfachatado individuo le propuso a Arinhayeth iniciar una relación de amantes, una rica aventura le explicó seductor, para que ella tuviera, cuando lo necesitara, con quien satisfacer sus necesidades de caricias y pasiones; pero, eso sí, sin ningún compromiso, ni escándalos, ni reclamos, ni más nada, y, desde luego, sin que su esposa se enterara.

Esa vez Arinhayeth no aceptó la vergonzante, la ignominiosa propuesta. Quizá en otras épocas y circunstancias distintas no le hubiera importado. Reconoció en su fuero interno que por primera vez odiaba a un hombre por razón diferente a la común. Recordó las palabras de advertencia de su Yiyo bonito quien le repetía muy seguido, pero que ella, o no oía, o no entendía entonces: «Mira, amor, la mayoría de hombres se acercan a las mujeres siempre pensando en obtener sexo fácil. Ahora bien, si por añadidura hay algo más, como dinero, bienes materiales o prestigio, mucho mejor». Pese a todo, aquello ella lo había disfrutado y aprovechado, incluso con el mismo Yiyo; pues consideraba que así era la vida; razón por la cual no se complicaba con amores ni sentimientos, así lastimara a quien fuera. Ella no amaba a nadie, ni siquiera a sí misma. Pero, esa vez, allá, en Timbianí, con ese tipo que le ofreció matrimonio, se entusiasmó y le creyó sus promesas de amor; por lo que fue muy duro, doloroso y, sobre todo oneroso para sus finanzas, experimentar la traición de esa forma. Reconoció, también, que se equivocó al instar comprar con dinero el amor, la compañía o la protección de un hombre.

Entonces, se entregó al cuidado de su señora madre, así como a leer y releer, a diario, las narraciones románticas escritas por Nosly, las cuales, junto a sus recuerdos y a su amor sincero y puro que él le prodigó, era lo único que tenía, que le quedaba y por lo que valía la pena seguir viviendo, pensaba. Al leer cada una de sus frases, cada una de sus letras, trataba de encontrar la explicación de su ignota e inesperada partida. Instaba, también, entenderle su proceder, su forma de amar, de existir y de ser; y, en efecto, ahí encontró la explicación al amor difícil con el cual ella lo había sentenciado a muerte, y de forma inexorable. En esas treinta y seis narraciones que Nosly le escribió, durante esos nueve años de tormentosa relación, estaban resumidas sus tristes y cruzadas vidas: ¡Pasado, presente y futuro!

Arinhayeth ahora dependía de manera física y económica de los escasísimos recursos que otros familiares de la capital del país, Puebloyán y Timbianí le socorrían para su madre, no sin gran dificultad y, mucho menos, sin dejarle de enrostrar el favor. En lo sentimental y afectivo sobrevivía con los recuerdos y las letras que transpiraban amor y dolor; esas que Nosly le escribió y en las cuales ella ahora encontraba, muy escondido, un mensaje que le decía que él volvería; que él no podía dejarla sola. Desde entonces se prometió, esta vez de verdad y con la fuerza del alma de muerte herida, amar, volviera o no, hasta el último día de su vida, fiel y con postración, a ese hombre que tanto ella hizo sufrir y que hoy al fin entendía la razón por la cual, pese a sus deslices, él la amaba tanto. ¡Sí!, pese a lo difícil que tuvo que haber sido para él hacerlo en las inicuas circunstancias que ella le impuso con su forma de pensar, de ser y actuar, lo reconoció con artero y doloroso silencio.

La vejez le madrugó y su pelo, otrora época la razón del hechizo del que fue víctima Nosly, se mermó y comenzó a tornarse de color plata. Los surcos de la angustia y el sufrimiento hicieron presencia en su faz, de manera rápida y despiadada, tras esos casi treinta y dos meses desde la desaparición de su Nosly. Era como una cuenta de cobro que le pasaba la vida por aquellas dieciséis nuevas aventuras furtivas, fugaces e improductivas que en ese mismo lapso sostuvo con personas que ni recordaba el nombre, siendo la última, y la más fatal de estas, la de su coterráneo, el que le propuso matrimonio para esquilmarle su patrimonio. Todo ello, y como se justificaba, desde luego, buscando alivio a su dolor por la inexplicable pérdida de su amado Nosly, porque la había dejado sola cuando más lo necesitaba. Instó culparlo.

TRISTE LIBERTAD

Nosly, treinta y dos meses después de haber sido secuestrado, evadió por fin a los insurgentes que lo custodiaban cada vez que salía del enclave académico guerrillero. En aquella última ida a la ciudad de Sogamayor logró que sus tres carceleros bebieran el somnífero que preparó con plantas silvestres. En un descuido de estos, les mezcló la sustancia con el trago que los confiados hombres libaban. En consecuencia, muy pronto fueron objeto de los efectos soporíferos de la mezcla; momento que aprovechó para salir del refugio insurgente en el cual se encontraban. Ya libre, buscó una modesta posada sobre la vía que conduce a El Cruce, rumbo a la ciudad de Jaropar.

Allá se refugió durante quince días, al cabo de los cuales se desplazó, con mucho sigilo, rumbo a la capital del país. Pero Nosly sabía que tenía un problema: estaba indocumentado; nunca logró que le reintegraran su postal de identificación; razón por la cual, antes de salir del refugio, tomó las de los tres guardianes mientras dormían por efecto del somnífero. Pero, dudaba usarlas, pues, con toda seguridad, eran falsas. Tenía que decidirse, o pasar indocumentado, lo cual le permitiría un campo de acción muy limitado, o correr el riesgo de usar una de aquellas.

Tan pronto se descubrió y reportó la fuga del profesor, la guerrilla dispuso a un comando de recaptura compuesto por cuatro hombres y dos mujeres, entre ellas Matilde. El objetivo era atraparlo o darlo de baja, pues conocía y poseía información comprometedora; la cual, sin control, constituía un gran riesgo operativo, político, legal, táctico, logístico y financiero, tanto para aquella cincuentera y multimillonaria empresa insurgente, como para los auxiliadores no beligerantes de la misma: personas de bien dentro de la sociedad nacional que apoyaban, o que se beneficiaban (o sea, se enriquecían) de manera directa o indirecta con la perennidad mutante de la causa revolucionaria. Es decir, con la irresolución del lucrativo conflicto interno armado nacional, muy pocos, tal vez unas ciento catorce mil quinientas personas, extraían de la patria y acumulaban grandes dividendos que eran depositados, o invertidos, en economías externas seguras, que les garantizaban inmunidad financiera.

Entre aquellos auxiliadores no beligerantes se contaban políticos de izquierda, centro y, ¡oh sorpresa!, un buen número de derecha; la mayoría representantes de los grupos económicos dominantes, de los más significativos e influyentes del país. También se lucraban y beneficiaban de aquella inacabable causa rebelde un buen número de servidores públicos de alto nivel administrativo, así como agentes, actuales y pasados, del Gobierno Nacional, de las diversas cortes, del Congreso, del Ministerio Público, de la Contraloría General; agentes diplomáticos de varias partes del mundo; pero, en especial, de los países vecinos y hermanos; directivos y empleados de organizaciones no gubernamentales; varios clérigos y jerarcas de las iglesias tra-

dicionales y no tradicionales; militares y policías, activos unos y retirados otros, de diversos rangos y guarni-
ciones; directivos sindicalistas; comerciantes; indus-
triales; banqueros; proveedores; mercenarios; trafican-
tes de armas y de drogas ilícitas; proxenetas; modelos
y reinas; presentadores, presentadoras y periodistas de
los medios de comunicación nacional e internacional;
y otro buen número de anónimas y reservadas personas
de la alta sociedad, cada vez más ostentosamente ricas.

El día quince desde su fuga, Nosly salió a la autopista y abordó una flota interdepartamental, rumbo a la
capital. Eran las dos de la tarde. Contó con suerte, pues
durante las cinco horas y media que duró el viaje no
hubo retenes, ni dificultades adicionales.

Al llegar al perímetro urbano de la capital se encontró con una metrópoli distinta a la de antes de su
secuestro. La capital había sufrido una gran, y poco menos desordenada, transformación urbanística. Antes de
bajarse de la flota hizo cuentas, mentalmente, de cuánto
dinero le debía quedar después de pagar el costo del
hospedaje, la ropa y la maleta que mandó a comprar
con una empleada de la posada a uno de los almacenes
de Sogamayor: eran, tal vez, cuatro millones quinientos
veinticinco mil pesos. Por suerte, había guardado muy
bien los últimos pagos efectuados, así como despistado
a sus guardianes escoltas que le llevaban la contabilidad de lo que tenía, recibía y gastaba. Desde luego que
el millón setecientos cincuenta mil pesos que "tomó
prestado" de los tres escoltas, junto con sus postales de
identificación, una vez sucumbieron por efecto de la
soporífera dosis, también hacían parte de ese monto.
No sabía el valor de los transportes urbanos, mucho

menos recordaba las rutas; además, preguntar podría ser muy riesgoso, sobre todo si lo hacía en las estaciones de los buses de transporte masivo donde habría cámaras, policías uniformados y encubiertos y, con toda seguridad, intuyó, milicianos urbanos de la guerrilla a los que ya les debían haber llegado sus fotos, junto con la orden de recaptura. Se bajó, entonces, antes de la calle 170 con autopista norte. Ahí abordó un taxi. Le solicitó al conductor que lo llevara al Hotel Santa Fe, en el centro de la ciudad, donde establecería su cuartel general de operaciones.

En la recepción del hotel, Nosly se identificó con la postal de ciudadanía de uno de sus anteriores escoltas. Con antelación había seleccionado para ello la identificación del guerrillero quien por la edad y unos rasgos físicos tenía un ligero parecido con él. Procedió a cancelar cinco días por adelantado, solicitó alimentación a la habitación y que le prestaran un directorio telefónico. Esa noche no saldría ni iría a ninguna parte. No recordaba con precisión ningún número telefónico ni de celular, ni siquiera los de su casa o los de Arinhayeth, razón por la cual la guía de la Empresa Capitalina de Teléfonos (ECT) sería de gran ayuda. Pensó que debía tener mucho tacto al hacer contacto, pues no sabía qué información tenían de su desaparición sus familiares y allegados, ni la reacción que su súbita aparición pudiera generar, menos cuando durante todo ese tiempo perdió más de nueve kilos, razón por la cual los casi cincuenta y nueve que tenía ahora lo hacían ver más alto de lo que era: un metro y sesenta y tres centímetros. Así mismo, su piel, de un color ahora muy parecido al de sus pequeños ojos de picardía, se tornó más canela por la incidencia del sol; su cabello negro ya dejaba entrever, coquetamente, algunas sutiles canas sobre sus patillas; sin embargo, aún parecía tener diez años menos de los cincuenta y uno que había cumplido el pasado 4 de julio.

Le causó extrañeza y preocupación el hecho de que en la guía telefónica ya no aparecía su nombre, ni el de ninguno de sus hijos, ni el de su esposa, tampoco el de Arinhayeth. Tendría que iniciar la búsqueda física. *Ello da espera*, pensó y apagó la luz a las nueve de la noche; de inmediato se durmió.

A las 8:35 de la mañana siguiente el taxi que había solicitado a la recepción lo estaba esperando. Subió al vehículo y le indicó al conductor que lo llevara hasta el parque principal del barrio San Antonio. El taxista tomó, a la altura de la calle 14, por la carrera cuarta hacia el sur de la metrópoli, rumbo al sitio indicado. Durante el recorrido Nosly entabló una animosa charla con el taxista, la cual le permitió enterarse de las nuevas rutas y políticas de tránsito de la capital. Quince minutos después llegaron al parque principal del barrio San Antonio. El conductor le solicitó a su pasajero que le indicara el sitio exacto. Nosly le pidió el favor para que se detuviera frente al local de postres de doña Lilia, sobre el costado oriental del parque. Una vez ahí, Nosly le pagó al taxista la carrera, se apeó y aquel se marchó, mientras él se dirigió hacia la casa de Arinhayeth.

¡Ahora estaba ahí! Parado frente a la casa de su amada. Le parecía un sueño.

¿Qué estará haciendo Arinhayeth?, se preguntó con ronco silencio y trémulo delirio, a la vez que afloraba a su rostro un visaje de reprimida preocupación.

En la entrada principal ahora había un local. Antes solo estaba el garaje donde él guardaba su carro. Tanto la pintura de la fachada como las cortinas del segundo piso, donde quedaba el apartamento de Arinhayeth, eran distintas. Un frío aterrador, casi como una cuchillada, penetró su alma al enterarse de que esa casa tenía nuevo dueño y que ni este, ni nadie en la cuadra, sabía del paradero de Arinhayeth; tampoco doña Lilia, la anciana que hacía casi treinta años vendía los postres que solían disfrutar los dos. Del paradero de Arinhayeth tampoco sabía la señora Gloria, la dueña del supermercado en el que compraban los víveres. Su amada había partido sin decir para dónde.

Lo que sí le dijo a Nosly doña Gloria fue lo del fallecimiento de su señora madre; y, también, que las cenizas las dispersó Arinhayeth, previa solicitud final de la anciana, en el Parque Nacional. El dolor y la angustia, por su impotencia al no haber evitado su partida; y, más aún, por no haber estado con ella en esos momentos, inundó el alma de Nosly, manifestándose mediante un incontrolado torrente de salobres lágrimas. Nosly no lo esperaba, menos aún estaba preparado para ninguna de estas dos fatales noticias. Sin embargo, se repuso. Ya no había nada que hacer; llevaría el recuerdo de su idolatrada madre por siempre en su corazón, seguiría sus enseñanzas y le pediría su bendición y guía cada vez que lo necesitara, o cada vez que se acordara de ella. En ese momento sintió que aquella maternal pérdida disminuía al menos en un cincuenta por ciento la razón de su existencia. Instó recordar, una vez más, los números telefónicos de los familiares de Arinhayeth, sin lograrlo. Entonces optó, ya que estaba algo cerca, ir hasta la casa de Alcira, hermana de Arinhayeth. Allá vivió su amada hasta antes de que él le comprara, a su nombre, esta, la del barrio San Antonio.

ACECHANZA

Dieciséis días después de la fuga, y una vez el comando de recaptura hizo un barrido por los municipios cercanos a Sogamayor; simultáneamente con el que efectuó otro integrado por milicianos en la capital del país, los dos con resultados infructuosos; los mandos subversivos iban a clausurar el operativo en esa zona. Sin embargo, una información repentina cambió el rumbo de las cosas. Se supo que la empleada de una posada había comprado una maleta y ropa para hombre, y de la misma talla del fugitivo. Por triangulación e intimidación a unos y otros, los seis insurgentes encargados de capturarlo llegaron hasta el sitio en el cual Nosly había permanecido escondido. Allá obtuvieron, de la amedrentada mujer, el día y la hora de la partida del fugitivo. Esto les permitió concluir, sin mucha dificultad, su destino. Por tal razón, esa misma tarde el insurgente a cargo se comunicó con sus superiores, les informó lo averiguado y les solicitó autorización, recursos y contactos para trasladarse de inmediato a la ciudad capital para continuar la búsqueda allí. Solicitud que fue autorizada, junto con los suministros requeridos, sin ninguna objeción.

Al principio del operativo los insurgentes no consideraron la posibilidad de que Nosly se trasladara a la capital, por lo obvio y fácil de ser ubicado y atrapado allá, aunque sí dispusieron tres milicianos para que efectuaran los pertinentes barridos, sondeos y recolección de información primaria. Tenían presupuestado que para dentro de treinta o cuarenta y cinco días, cuando casi de hecho se le agotaran los recursos, tendría que salir de la "madriguera" y se desplazaría, casi por sentado, hacia la capital, a buscar el apoyo de su familia; momento en el cual, de no haber noticias antes, se trasladarían también y, con la información que para entonces tuvieran los milicianos urbanos, actuarían casi sobre seguro. Pero, con el giro de los acontecimientos las cosas se precipitaban y se facilitaban. Matilde, la discípula cercana de Nosly, quien integraba aquel grupo de búsqueda, les suministró a sus compañeros de operativo toda la información que ella tenía del profesor, exclusiva y privada; puesto que él, en su soledad y angustias, encontró en esa bonita y sensual joven rebelde una especie de consuelo, confidente y amiga.

El encargado del operativo para dar con el paradero de Nosly sabía que el fugitivo les llevaba casi dos días de ventaja, por lo que él y sus hombres tenían que trabajar rápido y sin mucha verificación de los datos suministrados hasta el momento. Una vez en la capital, se hospedaron en las residencias de milicianos del barrio Ricaurte. Allá se les suministró ropa, dinero, armas cortas, un vehículo y la información difusa hasta ahora recolectada respecto a dicho caso. El comandante dividió el grupo en dos frentes para hacer inteligencia, verificación y seguimiento. Al primer grupo lo encargó de hacerlo en el barrio en el que vivían la esposa y los hijos de Nosly; al otro grupo en el que habitaba Arinhayeth, según la información suministrada por Matilde. El primer objetivo era ubicar a los familiares de Nosly, de quienes sabían los apellidos; mas no así con Arinha-yeth. Este último dato Nosly nunca se lo suministró a Matilde, a pesar de su perenne, estratégica y melosa in-sistencia.

A la mañana del siguiente día la nueva informa-ción obtenida por los comandos no era precisamente la mejor. En efecto, por allí, por la cuadra en la que vivía Nosly, antes de ser secuestrado, había pasado el fugi-tivo el día anterior. Allá se enteró de que su familia ha-cía más de un año había vendido la casa y mudado al norte de la ciudad, a una mejor ubicación. Empero, na-die sabía la nueva dirección; ni siquiera el nombre del barrio. Que no quisieron decir nada al respecto, les dijo un antiguo vecino de Nosly con el que éste había ha-blado también la tarde anterior. Por su parte, la infor-mación entregada por doña Gloria, tendera vecina de la casa de Arinhayeth, fue más significativa, ya que re-cordó, víctima de la presión ejercida por aquella mujer armada que la entrevistó, el nombre del barrio en el que Arinhayeth tenía unos familiares, muy cerca de ahí. Tal información condujo a los insurgentes a la casa del es-poso de Alcira, su cuñado. Una vez ahí, intimidaron e interrogaron al único que encontraron en ese momento, uno de los sobrinos de Arinhayeth. El joven les mani-festó que en la tarde del día anterior él le comunicó a Nosly, quien también pasó a buscar a su tía Arinhayeth, el lugar para el cual ella se había ido. El joven, objeto de la coacción y el miedo, no dudó en comentarles aquellos detalles a esos personajes mal encarados, inti-midantes y violentos.

UNA DECISIÓN

Al llegar Nosly a la casa del cuñado de Arinhayeth solo estaba el menor de los sobrinos de su amada. El joven, sin ningún asombro al verlo, como pensaba Nosly que causaría su aparición, le dijo que su tía había vendido la casa antes de irse para Timbianí a cuidar a su mamá, quien estaba delicada de salud. Esta información, junto con la muerte de su señora madre, y la del traslado a ignoto lugar de su esposa e hijos, suministrada esa misma tarde por su anterior vecino, hizo que Nosly considerara que ubicar a su esposa e hijos era algo más fácil y daba espera, toda vez que los familiares de Soledad Daniela habitaban en la capital y era cuestión de irlos a ver para establecer su nuevo paradero; en cambio, la situación con Arinhayeth era prioritaria para sus sentimientos, por lo que decidió viajar esa misma noche a Puebloyán. Recordó que Arinhayeth lo hacía siempre a las siete de la noche para llegar a la madrugada y, dadas las actuales circunstancias, era preferible que él lo hiciera en ese horario nocturno cuando se reducían, de forma significativa, los posibles retenes de la Policía y el Ejército.

Como ya eran las dos de la tarde, Nosly decidió almorzar en el restaurante en el que solían hacerlo con Arinhayeth, muy cerca de la casa de su cuñado. A las seis de la tarde ya estaba en la agencia del Expreso Bo-

lívar de Soatabio, el municipio anexo a la ciudad capital, pues consideró que ir a la terminal de transportes
era más riesgoso; más ahora que presentía tras sus pasos a los comandos encargados de dar con él tras su
fuga, como era obvio en estos casos, y él bien lo sabía
al haber sido quien elaboró los planes vigentes de esa
agrupación insurgente, así como los presupuestos anuales donde asignaban significativos recursos para situaciones como aquella. Entonces, compró el pasaje para
la flota que salía de la terminal a las 6:45 de la tarde y
que estaría pasando por Soatabio unos cuarenta y cinco
minutos después, lo cual le daba casi hora y media de
espera; tiempo este que le mortificaba y angustiaba mucho. ¡Quería verla y tenerla ya!

A las ocho de la noche llegó el bus a la agencia en
Soatabio. Ahí recogió a dos pasajeros que iban hasta
Caliventura, así como a Nosly. El ayudante del bus le
preguntó que si llevaba equipaje, pero él le manifestó
que le gustaba viajar ligero. Se ubicó en el asiento número siete, al lado de una señora de mediana edad que
ocupaba la silla ocho. Cerró los ojos, pero no pudo dormir ni un solo instante durante esas nueve y media horas que duró el recorrido.

Ya en la entrada a Puebloyán Nosly se paró de su
silla y le dijo al conductor que se bajaba. El conductor
le insinuó para que lo hiciera en la terminal, pues en ese
lugar, en el que pretendía hacerlo, era riesgoso, más a
esa hora. Lo mismo le sugirió el ayudante de la flota.
Nosly insistió y el conductor detuvo el bus para que se
apeara.

TRES FRENTES

Con la elemental eficacia administrativa, propia de las organizaciones al margen de la ley, y la fácil confesión suministrada por el sometido sobrino de Arinhayeth horas después de haber hablado con Nosly, el comando guerrillero obtuvo autorización, recursos, contactos e instrucciones precisas para desplazarse a Puebloyán y atrapar o darle muerte inmediata al fugitivo. Al siguiente día, los seis comandos viajaron en las primeras salidas de Líneas Aires y Vuelos Atenas. Esto les permitió, al primer grupo, estar en Puebloyán a las 7:25 de la mañana, mientras que al segundo, una hora y media después. Allí, en Puebloyán, fueron recogidos por separado y congregados en la Casa del Pueblo ubicada en Coconucal, a las afueras de Puebloyán, donde se les brindó la información que desde la tarde del día anterior recogieron las milicias puebloyanenses y timbanas, así como armas, hombres y otros recursos logísticos, bien para la recaptura, o para la ejecución, si el fugitivo oponía resistencia.

Desde la noche anterior el frente guerrillero del Bloque Sur había situado hombres en la terminal, en Transtimbianí y en el Aeropuerto Nacional de Puebloyán, y se les suministró las fotos y la descripción del fugitivo. Tal diligencia dio sus primeros frutos hacia el amanecer. La compañera de silla de Nosly le indicó a uno de los milicianos que un tipo, de físico agradable, labios finos, pequeños y sensuales, eso sí, mal educado y de muy mal carácter, parecido al de la foto que le estaban mostrando, se acababa de bajar de la flota, unas nueve o diez cuadras antes de la terminal.

Estos movimientos inusuales del Bloque Sur no pasaron desapercibidos por las redes sensibles de los organismos de seguridad del departamento y la ciudad, lo que generó un estado de alerta en los comandos de la Policía y en la respectiva brigada del Ejército Nacional; sobre todo cuando uno de los pasajeros del vuelo de Aires, al parecer, fue reconocido por un agente de seguridad encubierto en el aeropuerto. Toda esta información, por algún motivo, y de alguna de esas dos partes, o quizá de las dos, se filtró hacia el comando de las irregulares Fuerzas Civiles de Defensa y Soberanía del Caucal (FCDSC), cuyos comandantes de inmediato montaron un dispositivo de verificación y reacción; lo cual produjo resultados hacia las diez de la mañana al entrevistar, entre otras acciones propias de esos dispositivos, en sus casas y lugares de destino, a los catorce pasajeros, al conductor y al ayudante del bus en el que llegó Nosly y, desde luego, a la señora del puesto ocho, quien, además, les dijo que otra persona la había abordado al bajarse del bus, mostrándole una foto que a ella le parecía era la del tipo que viajó a su lado desde Soatabio.

—Personaje aquel —insistió la mujer—, quien, a pesar de ser muy buen mozo, es una lástima... por lo descortés; ya que se negó a responderme las preguntas que a lo largo del recorrido le hice, tan solo con el propósito de hacer más ameno el viaje.

Con la información de la ubicación exacta de la casa en Timbianí donde ahora residía Arinhayeth, y con la certeza de saber que Nosly estaba en el área, y desde luego, para evitar despertar sospechas, aquellos seis insurgentes, con instrucciones precisas de qué hacer, dónde y cuándo, se desplazaron en grupos de a dos hasta esa cercana municipalidad, a tan solo veinticinco minutos del centro de Puebloyán. Allí tomaron las respectivas ubicaciones para el operativo final cuando apareciera el fugitivo profesor. Por su parte, las milicias timbanas estaban atentas, alertas y dispuestas a prestar, con gran sigilo, el apoyo de fuerza y logística que se les llegara a requerir en el momento oportuno.

Este otro movimiento tampoco pasó desapercibido, esta vez, tanto por los organismos de seguridad del Estado, como por las FCDSC que de inmediato alertaron a la facción local en Timbianí para lo pertinente. Estos últimos montaron la respectiva operación conjunta de resistencia y soberanía, puesto que con la última información dada por la pasajera del puesto ocho, los analistas y jefes concluyeron que se trataba del ajusticiamiento de un fugitivo desertor de la guerrilla, quien, con toda seguridad, si ellos, las FCDSC, lo encontraban primero, iban a obtener ventaja con la información que este les tendría que suministrar.

El retrato hablado de Nosly que la pasajera del puesto ocho ayudó a elaborar se distribuyó con rapidez entre los cofrades de las FCDSC. Uno de los agentes de las FCDSC, infiltrado hacía más de seis meses entre las milicias de la guerrilla en Puebloyán, a eso de las 11:30 les comunicó a las FCDSC los planes del comando insurgente que llegó a Timbianí, lo que generó de inmediato una contra ofensiva. Se dispuso que los integrantes de la facción timbana esperaran que el comando guerrillero actuara y en el mismo momento, y solo cuando el fugitivo estuviera en el área, con la sorpresa y el número de efectivos a favor, contraatacaran y rescataran, con vida, al fugitivo. Lo necesitaban vivo, pues era un botín informativo valioso para su causa de limpieza y depuración social, y de protección para el patrimonio de las gentes de bien del departamento y la región, como lo pregonaban a sangre y fuego en esa zona del país.

NOSTALGIA SOCIAL

Aún estaba oscuro cuando Nosly se quedó solo, sobre la berma de la Panorama, una vez la flota emprendió hacia la terminal de la ciudad de Puebloyán. El olor a contaminación que escupía el Río Caucal penetró hasta sus entrañas; entonces, la sensación de náusea conquistó sus papilas gustativas, pero él se concentró en su objetivo y controló, de esa forma, la humana reacción. Un taxista que a esa hora se desplazaba rumbo a la terminal de buses para recoger las primeras carreras de los pasajeros que llegaban de Pastocuy, Caliventura y la capital del país, pitó y Nosly le hizo la señal de pare.

—Lo vi bajarse de la flota y se me hizo extraño que lo hiciera en este lugar poco recomendable —le dijo el taxista una vez Nosly estuvo sentado en la silla derecha y trasera del vehículo.

Nosly le intentó justificar que se había confundido. Que creyó haber llegado al centro de Puebloyán, para donde iba, y que por eso se apeó. El taxista lo dejó en la puerta del Hotel Olivares; diagonal al Puente del Abajadero, muy cercana de la Torre de la Catedral; el sitio al que Nosly le indicó que lo llevara. En aquel hotel él se quedó, años atrás, cuando visitó la ciudad en una comisión oficial. Una vez entró y se registró, le solicitó al adormilado recepcionista para que a las nueve de la mañana lo despertara y le llevara un buen desayuno. Volvió a identificarse con la postal de ciudadanía que usó, tanto en la posada en Sogamayor, como en el hotel del centro en la capital del país.

Esa noche, antes de acostarse, tomó un lápiz y un papel que encontró en la mesa de noche, y escribió, aturdido por la desesperación y el desconcierto, la narración *Versos sin dueño*:

"Nocturnal y fantasmal visión del viento ido y la pasión ausente. La brisa del olvido arrebató con furia la esencia vital del arroyo, taciturno en el valle, insolente en el vertiginoso descenso por la agreste ladera de los versos muertos y sin dueño; quedo, solitario, triste y cansado en el delta mortal del avieso final adornado por guirnaldas de filosas espinas y guijarros fieros.

¡A frágiles dioneras quebrantó el infiel destino! ¡A floridos geranios azotó el vendaval siniestro de la indiferencia! ¡Sutiles flores perecen, dispersas, en la vorágine incierta de las esperanzas yertas! ¡Versos muertos! ¡Versos sin dueño! ¡Lamento del alma! ¡Desilusión de vida! ¡Pasión estéril! ¡Ilusión fallida! ...sueños en duelo... adiós y olvido.

Difusas formas matinales, en el feroz averno del dolor y la nostalgia, se esfuman, taciturnas, por sobre la emoción y la alegría insípidas de los atorrantes años vespertinos que a dentelladas salvajes avanzan indómitos a la siga de ese opaco, profundo, trémulo y fúnebre océano de la angustiada y recóndita huida, do ululan perennes el ansia y el hálito postrero de fingidos adioses...

Fraguado en el dolor trágico de un pasado deací-
bar, con un presente de ocaso y un futuro de angustia
y olvido, crepita el más intestino de los deseos por aca-
llar y refrenar el grito del día, presagiado por el alba,
que arrogante, de nuevo, amenaza, por sobre la volun-
tad de vida, triunfar al filo de la oscura noche... de la
cual, el espíritu compungido se resiste al abandono.

Miradas sin destino, sin objeto, errabundas, dis-
tantes y arrulladas por el hálito ebúrneo de la tristeza
infinita, la soledad inclemente y la nostalgia austera;
miradas consumidas en la introspección del tiempo, re-
fundido en la bruma asfixiante de la agonía y la farsa
humana, pululan por doquier, cuales versos sin dueño,
versos muertos, lamentos del alma, desilusión de vida,
pasiones estériles e ilusiones fallidas; sueños en
duelo.... adiós y olvido".

Una vez terminó, Nosly leyó el escrito; inspirado,
tal vez, por el agreste olor del Río Caucal que lo recibió
al apearse del Expreso Bolívar; luego lo guardó en el
bolsillo de la camisa. Se desnudó, se bañó, se acostó y
se durmió de inmediato, ya que en la flota la señora con
la que le tocó compartir silla le impidió pegar el ojo,
aunque, de todas formas, con o sin esa señora, tampoco
hubiera dormido. La muerte de su madre, la preocupación por los posibles retenes a lo largo del recorrido y
la incierta y desconcertante causa de la venta de la casa
por parte de Arinhayeth; la cual, como lo había proyec-
tado él, le garantizaría su sustento de por vida; le impe-
dían sosegarse, estar en paz. Así mismo, la incertidumbre de cómo reaccionaría ella al verlo, ¡después de
tanto tiempo!, le causaba un aguijonazo en la parte baja
del vientre cada vez que lo pensaba.

La consigna que Nosly le dio al recepcionista del hotel fue olvidada por este a las siete de la mañana cuando fue relevado, razón por la cual solo hasta las once y cuarto el estridente sonido de una bocina de un bus en la calle lo despertó de forma abrupta. Llamó, sin enojo, a la recepción y solicitó que le prepararan un desayuno. Se levantó, se bañó, se cambió y fue al restaurante del hotel; allí tomó caldo con costilla, tres pequeñas y vernáculas empanadas de color amarillo, las que acompañó y comió con un café oscuro. A las 12:49, pasado el mediodía, llegó el taxi que solicitó en la recepción para que lo llevara hasta La Bocana, en la entrada de Timbianí.

BOCANA TIMBANA

A las 11:30 de la mañana dos de los integrantes del grupo guerrillero encargado de dar con el profesor desertor, incluida Matilde, una de sus alumnas, tomaron como rehenes, en su propia casa; entre ellos a Arinhayeth, a su señora madre, a una de sus hermanas y a un sobrino de doce años. A todos los obligaron a tenderse en el piso de la sala y a evitar hacer cualquier tipo de ruido. Les pidieron y apagaron los celulares. Cerraron las ventanas y puertas y se dispusieron a esperar. Los otros cuatro insurgentes se apostaron en flancos estratégicos, alrededor de la casa, a unos doscientos y cuatrocientos metros de distancia, respectivamente. El radio operador de un segundo cordón de seguridad; integrado por un comando conjunto de milicianos urbanos de Puebloyán y de Timbianí, de al menos otros ocho hombres diseminados en la periferia de la loma que servía de teatro de operaciones; informó estar en posición. Así mismo comunicó que al parecer la maniobra había sido detectada por las FCDSC y que la retirada iba a ser oscura. Los hombres de aquel comando se encontraban entre los quinientos y los dos mil metros, respecto de la casa, y también percibieron movimientos extraños.

El jefe del cuartel de policía de Timbianí fue avisado por parte de un radio operador del Comando del Departamento del Caucal, en Puebloyán, que al parecer iba a suceder un enfrentamiento entre un comando guerrillero y un reducto de las FCDSC, en pleno casco urbano del municipio, o en sus inmediaciones. Que actuaran con mucha prudencia; que los refuerzos conjuntos de la Fuerza Pública ya estaban en camino. Desde luego que esta radiada información también se filtró hacia las FCDSC. Las redes de inteligencia de las FCDSC reportaron que tal vez unos quince "gallinazos" (que así era como los integrantes de las FCDSC llamaban a los guerrilleros) merodeaban en el área, dos de los cuales habían entrado al "nido" (por decir vivienda) donde se sospechaba la presencia de cuatro a seis "pichones" (rehenes civiles inermes). Así mismo, reportaron que hasta el momento la "paloma" (el desertor) estaba lejos del nido, y que ni siquiera se le había visto sobrevolar la rama. Se ordenó a los nueve hombres integrantes del comando cabeza de lanza de las FCDSC mantener la posición inicial hasta nuevo aviso.

Cerca del mediodía un agente de seguridad, encubierto como labriego de la región, adscrito al cuartel de policía de Timbianí; reforzado y cubierto a prudente distancia por otros dos del comando departamental, de igual manera caracterizados; detectó en La Bocana una situación de anormal calma y ubicó el epicentro del posible enfrentamiento, precisamente en la casa de los Arteaga (en la casa de la mamá de Arinhayeth). También informó que el área, por lo menos tres kilómetros a la redonda, era de gran inestabilidad. Por tal razón, el comandante del cuartel de policía de Timbianí les ordenó, a los tres, replegarse hacia el pueblo. Allá, toda la policía municipal, además de acuartelarse en su estación, se armó como para una guerra, a la espera de refuerzos y órdenes que se impartirían desde Puebloyán.

A la 1:12 de la tarde llegó un taxi, proveniente de Puebloyán. El automotor se detuvo a unos ciento cincuenta metros adentro de la Panorama, sobre el carreteable empinado que conduce a la casa de los Arteaga. De allí descendió Nosly tras cancelarle al taxista el valor de la carrera. El conductor, acto seguido, dio reversa a su carro y tomó de nuevo rumbo a la ciudad capital del departamento. Desde donde se apeó Nosly, y hasta la casa en la que esperaba encontrar a su amada, eran unos doscientos metros más, tal y como lo recordaba la vez que había venido, unos años antes, cuando asistió a un seminario en el Paraninfo de la Universidad del Caucal. Esa vez Nosly aprovechó una tarde de receso en la programación para ir a visitar y conocer a la madre de Arinhayeth. Era terminar la subida y girar hacia la izquierda, y luego a la derecha, para ver la casa sembrada en un bucólico alto rodeado de árboles de la región, especialmente de los que por allí llaman El Resucitado, evocó. Dio tres pasos y se detuvo. Se respiraba un aire cálido, de tensión. El mutismo, que hizo insolente e imponente presencia en el lugar, presagiaba un desenlace inesperado. Era una afonía rural que a Nosly le causó desagrado y enojo. Su olfato se agudizó y sus oídos pudieron percibir el crujir de la maleza, casi palmario, al ser sigilosamente rozada por los camuflados y las botas de caucho, atuendos propios de la guerrilla.

¡Sí!, ahí estaban. Lo supo de inmediato. Presagiaba en su espíritu la ignota vigilancia de la que era objeto. Ululaba por doquier el transpirar de monte de los hombres escondidos entre la maleza, impregnado en su mente durante su obligada docencia guerrillera, proveniente de los alumnos que aleccionó en las montañas entre los departamentos de Bocayá y San Tadeo. Se podía decir que hasta le parecía ver la emanación de su transpiración, bien de entre aquellas rocas, de entre los árboles floridos de El Resucitado, del zanjón de arriba, de entre los barrancos, de atrás de la casa, del cafetal que comenzaba a florecer.

Deben ser al menos veinte hombres, pensó Nosly con evocación mortuoria.

Pero, el tiempo de reflexionar o de regresar sus pasos había culminado. Vino a verla, y eso iba a hacer, al precio que fuera. Incluso si por ello tuviera que ofrendar su deleznada vida.

El comandante de aquella facción de las FCDSC tuvo una ligera sensación de desconcierto al ver que el desertor se quedó inmóvil, dudando, sospechando, por espacio de dos segundos. Daba la impresión de que sentía, o sabía, que lo observaban. No fueron sino dos segundos, pero para quienes lo aguaitaban les pareció una eternidad. Por un instante estuvo tentado a dar la orden para que lo capturaran ahí mismo; pero, eso era echar a perder el operativo, poner en riesgo la vida de sus hombres, ¡y la de los rehenes!, y, en consecuencia, la del desertor. *Todo un trofeo de guerra si lo capturamos vivo*, pensó.

El radio operador de la guerrilla les anunció a los comandos ubicados dentro de la casa que el "cachorro" (el desertor) iba para la "madriguera" (casa), por lo que Matilde, la alumna guerrillera y ex confidente de Nosly, les indicó a los rehenes, de forma amenazante, que hicieran silencio y que se agacharan, mientras les apuntaba fríamente con el fusil.

Dadas las circunstancias, un movimiento en falso, de cualquiera, pondría en peligro la misión y las vidas, en aquellos convulsionados tiempos sin mucho valor por aquellas labrantías subcontinentales, tanto de las inermes víctimas como las de los integrantes de aquel reducto de azarosos e impelidos asalariados, protagonistas del perenne, ignominioso, mantenido, rentable y mutante conflicto nacional.

Nosly, después de aquellos segundos eternos, reanudó su camino. Llegó al recodo y vio la pobre, pero en contraste, bonita y bucólica casa. Entonces, continuó, quedo, sin prisa, hacia ella, hasta detenerse, al frente, a escasos dos pasos de la puerta que, inusualmente, estaba cerrada. En ese momento Nosly supo que Arinhayeth se encontraba allí, adentro, tras esa puerta, y que algo la alteraba; tal vez estaba de rehén. Podía percibir su aroma. ¡Sí!, ese embriagante, indescriptible, ineludible, inconfundible e inevitable olor humano, de mujer fatal, que manaba a borbotones de su ser cada vez que algo, o alguien, la excitaba. Era ese magenta olor que nacía de su intimidad en circunstancias de alteración de su ánimo, aquel aroma que para ningún hombre podía pasar desapercibido. Una vez tenido el placer de percibirlo, era imposible quedar incólume, evitar esclavizarse ante su letal efecto, instar resistirse a tan exquisito como deletéreo perfume. Una vez su esencia contagiaba y pululaba en el ambiente, quien lo absorbiera se convertía en su objeto, en un miserable esclavo del placer, de la pasión, del deseo. Una vez percibido, así fuera por una fracción de segundo, se adhería, corrosivamente, y nunca jamás se desprendía de las fosas nasales, como tampoco del alma, del desgraciado de turno.

Fue en ese instante cuando Nosly "escuchó", con claridad, el pensamiento de su amada; un mensaje acabado de "enviar" por ella. A lo largo de esos años de separación abrupta y obligada, Nosly perfeccionó el envío y la percepción de este tipo de comunicación. Desde antes ya era muy común en él intuir, con gran acierto, estuvieran cerca o distantes, los pensamientos de ella y de otras personas; y en especial, aquellos que Arinhayeth forjaba y más instaba refundir en el reducto de sus pasiones inconfesas, o aquellos que afloraban en su pensamiento ante alguna vicisitud. Esta facultad le permitió a Nosly anticiparse y enterarse de innumerables circunstancias; lo cual, a ella, siempre la sorprendía, sin poderse explicar cómo era que él lo sabía tan rápido, casi, a veces, antes de que sucedieran las cosas, o cuando ella acababa de hacer algo y él le preguntaba, de inmediato, al respecto. En otras oportunidades, antes del secuestro, Arinhayeth también percibía situaciones insólitas de él, sin explicación posible de cómo y por qué, y que más tarde Nosly se las confirmaba. Casi nunca trató con él tal asunto, pues eso a ella le causaba desconfianza y miedo.

Arinhayeth tenía compañía indeseada. Nosly lo "leyó" en el percibido mensaje. Se encontraba con otros integrantes de su familia, así como con personas armadas y agresivas, dispuestas a todo. Nosly, sin explicarse cómo, supo que adentro estaba Matilde. Era una de las encargadas de su recaptura o muerte si oponía resistencia. Él sabía que en ella la duda para ejecutarlo y cumplir su misión era una opción remota. Sabía que le dispararía a él, y por supuesto, a su amada Arinhayeth, si las cosas salían diferentes a como estaban planeadas. Ella era un comando entrenado, disciplinado y obediente. *¿Qué hago?*, pensó.

—Está parado exactamente frente a la puerta —le comunicó por radio uno de los comandos externos a Matilde.

—¡Déjelo entrar! —le dijo ella, tanto a su compañero que custodiaba la puerta, junto con ella y desde adentro, como al radio operador—. Que no sospeche que estamos aquí… una vez entre le ponemos el bozal.

—Cuando ingrese la paloma… —le dijo el comandante de las FCDSC, por radio, a los dos hombres que estaban apostados detrás de la casa, cubiertos por el lavadero, uno, y el otro detrás de unas matas de maíz, pero con facilidad de acceso por la puerta transversal a la sala— …penetren y captúrenlos a todos. Los queremos vivos. Los demás nos encargamos de los que están afuera, pues ya los tenemos en la mira.

Sin que nadie se lo dijera, y desde hacía unos ocho días, Arinhayeth sentía la certeza de que Nosly iba a regresar muy pronto; lo cual dio por hecho cuando irrumpió esa mujer armada a la casa. En ese momento la extraña y etérea "presencia" de Nosly cobró, de manera inexplicable, gran fuerza en su corazón y en su mente. Cuando le oyó a la guerrillera aquellas palabras, sin saber por qué, supo que la persona que se encontraba tras la puerta era Nosly. "Sintió", igualmente, que él estaba en inminente peligro. Incluso, pudo percibir su respiración y ese olor suyo, característico de cuando se enojaba o hacía el amor, pero que hasta ahora ella poca importancia le había dado, y casi que ni lo asociaba con él. Fue entonces, en ese febril instante, cuando un aguijonazo, abajo de su estómago, estremeció su existencia, haciéndola abalanzarse como una leona enfurecida sobre Matilde, y gritar con toda la fuerza que en ese momento le invadió el cuerpo:

—¡Vete, mi Yiyo bonito!, ¡te van a matar!

El alarido se oyó a dos kilómetros a la redonda, seguido por el trepidar de un rifle, el cual, de inmediato, se refundió entre un coro letal de disparos de armas cortas, largas, automáticas, entonado en varias locaciones del teatro de la muerte en el que se convirtió el bucólico y ensoñador paraje de La Bocana Timbana.

—¡Es ella! —gritó Nosly al percibir con mayor nitidez su inconfundible y exclusiva aroma de mujer fatal...

Aroma aquel al que Nosly jamás pudo resistirse, y que en ese momento se dispersaba, casi visible como la bruma, por todas partes. Estaba confirmado: era ella; lo revalidó al oír aquella estridente y divina voz que agradó a su oído con la fascinación que despierta en el ser sensible los acordes de un violín en una tibia noche de amor y fantasía. Sin pensarlo dos veces, y con la fuerza salida de su alma enamorada puesta en cada milímetro de su humanidad, echó por tierra aquella puerta que lo separaba de su amada, pero... ¡oh destino cruel y despiadado!, en el piso, encima de Matilde, estaba Arinhayeth, con ese vestido de flores color lila que tanto le gustaba verle puesto, por lo sedoso y sensual al tacto y a la vista… ahora teñido de rojo púrpura encendido.

El segundo comando guerrillero, aún sin salir de la sorpresa y atolondramiento causado tanto por el grito de Arinhayeth como por el disparo del rifle que despedazó el tejado de la sala e impactó en la cabeza de Matilde, su compañera de inútil causa, por fracción de segundos fue preso del terror al sentir en sus fosas nasales el lengüetazo azufrado del olor a muerte. Aquel insurgente, aturdido, tanto por la caída de Matilde como por el coro de descargas que trepidaban por doquiera, apenas pudo percibir el ingreso de Nosly a la sala quien, como una tromba, al contemplar la escena y creer a su amada muerta, quiso quitarle el fusil. Sin embargo, los cuatro pasos que lo separaban de aquel fueron suficientes para que el guerrillero reaccionara y le disparara dos veces, un segundo antes de que los comandos de las FCDSC irrumpieran por el lateral izquierdo y lo abatieran.

—¡Yiyo! —gritó de nuevo Arinhayeth.

Ella había eludido los disparos; sin embargo, fue herida en el hombro izquierdo por uno de los proyectiles de la ráfaga que instintivamente hizo Matilde al ser alcanzada por el que le cegó, de inmediato, la vida. Herida esta que le provocó a Arinhayeth el copioso sangrado que enloqueció a Nosly al verla caída, ahí, en el embaldosado piso de la sala. Arinhayeth se levantó sin importar el dolor ni la sangre y fue hasta donde yacía su amor del alma. Nosly respiraba con gran dificultad, pero con una sonrisa de infinita e inexplicable felicidad en sus ojos y reseca boca, la cual, de inmediato, ella humedeció y saboreó, exaltada de amor y terror, instando no dejarle escapar el postrer hálito de vida.

Matilde, al momento de apuntarle a Arinhayeth, como reacción por el inesperado grito y salto que sobre ella dio aquella, fue objeto de uno de los certeros francotiradores de las FCDSC, apostado en lo alto de un guásimo ubicado a unos veinticinco metros en el patio trasero de la casa de los Arteaga, desde donde la tenía cubierta y visible gracias a unas tejas traslúcidas en el techo de la sala. Francotirador que, al verla empuñar el fusil contra aquella mujer, quien además gritó y se levantó del piso, instintivamente cumplió la orden de disparar si la vida de los rehenes se ponía en riesgo durante el operativo.

Los hombres de las FCDSC que ingresaron a la sala, tras efectuar un rápido análisis de los resultados, reportaron el abatimiento de los dos comandos guerrilleros, lamentablemente el del desertor —quien parecía estar muerto entre los brazos de Arinhayeth— y la herida de una de las rehenes; por lo que de inmediato recibieron la orden de retirada del teatro de las operaciones, sin prisa pero sin pausa y con suma cautela, no sin antes dejar dos o tres consignas y conjuras de su movimiento de ultraderecha, pintadas con aerosol en las paredes de la casa. Les informaron que la zona había sido asegurada y despejada por completo de "gallinazos", pero que se esperaba que en menos de quince minutos llegaran los medios de comunicación, los hombres de la Brigada Sur, los comandos de la policía departamental y los agentes y funcionarios de la fiscalía, para las diligencias protocolarias; así como para el despliegue noticioso, propio en esos casos, para el contundente y permanente fortalecimiento de la política gubernamental inherente a la seguridad republicana.

Excepto Arinhayeth, por la herida en su hombro, los demás integrantes de su familia salieron ilesos, físicamente, del operativo, por lo que ella no dudó ni un instante en subirse a la ambulancia que trasladaría a Nosly hasta Puebloyán, aunque los paramédicos le indicaron que su herida también era de cuidado y que debía irse en otra para poderla atender mejor. No hubo poder humano, ni divino, que la despegara del herido amado. La ambulancia, con dos paramédicos, y Arinhayeth junto a Nosly, emprendió fugaz viaje hacia Puebloyán, dejando en el ambiente de aquel bucólico y ensangrentado lugar una lánguida, fúnebre y triste señal de su aciaga y trágica presencia, emanada de su sirena y luces intermitentes. Mientras la ambulancia se desplazaba hacia el hospital universitario San José, en Puebloyán, un paramédico atendía la herida en el hombro de Arinhayeth, mientras que el otro cuidaba el instrumental de supervivencia al que había sido conectado Nosly, controlándole la mezcla que le estaba siendo suministrada a través del catéter incrustado en la vena de su brazo derecho. Arinhayeth, sin soltarle a su amado la mano izquierda, empezó a "percibir" una voz entrecortada, más nítida que nunca, en su mente. Miró a Nosly, quien aún mantenía la extraña y bonita, pensó ella, sonrisa en sus rojos, delgados y sensuales labios; asimismo, pudo observar que le brillaban con intensidad los ojos cuando se encontraron con los suyos; mirada con la que la penetró y la recorrió mentalmente, sin que ella pudiera, o quisiera, impedirlo. Nosly llegó, con su mirar, hasta los más recónditos, bien guardados e inconfesos sentimientos, pasiones, sueños, tristezas, felicidades y experiencias, buenas, malas y amargas de Arinhayeth.

Ella, por su parte, se sintió desnudada, poseída y disfrutada por su amado Yiyo. De la misma forma, también lo disfrutó, tanto, como cuando hacían el amor, al comienzo de su relación, o cuando, sobre todo antes de su secuestro, la innovación y la creatividad, de alguno de los dos, o de los dos, les daban a esos momentos de pasión una dimensión inmensurable e indescriptible. Fue en ese momento cuando Arinhayeth lo "escuchó" con claridad y precisión, sin distorsión alguna. Nosly le "habló" a su mente con gran locuacidad. Le dijo lo feliz que era al verla de nuevo. Que ahora la amaba más que antes y que no importaba esta aciaga circunstancia del reencuentro, de la cual saldrían, los dos, adelante para realizar los proyectos que su separación fortuita detuvo. Le contó lo del secuestro; lo de su experiencia en la guerrilla; lo de su fuga y de cómo, aunque ella no fuera consciente, durante todo ese tiempo se habían "comunicado" mentalmente. También "le dijo" que desde el momento que ella lo tomó en sus brazos, y pese a las heridas, nunca había perdido el sentido, que escuchaba y veía todo lo que sucedía a su alrededor… Sin embargo, "le dijo", que había hecho un esfuerzo inmenso para hablarle, pero que sus labios no le respondían, tampoco sus músculos. ¡Que no lograba articular palabra! ¡Que no lograba mover sus extremidades! A cambio, se había agudizado su capacidad de percepción y emisión mental. Que desde ese mismo momento "escuchaba", tanto las palabras que proferían sus divinos labios, como los montaraces pensamientos que bullían, escurridizos y temerosos, en su atribulada mente.

Esta vez Arinhayeth no sintió miedo, ni desconfianza, ante esa extraordinaria y fantástica experiencia. La felicidad y la esperanza embriagaron su alma. Ahora sí, ella estaba dispuesta a todo con tal de retener, para siempre, a su lado, a ese hombre. ¡Lo amaba y lo necesitaba! Lo reconoció sin ambages, y Nosly se lo agradeció y le envió un beso.

La ambulancia ingresó por urgencias. Ahí ya los esperaban dos equipos de médicos, enfermeras y personal auxiliar. El primer grupo se encargó de él, despareciendo, muy rápido, en el interior del hospital, perseguido por la mirada nostálgica de Arinhayeth, a quien obligaron, a la fuerza, a soltarle la mano al herido y a subirse a la otra camilla que fue llevada por un enfermero a la sala de cirugía número dos de ese servicio hospitalario de urgencias. Durante unos cuarenta minutos ella siguió "escuchando" la "voz" de Nosly que le "comunicaba" que los médicos habían decidido intervenirlo quirúrgicamente. Minutos después, su mente se silenció.

DIAGNÓSTICO MÉDICO

A Nosly, un proyectil le comprometió parte de su pulmón; sin embargo, su función primordial fue reestablecida por completo por el equipo de científicos del hospital. Otra bala se alojó en tejido blando. Esta última rozó la espina dorsal y lesionó, aunque de manera leve, parte del sistema nervioso central, generando una inmovilidad, de apariencia permanente, hasta de un setenta y cinco por ciento de su costado derecho y en un cien por ciento del izquierdo, específicamente en cuanto a extremidades inferiores y superiores se refería. No logró ponerse de acuerdo todo el equipo médico que asistió a Nosly durante esos dos meses que duró hospitalizado en cuanto a una causa que explicara el trauma del habla. Unos lo asociaron con la inmovilidad de las extremidades; otros opinaban que, al caer de espalda, por la fuerza y cercanía del impacto, se había golpeado la cabeza; teoría que rechazaban otros médicos, pues el paciente no presentaba trauma alguno en esa región de su humanidad. Entonces, los primeros insistieron en su teoría, con una variante, en el sentido de que no necesariamente debía haber hecho contacto su cabeza con el piso, puesto que por instinto y como mecanismo de conservación, al caer primero el cuerpo, como hacen los bebés, el paciente había levantado la cabeza y evitado de esa forma mayores complicaciones, comprometiéndose únicamente la función oral.

Lo cierto fue que Nosly salió en sillas de ruedas, sin habla, con su amada siempre a su lado y las fuerzas formales de seguridad del Estado, como lo hicieron celosamente durante la hospitalización, prestándole protección, pues era probable que un nuevo comando guerrillero intentara terminar lo que iniciaron aquellos forajidos quienes según lo informó el vocero oficial: *"Fueron fulminantemente dados de baja por organismos de seguridad del Estado, en el operativo de rescate del profesor universitario Nosly Roberto Mansera, secuestrado desde hacía tres años por el frente Carrasquilla de las fuerzas insurgentes del sur del país".* Y así figuró en los titulares de prensa, radio y televisión, tanto a nivel local y departamental como nacional, e, incluso, internacional. Y esa fue también la justificación y el argumento para que la Tesorería General del Gobierno desembolsara más de dos mil millones de pesos con destino a la red de informantes cooperantes, ya que según el vocero oficial del Palacio Presidencial: *"Dos de los forajidos abatidos* (Matilde entre éstos) *eran cabecillas de tercer nivel de aquella organización narcoterrorista, con más de veintitrés órdenes de captura en su contra por el asesinato de más de setenta y cinco coterráneos, el secuestro de cincuenta y seis personas; así como por delitos varios, propios de un subversivo. Además, estaban pedidos en extradición por los Estados Unidos. Allá los acusaban de ingresar ilegalmente quince toneladas de alcaloides en los últimos siete años".*

En sus permanentes conversaciones telepáticas Nosly le reiteraba a su amada para que mantuvieran en secreto, con mucho sigilo, esa facultad descubierta y que ahora tenían perfeccionada después de dos meses de práctica, innovaciones, pruebas y controles; ya que, si alguien sospechaba o se enteraba, a la historia clínica de los dos iría otro diagnóstico desfavorable, y fácilmente los podrían remitir al pabellón de enfermos mentales, de donde sería muy difícil salir. Además, si las agencias de seguridad encontraban ese canal de comunicación, intentarían usarlo para que Nosly les respondiera todas las preguntas que durante el tiempo que duró hospitalizado le hicieron sobre sus captores, lo cual comprometería no solo su vida sino la de Arinhayeth y su familia. Si se mantenía incomunicado con el mundo, como lo diagnosticaban los médicos, tanto organismos de seguridad oficial, como no oficial y, desde luego, la misma subversión, pronto perderían interés en él y se olvidarían del asunto. *Tal y como suele suceder en el país con ese tipo de noticias y eventos, los cuales pronto pierden interés mediático y en consecuencia son remplazados por titulares inherentes a la diaria y diversa balumba de percances nacionales con las que se entretiene y distrae a la opinión pública*, pensaba Nosly y se lo dijo así, de mente a mente, en esa oportunidad a su amada.

Y así sucedió. A los seis meses Nosly ya no era objeto de interés para ninguno de los tres frentes que cambiaron su vida. Para entonces, Nosly ya se desplazaba con tranquilidad, acompañado tan solo por Arinhayeth, cada tres días, a la terapia y controles médicos desde Timbianí hasta el hospital en Puebloyán; así como hasta la Registraduría Departamental del Estado Civil. A esta última entidad para obtener la reexpedición de su postal de identificación e iniciar los trámites para reclamar los seguros que tenía a su nombre por muerte e incapacidad permanente; así como, también, para poder consultar sus saldos bancarios. Nosly, entre otros proyectos que fraguaba en su mente, tenía decidido, de forma sólida e inexorable, emprender una osada propuesta de trabajo, para la cual estaba preparando con meticulosidad a su amada Arinhayeth.

LA NOTICIA

Sirlene, cinco meses antes de los acontecimientos inherentes a la aparición de su padre, se había ido para la capital británica a perfeccionar, por un año, el idioma inglés. Aprovechó una beca oficial, como se lo pidió y aconsejó su padre desde mediados de la carrera. En Londres ella complementaba sus ingresos para manutención arreglándoles las uñas a algunas de las integrantes de la comunidad subcontinental.

Una noche, después de atender a una de sus clientas, y desde el computador de aquella, Sirlene ingresó a la página de uno de los principales diarios de Caliventura; fue entonces cuando vio la noticia del rescate de su padre, hacía ya casi veinte días. Soledad Daniela y sus hijos dieron por desaparecido, y casi olvidado, a su esposo y padre desde cuando la policía no supo darles la más mínima información de él, dieciocho meses después de su partida incierta. La joven de inmediato se comunicó con su casa en la capital del país y les participó la noticia.

Ni Soledad Daniela; ocupada ahora con la atención de los dos negocios, el suyo y el de su hija menor que se había ido para el exterior; ni su hija mayor, también dedicada a los obligados viajes internacionales que la empresa le programaba de forma permanente; ni mucho menos Danilo, pendiente de sus tareas académicas; pudieron desplazarse en ese momento al sur del país para ponerse al frente de la situación. Además: «La economía familiar no está en su momento más boyante como para gastar en pasajes, hoteles… y quién sabe en qué otros tantos rubros más», dijo Adriana, la hija mayor. Y era verdad, debido al exorbitante nivel de gastos del núcleo familiar. El arriendo de la casa en el barrio Sexta Camacho, para donde se fueron tras vender la casa del sur, ascendía a tres millones de pesos mensuales. Además de ese gasto, también estaban los de la manutención de los tres, el mantenimiento de los dos carros y el pago de los servicios que, sumados, no bajaban de cuatro millones mensuales, por lo que lo producido por los dos locales era insuficiente. Además, Adriana aún conservaba su concepción de independencia económica; es decir, lo que ella ganaba lo invertía, en exclusiva, para sus asuntos; pero, eso sí, alimentación, vivienda, gasolina y mantenimiento para su carro y bienestar corrían por cuenta materna. Danilo aún cursaba la carrera, por lo que no trabajaba y también seguía dependiendo, por completo, de la generación de ingresos maternos.

Los setenta millones de pesos que recibieron por la venta-regalo de la casa; treintaicinco millones de pesos por debajo del avalúo catastral y cincuenta millones inferior al comercial; fueron usados, una buena parte, para los dos viajes al Caribe, cada uno de diez días, con todos los gastos pagos para los cuatro integrantes de la familia, incluidos los respectivos novios de las jóvenes. Paseos realizados los dos últimos eneros. Otra buena parte de aquel dinero fue usado para la compra de los dos carros; el saldo lo destinaron para apoyar el pago de los arriendos de la casa en Sexta Camacho, los servicios y la administración durante el último año.

Una semana después de la noticia de la aparición, Soledad Daniela recordó que en Caliventura vivía Arnoldo, un tío materno de Nosly, por lo que contactaron a uno de sus familiares en la capital, obtuvieron su número telefónico y esa misma tarde lo llamaron para pedirle el favor de averiguar, y de ser posible, de atender el asunto de su sobrino. Arnoldo se ofreció para ir el siguiente domingo hasta Puebloyán y hacer lo que estuviera a su alcance, así como mantenerlos informados mientras podían viajar.

Nosly estaba solo cuando Arnoldo entró a la habitación, en el hospital, el siguiente domingo, a la una de la tarde, veintiocho días después de haber sido herido. Arinhayeth iba los domingos después de la una de la tarde, una vez asistía a misa con su madre en Timbianí. El convaleciente sintió la presencia del visitante y de inmediato leyó su pensamiento. Esta otra práctica les había servido, a Nosly y a su amada, para sacar verdades escondidas de la mente de las personas que por esos días lo visitaron con diferentes y mezquinos intereses, casi todos. Este nuevo visitante era el tío Arnoldo, medio hermano de su mamá, y quien fue encargado por Soledad Daniela para que averiguara sobre la noticia que su hija en Londres vio en internet.

Mientras Nosly escudriñaba la mente de su tío, la enfermera, quien ingresó segundos después, lo puso al corriente de lo que ella sabía; entre otras cosas, que aquel paciente había perdido el habla y la movilidad de sus extremidades. Arnoldo, a su vez, le preguntó que si alguien lo había visitado. La enfermera le dijo que su esposa estaba al frente de todo e iba a diario a verlo; sin embargo, que los domingos lo hacía en la tarde; que si gustaba la esperara, pues ella nunca, ningún día, dejaba de asistir. Arnoldo se sorprendió ante la noticia, pero no mostró asombro.

¡Qué extraño!, se dijo desorientado, *¿cómo así que su esposa?*

Nosly no solo monitoreó la conversación, también el pensamiento de su tío. Frente a la confusión que le generó a Arnoldo la información que sobre Arinhayeth le suministró la enfermera, el convaleciente decidió actuar y ordenarle a su tío lo que debía decirle a su familia en la capital. Sin embargo, esperaría la llegada de Arinhayeth, a quien ya le había enviado un mensaje de urgencia para que se apurara y asumiera el control de la situación.

La enfermera salió y Arnoldo se quedó petrificado en la silla de la visita, como si algo lo obligara a estarse ahí. Casi ni se movía. Hubiera querido irse; pero, no pudo; le faltó voluntad para hacerlo, y ahí se quedó. *¿Esperando qué?,* se cuestionó. Carecía de atrevimiento para hacer otra cosa distinta a esperar.

Arinhayeth tomó un taxi en la parada de los buses de la empresa Transtimbianí, al sur oeste de Puebloyán. Le urgía llegar rápido al hospital y atender la emergencia que le notificó por telepatía su Yiyo. A las 2:15 de la tarde ingresó a la habitación y se encontró con el nuevo visitante. Ella se presentó como la compañera de Nosly y saludó a Arnoldo por su nombre; le dijo que su sobrino le había hablado de él, muy seguido, antes del secuestro. Lo puso al corriente de la situación médica, de los gastos y de la gran cuenta que ya iba por las operaciones, los medicamentos, los exámenes y otros servicios; pero, sobre todo, de lo que implicaría una vez le dieran salida, pues había que llevarlo a terapia dos y tres veces por semana, durante más de dos años. Así mismo, le dijo que había que comprarle una serie de instrumentos ortopédicos para terapia y suministrarle medicamentos onerosos, de por vida, y por fuera de la cobertura del Proyecto de Oferta Social (POS) del Estado. Insistió Arinhayeth en que, en dos años, someterían a Nosly a otra compleja intervención, tampoco cubierta por el POS.

El plan de Nosly, al respecto era simple —pues ya había "viajado" hasta la capital y "ubicado" a su esposa e hijos, incluso a su hija menor en Londres, "enterándose" (pensando con el deseo) de los pormenores, sentimientos y situación familiar— y entendía que tenía que mantenerlos al margen de aquella situación. Y él sabía que esta estrategia, por conducto de su tío, no fallaría. Conocía a su familia, o tal vez creía conocerla.

Y la estrategia no falló.

Tan pronto su esposa e hijos se enteraron de todo, excepto de lo de Arinhayeth, ya que Arnoldo consideró, apalancado mentalmente por su sobrino, que eso no era prudente que lo supieran, preguntaron por la persona que estaba respondiendo por todos los gastos. Arnoldo les dijo que a Nosly, como víctima de la perenne violencia nacional, lo atendían por cuenta del Sistema Básico Asistencial del Estado (SISBAE); sistema que no cubría algunas cosas, ni la cantidad de gastos que, una vez le dieran salida, se iban a necesitar, por lo que, si no había familia que lo asistiera, el municipio lo acogería por parte del Bienestar Territorial en uno de sus albergues para los desposeídos. Esto último les alivió en parte la carga y les permitió aplazar la urgencia por irlo a ver de inmediato; por lo que le agradecieron al tío Arnoldo y le aceptaron su propuesta de seguir al frente de lo que Nosly necesitara, mientras ellos organizaban la ida.

Lo del SISBAE no era entelequia. Una vez se hizo el trámite en el hospital para el ingreso de Nosly, se comprobó en la base de datos, a nivel nacional, que aquel paciente no tenía vinculación como cotizante, tampoco aparecía como beneficiario. Es decir, no figuraba con cobertura médica en ninguna de las empresas prestadoras de salud del país. En la que estuvo afiliado cuando era docente, desde hacía dos años y medio que lo habían desafiliado por interrupción de contrato. Situación que, por norma, de inmediato, y en esos casos de orden público, además de estar indocumentado, el paciente tenía que ser ingresado por cuenta del aquel sistema social, con cargo al erario. Las cartas de identidad que él les quitó a sus carceleros, las cogió, a su vez, uno de los integrantes de las fuerzas irregulares que repelió el ataque del comando insurgente.

Por su parte, Arinhayeth nunca se desvinculó de la Empresa de Servicios Médicos a la cual cotizaba como trabajadora independiente desde cuando Nosly se lo indicó, diez años atrás. Entonces, cuando el SISBAE fue insuficiente, sobre todo por los costos que el especializado tratamiento de Nosly implicaba, lo que casi lo dejaba sin ninguna cobertura médica, ella lo afilió como su compañero permanente para que lo siguieran atendiendo como su beneficiario. La solución de vincularlo bajo esta modalidad fue, al inicio, una alternativa parcial, ya que una vez se le comenzó a tratar en el mismo hospital, pero con cargo a la nueva cuenta, esta organización privada (tercerizada, decían las autoridades públicas) comenzó a dar puntual y estricta aplicación a la larguísima como ignominiosa lista de lo que, por ley, no estaba obligada a cubrir ni a asumir; que en el caso de Nosly, en ese momento, era casi todo: medicamentos, exámenes, terapias y mucho más.

Tratándose de acumulación y extracción de riqueza, la ley y la ética, por lo general, tienden a ser incompatibles, amén de irreconciliables.

¡Obvio!, de lo contrario, el tercereado negocio de la salud humana deja de ser rentable, le comunicó Nosly de manera jocosa a su amada cuando ella le contó que la mayoría de exámenes especializados, las prótesis y medicamentos esenciales, más necesarios y efectivos para su tratamiento y terapias, estaban por fuera del servicio médico básico, al ser, por ley, considerados como estéticos, ¡propios de la vanidad humana!, justificaban los mercaderes de la salud.

Medicamentos y tratamientos de humana vanidad, como también estaba catalogado todo lo relacionado con odontología, audiometría, otorrinolaringología, oftalmología, optometría… en fin, todo aquello que necesitaba en algún momento de su vida una persona del común; como en ese momento Nosly lo requería, con urgencia y sin asomo alguno de estética presunción. Y no solo para su recuperación, la cual no estaba garantizada, sino para que le permitiera llevar su vida, durante y después de la convalecencia, de manera algo digna, o, mejor sería decir: ¡algo menos indigna!; que era, precisamente, en lo que se les convertía la vida a los que por desgracia se enfermaban y, por ende, la de sus familiares, con ese leonino sistema de salud impuesto al país desde hacía unos años; dándole, de esa legalizada forma, un golpe certero a tal servicio esencial y, por ende, público. Deforme modelo que sentenciaba a muerte súbita al que no tuviera los suficientes recursos para costearse un oneroso e inalcanzable, para al menos el ochenta y cinco por ciento de la población nacional, plan complementario de salud de anticipado pago y, desde luego, con los mismos mercaderes de la salud con la que estuviera afiliado mediante el sistema básico.

Arinhayeth, al preguntar qué podía hacer para que a su compañero le dieran al menos parte esencial de lo que necesitaba, le ofrecieron el plan complementario de medicina prepagada («repagada», dijo cuando vio el valor de la anualidad, que para los dos llegaba a los ocho millones de pesos). Esta le ampliaba la cobertura asistencial, mas no así el suministro de medicamentos, terapias y prótesis. Junto con Nosly, entonces, optaron por seguir y aprovechar al máximo lo poco que les ofrecían con el paquete tradicional. Dejaron las terapias, exámenes y medicamentos especializados y costosos para cuando fuera posible. Sí, para algún día sería. Se pusieron, en consecuencia, en las manos del Divino Niño Jesús de Praga, así como en las de Santa Marta; dos santos de gran devoción y romería en la capital del país. Ante la insolvencia económica (¡la pobreza!), en ese momento ellos, como al menos el noventa por ciento de la arrasada población de aquel subcontinental país, no tenían otra alternativa distinta a la fe.

El millón cincuenta mil pesos que la Fiscalía le devolvió a Nosly, de los tres millones doscientos mil que le debían quedar en el bolsillo al momento del operativo, solo alcanzaron, milimétricamente utilizados por Arinhayeth, para cinco semanas y tres días. La situación económica en casa de Arinhayeth, pese a esa inicial inyección, se complicó una vez aquel dinero se agotó. Los gastos que implicaron sus desplazamientos, medicamentos básicos (los cuales tampoco cubría por completo el sistema básico, o parte de aquellos que aunque sí figuraban en el listado, nunca los había en farmacia) y manutención, no tenían el correspondiente presupuesto de ingresos, razón por la cual; una vez la Registraduría le entregó a Nosly la constancia de reexpedición de su postal de ciudadanía, es decir, una vez identificado, se dirigió a las tres sucursales bancarias, con sede en Puebloyán, donde él tenía cuentas antes del secuestro. Necesitaba averiguar por el estado de las mismas. Él esperaba encontrar un saldo acumulado cercano a los ocho o nueve millones de pesos, ya que los sueldos del último mes que trabajó en las dos universidades se los debieron haber consignado el día que lo plagiaron. Además, algo de ahorros tenía. Luego de los engorrosos trámites en cada una de las sucursales, sumado a ello que quien hablaba por él era Arinhayeth, y pese a algunas ayudas mentales que usaron en varias oportunidades con uno que otro terco o corrupto empleado, once, dieciséis y veintidós días después le desbloquearon las tres cuentas.

Sin embargo, en el banco donde le consignaban el mayor sueldo, que era el mismo en el que mantenía la mayor parte de ahorros, su esposa conocía la clave de la tarjeta de débito. Como la había dejado en la mesa de noche de su casa, tal cuenta estaba con saldo en rojo por las cuotas de manejo de la tarjeta durante el año y medio que duró activa antes de ser bloqueada por falta de movimiento. En las otras dos entidades los saldos sumaron cinco millones cien mil pesos, con los que la economía familiar de los Arteaga se mantuvo a flote los siguientes cinco meses.

La segunda diligencia que realizó Nosly, en los mismos bancos, fue averiguar por las pólizas de seguros por muerte e incapacidad permanente, que, por cada una de las cuentas, en forma complementaria, con renovación y débito automático, había suscrito. Pero, solo dos de estas estaban vigentes. La tercera fue inhabilitada por la misma entidad por falta de saldo en la cuenta para efecto del respectivo débito anual.

Si lograr que le desbloquearan y activaran las cuentas en los bancos fue una verdadera hazaña, el que le reconocieran su incapacidad del ochenta y siete punto cinco por ciento, y eso que las constancias del hospital eran contundentes, fue aún más arduo y complicado y, por ende, las ayudas mentales se usaron con mayor intensidad con los empleados de esas dos entidades aseguradoras. Al final, en una obtuvo, a los siete meses, un único desembolso por cuarenta y dos millones quinientos mil pesos, mientras que en la otra, a los diez meses, Nosly negoció para que el monto del seguro se lo pagaran como una renta vitalicia por un millón doscientos mil pesos mensuales, reajustable cada año de acuerdo al Índice de Precios al Consumidor. Esto mejoró todo el panorama y las finanzas familiares.

ACIAGO PLAN

Con gran parte del seguro compraron una pequeña y bonita casa ubicada a las afueras de Puebloyán. A tal inmueble se fueron a vivir con la madre de Arinhayeth y una sobrina. Aquella vivienda estaba ubicada muy cerca de la sede regional Caucal de la Universidad Pontificia Andina (UPA), siguiente objetivo de Nosly. Con el excedente del seguro adquirió un vehículo Fiat Palio 2003, con el propósito inicial de facilitar los desplazamientos al hospital y a los demás lugares que iba a necesitar ir en esa segunda etapa de su aciago plan. Arinhayeth hizo un curso de conducción. Lo anhelaba desde hacía mucho tiempo. En dos meses, con pase de cuarta categoría, ella ya se desplazaba con habilidad por toda la ciudad, incluso hasta Timbianí; casi siempre con su Yiyo como copiloto, quien a la postre no necesito las terapias especializadas, tampoco los medicamentos costosos, ni mucho menos los exámenes sofisticados para recobrar su jovialidad, alegría y ganas de vivir, pese a su inmovilidad y mudez, definitivas, al parecer.

Cada día que pasaba perfeccionaban y se volvían diestros en el manejo de la comunicación mental. Llegaron a descubrir, ¡y a usar!, con peligro y gran atrevimiento, buscando asegurar con eficacia el logro del segundo objetivo de Nosly en esta segunda era de su vida, letales potencialidades hasta ahora no imaginadas por ellos. Fue así como trabajaron para hacer ingresos colectivos simultáneos a las mentes de varias personas, bien para hacerles control a través de bloqueo y así impedir que otros ingresaran a sus mentes; bien para ordenarles a una o a varias personas hacer determinadas cosas y ponerles en sus bocas palabras ajenas, haciéndoles creer que eran propias.

Esta última capacidad la usaron por primera vez, con intención y premeditación, con José Miguel Montenegro, el decano regional de la Facultad de Negocios de la Universidad Pontificia Andina (UPA), sede Caucal. Lo conminaron para que aceptara como docente, para el siguiente semestre, a Arinhayeth, quien tan solo tenía, un año después de llegado Nosly al Caucal, el falaz título profesional en Mercadotecnia. Por ende, faltaban en su currículo tanto experiencia profesional como docente, títulos de postgrado, cursos, seminarios y diplomados. Para entonces, además de tal nominal cualidad académica, Arinhayeth ya había recobrado, con la ayuda de especialistas en estética y belleza, su letal fuerza debido a su apariencia física para subyugar al sexo masculino. Con solo su presencia contagiaba, patrocinada con esa imperceptible pero eficaz aroma magenta que le era propio y exclusivo, el territorio que se proponía hacer suyo. La sumatoria de la peligrosa capacidad mental y su fatal encanto embrujador produjeron los resultados esperados: el puesto punta de lanza para las verdaderas intenciones de Nosly. Es decir, el cargo de docente de planta para orientar la asignatura de Planes de Negocios en todas las carreras del área económica, contable y administrativa de esa universidad, en esa regional.

Desde luego que el innovador y atractivo proyecto académico que presentó Arinhayeth, inspirado por Nosly, para ampliar la cobertura del programa de forma desescolarizada para todo el Caucal, y si lo querían, para el sur del país, fue decisivo cuando José Miguel se jugó su puesto para que le aceptaran en el Consejo Académico de decanos regionales de la UPA, sede Puebloyán, vincular a Arinhayeth como profesora universitaria, pese a que ella no tenía título de postgrado ni experiencia docente alguna; lo cual, según sus palabras, se satisfacía y superaba con creces, no solo con el dominio y la claridad conceptual, asombrosos y de última frontera que sobre el tema tenía la candidata, sino con la implantación del proyecto que presentó, con muy bajo costo, cercano a cero, y que iba a desarrollar, en esa universidad, o en la competencia. Propuesta que con toda seguridad para el establecimiento de educación superior que adoptara su proyecto le iba a representar un aumento significativo de ingresos. Y esto, es decir, el incremento de ingresos, con muy bajo costo, cercano a cero, era el verdadero, el único indicador con el que medían la gestión académica los directivos de esa institución, y de un buen número de establecimientos comerciales de educación superior, de carácter privado, en ese entonces, en aquel ubérrimo país subcontinental.

Nosly lo sabía muy bien. Por ello atacó por ahí. No en vano llevaba veintidós años de subsistencia, sobrevivencia y experiencia en el negocio de la educación. ¡Sí!, el lucro y la ganancia fácil constituían el talón de Aquiles de las empresas dedicadas a explotar esta actividad; y desde luego que también lo era, y con gran voracidad, para los propietarios de la UPA en la ciudad capital. Esto era posible en todo el país, es decir, explotar como inicuo negocio —y por demás rentable— el servicio de la educación, en primer lugar, gracias a la muy poca y casi nula exigencia real de controles de calidad por parte de las autoridades gubernamentales a estas instituciones, sobre todo a las privadas, que constituían la mayoría; en segundo lugar, por la misma concepción y requerimientos del cliente, es decir, del estudiante, al que, por lo general, solo le interesaba lo nominal: el título, el cartón, como requisito fundamental para ingresos o ascensos laborales; en particular, si se trataba del mayor empleador del país, el Estado.

—La candidata que propongo —continuó José Miguel con su sustentación, mientras mostraba la bella foto de Arinhayeth, anexa a su hoja de vida, a través del proyector, lo que generó una exclamación de masculina excitación entre los hombres, y de angustia existencial, celos y envidia, entre las cinco únicas damas del comité integrado por diecinueve miembros—, además de no exigir la paga que su conocimiento y proyecto presentado bien podrían valer, ya está matriculada, por su cuenta, y cursando de forma virtual el primer término de la maestría de Administración de Proyectos que ofrece la Organización de Estados Americanos por medio de la Universidad para el Desarrollo Latinoamericano (UCI), con sede en Costa Rica. Eso significa que en menos de dieciocho meses terminará sus estudios y obtendrá el título de magíster.

Tras esa argumentación le fue aceptada, de manera extraordinaria, la propuesta a José Miguel, decano de la facultad de Negocios regional Caucal. Al siguiente semestre la doctora Arteaga Arinhayeth, profesional en

Mercadotecnia y estudiante de la maestría en Administración de Proyectos de la UCI, ya era docente, con dedicación de medio tiempo, en el área de negocios, en la
UPA, sede Puebloyán.

MERCADERÍA ACADÉMICA

Ante la ignominiosa e implacable pérdida del poder adquisitivo del salario de los empleados en el país, cualquiera fuera su nivel, los profesionales de clase media, quizá los más golpeados en los últimos treinta años, recurrieron a la complementación de ingresos; es decir, a un segundo, incluso a un tercer empleo. Y la opción más factible, y la más fácil, fue la demanda laboral académica del creciente y floreciente mercado universitario. El aval para la docencia universitaria en el país lo constituía el mero título en la respectiva disciplina. Después subió el nivel y, además del título del pregrado, se exigió el cartón del postgrado, preferible si era de una maestría, así como la certificación del dominio de por lo menos un setenta y cinco por ciento de una lengua diferente al español, con predilección del inglés.

En consecuencia, una caterva de profesionales sin preparación docente ni pedagógica fue absorbida por el mercado universitario. Mercado que encontró en ese nicho, nada probo, la gran oportunidad para lucrarse, aún más, a expensas de éstos, toda vez que a tales jornaleros de la docencia; por las mismas razones, es decir, porque lo asumían como trabajo complementario y, al no tener preparación pedagógica inherente; era fácil, muy fácil, contratar y explotar. Por ello, los irrisorios sueldos de los docentes vinculados a nómina, algunos, muy pocos,

ya que a la mayoría se les vinculaba mediante el leonino contrato de prestación de servicios. Además, al no
tener tiempo disponible y, por ende, al no estar metidos
de lleno en la academia, mucho menos en la investigación, no molestaban con los costos adicionales que im-
plica la transferencia tecnológica a impartir, no solo en
aulas de clase, sino en laboratorios, observatorios y
otros sitios de producción de conocimiento. Lo único
que había que suministrarles a estos docentes para el
ejercicio académico era tiza y tablero y, excepcional-
mente, algunas ayudas audiovisuales como computador y proyector, para los más audaces y actualizados.
Como beneficio adicional, tales docentes no objetaban
el número de alumnos por salón, que por lo general eran
entre sesenta y cien aprendices.

En absoluto se debía dar a conocer en la UPA la
conexión entre la nueva docente y Nosly. Él, en la capital del país, estuvo vinculado con esa universidad, en
la misma facultad, durante más de diecisiete difíciles
años de docencia. Durante ese tiempo; para mantenerse
y salvaguardar su salario, como lo hacía esa mayoría de
docentes universitarios que lograban reanudar su contrato semestre tras semestre sin mayores complicaciones; y muy en contra de su formación profesional, principios y valores; tuvo que decidir entre soslayar estos
últimos, o irse con la frente en alto. Optó, obvio y por
necesidades de subsistencia, por el sometimiento, por
los vejámenes, por las tragadas amarguras, por las hu-
millaciones y, sobre todo, por acatar y cumplir, de
forma callada y sumisa, las ignominiosas órdenes indirectas y tan comunes dadas por los dueños, por la rec-

toría, por los directivos, vicerrectores, jefes de las direcciones, departamentos y oficinas, y, desde luego, en la facultad: por el decano, el vicedecano, los coordinadores, profesores más amigos o íntimos de los anteriores, y por otros tantos personajes quienes por distintas razones asumían, en aquel claustro, pasajero y fútil poder.

Entre esas órdenes indirectas, la más común, pero que nadie llamaba o mencionaba por su real nombre; para no perder, *ipso facto*, el contrato, estaba la aceptación y reverencia de lo que los estudiantes dispusieran, quisieran o necesitaran, en tanto pagaran de forma cumplida; es decir, siempre y cuando estuvieran a paz y salvo con tesorería. De lo contrario, el ser morosos los dejaba sin capacidad alguna de negociación o exigencia. «¡El cliente, con su plata, es el que manda!», solía decir Manolito, el docto decano de aquella facultad, en reunión con sus subordinados docentes.

Y en las empresas de la educación privada del país, en ese entonces, y para un buen número de ellas, eso lo tenían muy claro sus dueños y directivos. Y de esa forma lo hacían valer y cumplir entre sus dependientes, en particular los docentes a los que se les insinuaba, de manera indirecta, por supuesto, que «el estudiante es el cliente… y en tal calidad es a quien hay que complacer en todo y darle lo que pida…».

Desde luego que este principio de rentabilidad empresarial supeditaba, marginaba, lo fundamental de la educación superior: la formación integral del hombre a partir de la transmisión del conocimiento mediante la docencia, la investigación y la proyección al entorno social.

A partir de ese enfoque fabril de la universidad; y desde luego, porque el mercado laboral, en particular el público, solo pedía entre los requisitos de ingreso a cargos profesionales títulos y pergaminos, antes que méritos, capacidades o competencias; el estudiante, en consecuencia, construyó y aplicó una letal filosofía que, además de acelerar, perpetuó en toda la nación el subdesarrollo, la pobreza y la medianía profesional: el facilismo y la cositera, consistente en obtener esos títulos y pergaminos, pero, con la menor dificultad y esfuerzo posibles.

Metafísica ésta convalidada con las dos verdaderas causas de aquel pírrico nivel de la educación básica que entregaba a la universidad bachilleres que en promedio ni querían ni sabían leer, mucho menos escribir o entender textos escritos más allá de lo tangencial; además de presentar grandes, profundos e infranqueables vacíos en suma y resta. En consecuencia, ante la más mínima amenaza de su objetivo de obtener de forma fácil y rápida el cartón profesional o el de posgrado, amenaza encarnada por unos pocos docentes preocupados por la calidad de la enseñanza, lo que le implicaba al alumno esfuerzo, dedicación y algo de sacrificio, el aprendiz no dudaba un instante en hacer manguala para hacer prevalecer su condición de exigente cliente; toda vez que era él quien, por pagar a tiempo, así fuera con crédito, obtenía la condición preponderante de exigir de inmediato, y sin término de conciliación, la resolución del problema. Recurso que por lo general consistía en la terminación anticipada y unilateral del contrato laboral del profesor fastidioso e intransigente, y, en consecuencia, la inmediata asignación para tal cátedra de uno consecuente con la causa.

Por circunstancias como esas Nosly, en varias oportunidades, sobre todo al comienzo de su vinculación con la UPA, estuvo cerca de ser relevado de algunos cursos. Situación que evitó con una concertación de altas notas para el siguiente corte evaluativo. Claro que con muy poco esfuerzo para el alumno. O mejor sería decir: sin ninguna exigencia académica, ni siquiera la asistencia a clase del alumno problema. Solución recomendada, supervisada y monitoreada por el decano y los coordinadores quienes, además, compelieron a Nosly para que les comunicara a sus quejosos y amenazantes estudiantes que él había reflexionado y reconsiderado, hondamente, su inicial y equivocada actitud, a partir de la comprensión que hizo en relación con las razones de dificultad de aprendizaje por parte de estos; más aún, teniendo en cuenta la compleja temática de aquella asignatura que él orientaba.

El plan de Nosly a ejecutar en la regional Caucal implicaba iniciar con la matrícula de Arinhayeth en la maestría que ofrecía la UCI desde San José de Costa Rica. Avizoró que él podía colaborarle, por completo, con el desarrollo de las actividades, tareas y evaluaciones que impartieran los docentes desde San José; pues el programa de formación era, en su totalidad, de manera virtual.

Cuando Nosly le explicó a su amada esa parte del plan, recordó y la puso al corriente, a partir de su experiencia, vivencias académicas y situaciones y particularidades relacionadas con la vida universitaria, tanto en la institución de educación pública como en las privadas donde él había trabajado por más de veinte años. Buscaba con ello incoar en su pupila la motivación necesaria para lograr los objetivos que él se proponía.

Nosly le hizo énfasis a Arinhayeth en relación con algunas de las más significativas diferencias entre una y otra: la universidad pública y la privada. Por ejemplo, le contó que en el Instituto Universitario de Ciencias Administrativas Estatales (IUCAE), establecimiento de educación superior de naturaleza pública y en donde él trabajó los últimos veinte años, hasta el día de su secuestro, se dependía, para su funcionamiento, en exclusiva, del presupuesto público. Le explicó que por esa razón la preocupación de los docentes y la de sus directivos no era el desarrollo del país mediante el ejercicio profesional de sus egresados. Le aclaró que la calidad de la educación en aquel instituto público, según su percepción y en los contados casos que esta se dio, no dejaba de ser más que un accidente, antes que un objetivo; puesto que, por lo general, todos sus estamentos, en especial los directivos, y alguno que otro docente, lo que esperaban era pensionarse rápido y jóvenes; antes de los cuarenta y cinco años las mujeres y de los cincuenta los hombres; gracias al régimen especial de prestaciones y de pensiones que regía en el país para tales estamentos oficiales. Una vez obtenían la abultada pensión oficial, tales funcionarios salían a montar su propio negocio académico, es decir: fundar una universidad privada para lucrarse de ella, tal y como lo hicieron años atrás los actuales dueños de la UPA, la mayoría de ellos pensionados de la estatal Universidad Nacional.

Contrario a los objetivos e intereses particulares de los entes directivos y académicos de aquella universidad pública, en las privadas, y en particular en la que Nosly más conocía, es decir, la UPA, al tener que ser autodependiente y, además, generadora de inmensos recursos económicos para sus cada vez más voraces fundadores, impelía a que los contratados directivos y empleados administrativos, académicos y, por ende, los docentes, en primer lugar, vivieran en función de generar agresivas estrategias para disminuir costos. Y esto, sin tener en cuenta, en absoluto, la razón de ser de la universidad: la formación profesional y la investigación para el acrecentamiento científico y técnico del país y, por ende, el mejoramiento y el bienestar general de la sociedad; y, en segundo lugar, y a diferencia de las públicas donde en materia de admisiones las listas solían ser mayoritariamente de rechazados, en la UPA la principal orden indirecta era contundente: ningún inscrito aspirante podía ser excluido, ni siquiera los que no llenaran ni cumplieran requisitos; y una vez capturados y facturados, hacer hasta lo indecible para mantenerlos vinculados hasta graduarlos.

Tal vez la más difícil situación que vivió Nosly en la UPA, y que le compartió a Arinhayeth, fue cuando ingresó. Inútil, inocente, y con gran riesgo, instó defender la calidad académica del programa respecto al reclamo colectivo de los tesistas, es decir, de los alumnos de último semestre que elaboraban su trabajo de grado.

Aquellos se negaban, y se negaron, finalmente, a desarrollar su proyecto acorde con lo que estaba contemplado en la guía oficial del programa académico, ajustada esta, en teoría, a los principios universales de la formulación de proyectos y a la estructuración de planes de negocios.

Los proyectistas exigían, y lo lograron, que en su plan de negocios para optar al título profesional no se incluyera, no se exigiera, la definición del problema, tampoco el marco de referencia, los estudios de mercado y técnico, ni mucho menos la evaluación financiera. Cuando Nosly se enteró de la queja y vergonzosa solicitud de sus dirigidos, "el memorial de agravios" ya había llegado a la rectoría, a la vicerrectoría y a la decanatura, desde donde de inmediato se impartieron las inherentes órdenes indirectas y, en consecuencia, Nosly fue citado ante el Consejo de Formación de la Facultad para oírle sus argumentos y descargos académicos. Explicaciones que Nosly no alcanzó a presentar cuando fue increpado y cuestionado por Marcelito, el docto decano nacional, espoleado por Yadira, la coordinadora nacional del programa, así como por el resto de profesores que a lo largo de la carrera debieron suministrarles a los estudiantes las pertinentes herramientas conceptuales para ese tipo de investigación y trabajo.

—¡Doctor!, ¿es posible que replantee y flexibilice, de inmediato, su posición, por demás ortodoxa, a favor de la justa causa que esgrimen sus estudiantes? —se lo dijo con un tono por demás déspota, autoritario y jerárquico, sin dejarlo de mirar con inocultable furia—. Además, doctor, recuerde que, en la evaluación de su desempeño docente, hecha por sus estudiantes…

Manipulada de manera grotesca por su Yadira, pensó lúdicamente Nosly.

—En el semestre anterior, usted no salió muy bien que digamos, dada su actitud exigente, autoritaria y, sobre todo, nada conciliadora con ellos —le refirió una vez más el docto decano.

Nosly comprendió en el acto el meollo del asunto. La calidad académica de esa facultad era mera y vulgar teoría. ¡Retórica! No trascendía del discurso. Solo era un escrito, un papel, a pesar de las permanentes peroratas y regaños del rector y de los directivos en procura de ella, así como de los documentos con la visión y misión que se exhibían y pregonaban, no solo en los plegables comerciales, sino en el embustero Proyecto Educativo Institucional (PEI) de la universidad, así como en innumerables y muy bien diseminadas carteleras por toda la facultad. No dejaba de ser más que un comercial caza-ingenuos y soporte de papel para las visitas de los pares y otras autoridades de control, por lo general personas metidas en ese negocio y, por ende, conocedoras y vividoras, a expensas del mismo.

Tal vez por esa razón, pensó en ese momento Nosly, ningún programa de formación profesional del país, y, por ende, ninguna institución universitaria, figuraba entre las primeras mil del *ranking* mundial, con lo cual, además, se perpetuaba el atraso, el subdesarrollo y, con ello, consecuencia lógica, la pobreza espiritual generalizada del pueblo. Estas, concluyó esa vez Nosly, y se las compartió a Arinhayeth, eran, entre otras, las causas por las que en el país la mayoría de universidades formaban y pos graduaban profesionales cualificados con medianía académica, sin mayor capacidad de aporte tecnológico; eso sí, como mano de obra barata para el mercado interno, nada exigente, más bien conformista, y el cual tan solo producía, en ese entonces, bienes y servicios poco y nada competitivos en el contexto global, especialmente por parámetros de calidad.

Le enfatizó esa vez Nosly a su amada Arinhayeth que lo que primaba en la UPA; así como en muchas otras instituciones de educación superior del país, de las que él había alcanzado a analizar antes de su secuestro, por sobre cualquiera otra razón o causa, triste realidad, era el millón ochocientos mil pesos semestrales, precio promedio del mercado educativo, que pagaba cada alumno. Ingreso que, por nada del mundo, menos por las exigencias académicas de un profesorucho terco, los directivos y empleados del ruin negocio en la UPA se podían dar el lujo de dejar pasar, y, menos, escapar.

Como Nosly, a pesar de su convicción (o tal vez tan solo era mera intención de darle al país profesionales con calidad en su formación para contrarrestar la medianía que sumía a la sociedad en el subdesarrollo y la dependencia foránea) acababa de obtener un crédito para comprar casa, entendió que no debía ofrecer más resistencia. Él necesitaba, como casi todos los docentes (y empleados en general), por sobre cualquier otro miramiento, principio, valor o intención, ingresos para completar la sumatoria de sus crecientes egresos. Situación agravada con la vertiginosa pérdida del poder adquisitivo del salario, muy a pesar de los ingentes esfuerzos del Gobierno Nacional para justificarla y mimetizarla de manera técnica.

Sin embargo, si Nosly se hubiera mantenido firme en sus principios, resistiéndose a la voraz fuerza de la economía universitaria, y combatiendo la filosofía de la calidad académica a cero costo, habría sido relevado del cargo por otro obrero de la docencia, entre el innumerable ejército industrial de reserva que esperaba, ávido, la oportunidad. Obrero docente este quien con toda seguridad habría manifestado estar dispuesto a entender la solicitud del estudiantado, identificándose, sin mayores explicaciones, y, menos, objeciones, con la forma de operar anti ética de aquella facultad, y de la UPA en general.

Quizá, por tal motivo, Nosly terminó aceptando que los proyectantes se graduaran como profesionales del comercio y los negocios, después de diez semestres de carrera, con una mera exposición en *Power Point,* y máximo de veinte minutos. Y los que a bien tuvieran, que presentaran un breve escrito sobre ideas gaseosas de negocios. O, mejor sería decir, con lo que a los proyectistas se les ocurriera hacer o decir, por lo general sin ninguna justificación ni soporte metodológico.

En efecto, esos estudiantes no tenían, en absoluto, interiorizado ni cimentado concepto alguno que les permitiera formular el problema, plantear los objetivos, tampoco las hipótesis. No se les había suministrado la fundamentación teórica, ni la práctica, para hacer un estudio de mercado, uno técnico y, menos, el financiero, pese a haber aprobado, en sus respectivos semestres, las materias metodológicas, la investigación económica de mercados, la formulación y la evaluación de proyectos; y todas las demás que en teoría les debieron suministrar las herramientas conceptuales y prácticas para ello. Pese a esa situación, con título refrendado, aquellos salieron a ofrecer sus servicios profesionales en el mercado empresarial, así como en el universitario, como docentes, un buen número.

Otro argumento sólido para esas prácticas académicas en la UPA era la cuota mínima semestral de graduandos, dado que éstos cancelaban, por derechos de grado, el equivalente a tres cuartas partes de la matrícula, en forma adicional al pago del respectivo semestre; y esto también lo tenían en cuenta las directivas, a título de gestión, por parte de los decanos. Desde luego que Marcelito no iba a dejar bajar la cuota promedio de al menos veinticinco graduandos por semestre, incluso con aquellos que no lograron superar alguna asignatura, pese a tantas facilidades otorgadas.

—A estas alturas de la carrera ya no se les debe poner ningún tipo de problema ni obstáculo —solía justificar el docto decano cada vez que se presentaban problemas con alumnos de último semestre—. Como sea hay que arreglar la situación, cualquiera que sea... ¡La prioridad, ahora, es graduarlos y, ojalá, motivarlos para que ingresen a uno de nuestros posgrados!

Marcelito lo hacía, y lo hizo, por aquello de la cuota mínima de graduandos, para seguir en el lucrativo negocio de la dirección académica de tan prestigioso claustro universitario.

Dos años después de aquel primer inconveniente que tuvo Nosly con aquellos graduandos, llegó a la facultad un par académico para verificar el cumplimiento de las condiciones mínimas para obtener el registro calificado del programa. Cuando el par revisó en forma aleatoria los trabajos de investigación con los que se graduaban los estudiantes de ese programa profesional, se encontró, entre otras perlas, con algunos proyectos de estos. Al preguntar por los directores científicos y metodológicos de tales trabajos, y fue lo único que preguntaron, todos señalaron, todos incriminaron, al profesor Nosly.

De ahí no pasó a mayores, ni en el informe final del par figuró observación alguna; pues, este, a su vez, tenía negociada con la UPA una dirección regional en el norte del país, la cual le fue concedida al siguiente semestre de emitido el informe con el reconocimiento del registro calificado para tal programa.

Sin embargo, a la rectoría, a las vicerrectorías y demás dependencias académicas de la UPA, esa misma tarde se les informó, por parte del docto decano, que la única falla, aparentemente detectada en la facultad por el par, tenía que ver con la dirección científica de los proyectos de negocios en manos del profesor Nosly. Por tal motivo, las autoridades de aquel claustro universitario sentenciaron que si el par observaba, oficialmente, al respecto, tenía que rodar la cabeza de ese profesor mediocre.

Y ahí quedó el asunto. El par no encontró ningún motivo que ameritara observación alguna. Empero, en la hoja de ruta privada que le llevaba la rectoría a cada docente para efectos de aprobar contratos y otras cosas, este suceso fue la segunda estrella negra para Nosly, después de la queja de aquellos mismos estudiantes por él dirigidos en su polémico y mediocre trabajo de grado.

ÉXTASIS, DELIRIO, DEBILIDAD... ¡REITERADA TRAICIÓN!

Pese a sus limitaciones físicas y comunicativas, en buena parte compensadas con aquella nueva facultad mental que junto con Arinhayeth perfeccionaron; y que, como buena alumna, incluso superó a su maestro; para Nosly aquella época, es decir, la transcurrida entre el reencuentro accidentado con Arinhayeth y los siguientes dos años y medio, fue la que más disfrutó con su amada.

Él sentía, y lo creía, o quería creer, o necesitaba creer, que ella lo adoraba, que lo necesitaba, que era suya; como lo era él para ella: en exclusiva, como siempre lo soñó y buscó. Perfeccionaron la sublime técnica mental de hacer el amor, que por lo general concluía con el encuentro y la cópula físicos, llegando, los dos, creía él, a reiterados y explosivos momentos de indescriptible éxtasis terrenal. Estaba seguro de que pese a las calamitosas e incomodísimas bregas que le implicaba a ella su cuadriplejia, sobre todo en lo inherente a sus necesidades fisiológicas, de aseo, alimentación, medicamentos, terapias, movilidad y muchas otras, para lo cual dependía por completo de ella, Arinhayeth era feliz; pues, además, no se lo tenía que decir con palabras. Hasta entonces ninguno usaba, de forma abierta, su capacidad de bloquearse entre sí sus respectivas facultades, por lo que, al respecto, al parecer eran uno solo. De ello él estaba más que seguro; o tal vez quería, o necesitaba estarlo.

Sin embargo, una vez conocido el montaraz abrevadero, la bestia siempre tornará a satisfacer allí su insaciable e incendiaria sed.

Por esa época, y pese a tanto aparente amor, Arinhayeth tornó a su estado natural y labor de vengativa y fatal seducción. Retornaron a su atormentada alma aquellas fuerzas invisibles de su pasado que la esclavizaron, como en tantas otras oportunidades; pese a que en lo más recóndito de su ser ella lo quería evitar, como lo evidenció en un mensaje premonitorio, narración de súplica que ella le dejó expuesta en su mente para que la leyera e instara evitar el nefasto desenlace.

Pero, no. Él, o no la entendió en su totalidad; o, quizá, omiso caso hizo de lo que su amada le solicitaba. O, mejor sería decir, de lo que ella le anunciaba a gritos: *"Cuando tú no estás... son tantas cosas las que tengo, las que quiero, pero, sobre todo, las que necesito decirte. ¡Sin embargo, no sé por dónde ni cómo empezar! Las palabras comienzan a formarse en lo más recóndito de mi ser; pero, en tu presencia, vida mía, se agolpan y arremolinan en mis labios, sin lograr siquiera articular sonido alguno... apenas, si acaso, estallo en lánguidos suspiros, susurros ininteligibles... y no pocas veces, y tú lo sabes muy bien, en inefable llanto.*

En cambio, cuando tú no estás, amor, y tu ausencia enfría, aún más, mi soledad huérfana de tus besos

de fuego y lava ardiente... y tu ausencia castiga con ig-
nominia cruel y despiadada mi piel desvestida de tus
caricias que avivan, con ansia loca y desmedida, la
flama de mis entrañas, es cuando, ¡pedazo de mi vida!,
sin ninguna dificultad armo el discurso de mis nostal-
gias; elaboro la elegía de mis sentires y pasiones que a
ti me aferran y que por ti profeso...

Cuando tú no estás, amor, compongo, entonces, en
mi mente, emanadas de mi volcánico corazón, aquellas
frases con las que quisiera aprisionarte para siempre
entre mis brazos; aquellas frases con las que reconozco
que sin ti mi existencia exhalaría presto, pues he de re-
conocerte, sin ambages ni escatimo, ¡vida mía!, que un
amor como el tuyo: puro y seguro, jamás, de nuevo,
volveré a encontrar...

Entonces, el pánico de perderte en algún recodo
de la vida, bien sea por culpa ajena, por debilidad hu-
mana mía, o por las dos causas al unísono, se apodera
íntegro de mi espíritu, cortándome, de tajo, el hálito...

¡Sí! Cuando tú no estás, amor, afloran, fluidas, sin
ninguna dificultad ni sobresalto, todas las frases que tú
necesitas escuchar, respecto de aquellas cosas tuyas
que, quizá, para ti solo bagatelas sean, pero que a mí
me hacen sufrir y padecer hasta lo indecible...

Cuando tú no estás, amor, raudo emana el dis-
curso hecho elegía, que si lo escucharas, entenderías
que soy tan solo, como tú, un ser sensible, débil y, ante
todo, humano; que se afecta con facilidad cuando te
enojas, a veces sin razón aparente, maltratándome, tal
vez sin proponértelo, en especial con ese fiero mirar
que tienes cuando no te salen bien las cosas; o con los

afilados guijarros de tus mudas palabras que con cuánta ira se estrellan contra mí, que tan solo quiere, en esos momentos, servirte de consuelo...

Cuando tú no estás, amor, se me hace tan fácil decirte tantas cosas... Sin embargo, cuando llegas, y tu presencia ilumina la estancia de mi vida, tienes la virtud de confundirme. Entonces, el discurso, las frases y las palabras que con gran detalle elaboré para ti, se esfuman, se disipan, arrebatadas por el viento voraz de la pasión humana...

Por ello, amor, ahora que aún estás aquí, con elemental lenguaje, solo puedo decirte que te amo, ¡que me haces falta!, ¡que te necesito! Que, por favor, cuando nos cubra con su toga plateada el frío inexorable de los años, estés siempre a mi lado y, sobre todo, que nunca cambies ni dejes de quererme, como hasta ahora...

Tú y yo hasta la eternidad misma, de ser ello posible, amor".

Desde hacía unos diez meses; antes del nombramiento de Arinhayeth como decana regional de la Facultad de Negocios de la UPA, sede Puebloyán, meta final de su segunda etapa y comienzo de la tercera; Nosly, sobre todo en momentos de gran felicidad y placer, comenzó a experimentar ligeros espasmos, algo vagos, en sus extremidades inferiores, y algo más acentuados en sus manos. Sin embargo, no quiso hacer caso de ello. Tal y como estaba, dependiendo por completo de su amada, le parecía perfecto y se sentía muy bien; razón por la cual le ordenó a su mente refundir tal información en lo más lejano, en lo más recóndito de su cerebro. Lo mismo hizo cuando percibió un hormigueo en su lengua y emitió un balbuceo controlado.

Él, siempre, y desde cuando escuchó a los médicos en el hospital, quienes nunca se pusieron de acuerdo respecto de las verdaderas causas de su inmovilidad y mudez, supo que lo suyo era temporal, que las podría reactivar, si se lo proponía, cuando lo quisiera. Empero, por ahora, para todos sus planes, la actual situación era perfecta. Eso también lo ocultó en el averno más profundo de su mente, ahí, en donde nunca nadie, ni Arinhayeth, que por esa época experimentaba su máximo potencial mental, lo llegó a percibir.

Pero, no solo él comenzó a ocultar y bloquear en su mente pensamientos y acciones. ¡Humana característica esta! Ella, desde cuando la asignaron como asistente académica de la Facultad; desde luego con las ayudas propias del plan Nosly, por lo que ahora era de tiempo completo y tenía mucho menos espacio para estar con su Yiyo; se guardó, con gran refinamiento y sutileza mental, arma inherente, propia, exclusiva de mujeres, aquellas miradas sensualmente asesinas y amorosas de Luis Ricardo Loaiza, hijo mayor de la rectora nacional y del fundador y principal accionista de la UPA.

Luis Ricardo era un atractivo cuarentón, quien además de ser miembro principal de la sala general, como vicerrector administrativo y financiero era el que más poder de decisión tenía a nivel nacional en todas las sedes de la UPA. Así mismo, era el firme candidato para reemplazar a su madre en la rectoría general.

Desde hacía más de un año, cuando Luis Ricardo visitó la sede de Puebloyán y conoció a la nueva docente de negocios: Arinhayeth; no pudo, jamás, volver a tener la tranquilidad, el aplomo, la fidelidad conyugal, ni la frialdad para la toma de decisiones; características suyas hasta entonces, por lo cual era uno de los directivos menos queridos, más detestados y, por ende, adulados de forma permanente y falsaria en toda la universidad.

Excepto Arinhayeth, ninguno sabía, ni siquiera sospechaba, la razón de los ahora casi quincenales viajes de control y evaluación de la gestión administrativa y financiera a las regionales de la UPA ubicadas en la zona sur occidental del país y, menos aún, que con independencia de la sede a la que fuera a controlar o visitar, siempre era en Puebloyán en donde se quedaba el muy austero señor vicerrector.

Al principio, cuando fue vinculada por Plutarco Goenaga Martínez, rector regional Caucal, y un año antes de su nombramiento como decana, entre Arinhayeth y el vicerrector solo fueron miradas esquivas, luego escurridizas sonrisas y, más tarde, antes del aciago desenlace, besos furtivos en la mejilla, incluidas algunas aproximaciones de boca. Pues el personaje aquel era del tipo físico, intelectual, social, académico y, por ende, económico, que para ella, Arinhayeth Arteaga, no podía, por más que quisiera, pasar desapercibido. Cuando supo de su jerarquía e inminente proyección en la estructura piramidal de la UPA, Arinhayeth se motivó, y con gran y fatal obstinación. Fue cuando decidió jugar, en la partida de ajedrez planeada por Nosly, una variante intrépida y desbordante que ni siquiera el amor sincero que ella sabía que Nosly le profesaba lograría contrarrestar, ni mucho menos controlar ni evitar. Se trataba, entonces, de una fuerza que le corrompía su deseo, su pasión humana: esas ganas de revolcarse con aquel alto ejecutivo académico sobre el tapete mullido de su lujosa y elegante oficina, y de someterlo, de hundirlo, en el valladar impío del sufrimiento intenso que devoraba sus infectas entrañas.

Arinhayeth buscaba, de manera infructuosa, mitigar el inmarcesible dolor que carcomía su corazón. Afectación que no la dejaba amar a nadie; tampoco alcanzar, realmente, satisfacción, goce ni disfrute sexual pleno con pareja alguna. Sentía irrefrenable ansia de saciar la rabia infinita que rebosaba su espíritu de mujer ofendida por siempre y desde su infancia ultrajada por aquellos seres de quienes, en aquella infausta época, no podía escapar ni eludir, debido a su breve edad, a su inocente concepción del mundo de entonces, amén de su indefensión y sometimiento familiar por conducto del padrastro de su madre, así como de su tío materno.

No se trataba de falta de atención por parte de Nosly. Aquello le deleznaba, perenne, su agobiado espíritu, pese a que él se esforzaba por prodigarle satisfacción y placer. Por encima de su incapacidad física y de la inmovilidad de sus extremidades, él siempre estuvo, creía, al nivel de sus exigencias.

Desde su precoz adolescencia, y como resultado de su esbelto cuerpo y bonita cara, Arinhayeth fue víctima, prisionera, de la permanente galantería y del embeleso masculino. Le era imposible eludir la fascinación que le prodigaba la coquetería y la seducción varonil, expresada ésta con palabras, miradas o insinuaciones. Incluso, le causaba morbosa sensación, interés inicuo y reto sexual los que la trataban con indiferencia, pues sabía que en sus oscuras mentes la fantasía de estar con tan exquisita y divina hembra era ineludible.

Así mismo, la posibilidad de obtener o acceder al poder, o el disponer de dinero o de bienes materiales le despertaba avidez irrefrenable de hacer suyos, para destruirlos moral y sentimentalmente, a todos los hombres de su entorno, le proporcionaran o no satisfacción, le causaran o no nuevo dolor o mayor daño. Era como un asunto de inferencia estadística: a mayor número de conquistas y de hombres afectados por sus encantos, sin importar siquiera que a su vez ella saliera estropeada en la relación, más satisfacción trivial preñaba su mortificada alma.

Arinhayeth, para entonces, había desarrollado gran destreza para penetrar, controlar, dirigir y hasta para bloquear mentes. Hizo por sí sola, sin necesidad de Nosly, un gran avance individual y recóndito en estas lidias de la mente: particionar la suya y la de las personas que a ella le interesaran y sirvieran en sus planes independientes, blindando, no en su totalidad, como lo hacía Nosly y se lo enseñó a ella, sino partes de esta para dificultar e impedir, en cosas concretas y por ella definidas, la posibilidad de ingreso de cualquiera otra señal que no fuera la suya.

Estaba segura de su engendro y, desde luego, de que Nosly no se enteraría de lo que estaba pasando. Menos, aún, de lo que pasaría al respecto, ya fuera porque él ingresara a la mente del vicerrector, o a la suya; pues si ello ocurría, no solo se echaba al traste el plan del mismo Yiyo, sino el suyo; el cual ya había modificado en sentido más amplio, atrevido y hasta descarado, pues se sintió en capacidad, no solo de hacerlo, sino, incluso, de dominar e imponerse, en el momento preciso, sobre la voluntad de su, como ahora le parecía e incomodaba, parapléjico y estorboso compañero de alcoba; quien, además, después de las primeras experiencias de sexo mental, que en su momento en algo había entretenido su libido, ya no era tan interesante ni novedoso; mucho menos lo era la relación física, la que ya le sabía a pantano, pues eso de ella siempre encima, por obvias razones, no le generaba mayor emoción al acto; y, menos aún, ya que de tanto trabajo y esfuerzo mental el pobre comenzaba, al respecto, a mostrar menor rendimiento, efectividad e innovación... instó justificarlo, no sin ese aire de sorna y descaro que solía dejar entrever, tratándose de situaciones de tal índole.

Arinhayeth refinó, también, la capacidad de pensar lo que al respecto quería saber Nosly, sobre todo en lo sexual y sentimental, más ahora que ella quería e iba por un premio extra, mayor al que él buscaba; es decir, llevarla a la decanatura nacional de esa facultad y de ahí que pasara a la vicerrectoría académica general para lanzar, desde ese cargo, una cruzada de emprenderismo apalancada con mejoramiento y rendimiento significativos en la formación de los estudiantes y futuros profesionales del país, sin que le significara más desembolso de dinero a la franja social: estratos 1, 2 y 3, que era la que atendía (o más bien, explotaba) de manera masiva la UPA.

De esa forma, consideraba Nosly, se le contribuiría a la sociedad para su desarrollo y crecimiento, logrando, de manera colateral, combatir y erradicar la galopante y creciente pobreza espiritual nacional. Ese, en breves palabras, y según la concepción que al respecto tenía Arinhayeth, era todo el plan de Nosly para resolverle el problema al país; pues, según se lo expuso, él esperaba que mediante la creación de una gran cantidad de empresas por parte de egresados bien formados, de manera progresiva y paulatina se fuera generando, en todo el territorio patrio, empleo competitivo, productivo y rentable, con cobertura nacional e internacional, para irle quitando combustible humano a las fuerzas nefastas que, según él, estaban consumiendo a la nación en la corrupción, la inseguridad, el narcotráfico, el terrorismo, la insurgencia, la artera desigualdad y, con ello, en la anarquía, que junto con ese malestar social generalizado que pululaba por doquiera, tornaba insalubre, incluso venenoso, el aire que se respiraba en cualquier rincón de su querida y amada patria: *¡nostalgia social!*, solía decir.

Sin embargo, a ella ese plan no le importaba en absoluto, pues apuntaba hacia distinta diana, mucho más alta, pero en lo personal. Otra sinuosa teoría al respecto, bien distinta, concebía, cocinaba y la movía, a tal punto que lo considerado por Nosly, para Arinhayeth no era más que una tontería.

¿Y a quién carajo le va a importar que se erradique la pobreza del país?, pensaba, cuestionaba y bloqueaba. *Ni siquiera a los mismos pobres... ellos están más que conformes con su pinche suerte... incluso, al parecer, disfrutan, se gozan, su miserable situación.*

Para ella, el problema del país era tan simple de explicar, como imposible de resolver. Según su concepción, al habitante promedio, a la inmensa mayoría de sus paisanos, les gustaba estar jodidos, siempre sometidos y arrancados porque, decía ella, ¡esa es su forma de ser! Así pensaba y así actuaba su pueblo, sin darse, o quererse dar siquiera cuenta de la contradictoria condición que había transformado su colectiva conciencia. Entonces, cuestionaba Arinhayeth en cerrado silencio: *¿Para qué intentar cambiarle su idiosincrasia, su limitada percepción del mundo, a un pueblo feliz y manejado mediáticamente?*

Arinhayeth estaba segura de que a esa inmensa masa amorfa, sus coterráneos, solo le interesaba dos cosas: sobrevivir, para lo cual lo esencial era obtener lo del día a día, con algo, de vez en cuando, de insana distracción, con preferencia, fiestas e ingesta de bebidas alcohólicas, y muy económicas, por supuesto. En segundo lugar, ver mucha televisión, en especial telenovelas insulsas, noticias malas y sangrientas, carnavales, reinados y fútbol. Ella pensaba que a esa gran masa social, además amorfa, se le mantenía calmada y algo productiva si se le suministraba, de manera racionada, licor y diversión superflua. Por lo tanto, era riesgoso e inocuo instar modificarle su estado actual, ni siquiera para mejorárselo.

Consideraba que de manera paralela con la masa amorfa coexistía una minoría, muy fuerte, poderosa, ambiciosa, voraz, excluyente y temible; poseedora y controladora, desde y para siempre, con eficacia y eficiencia, de la riqueza, de los tres poderes políticos, de los órganos de control, del aparato militar, de la estructura eclesiástica y de las agencias electorales; así como de los medios masivos de comunicación, dominación y manipulación de pueblos. Para ella, en consecuencia, esa poderosa minoría no iba, por nada del mundo, a permitirle el acceso, y menos el ascenso, a nadie diferente o ajeno a su ralea. Sostenía que la inmensa, dispersa, pobre, egoísta, manipulada y desunida mayoría tan solo poseía su fuerza de trabajo y, eso sí, una gran capacidad de sometimiento, acomodación y agridulce gusto por las condiciones impuestas.

Según Arinhayeth, las pocas personas que de esa mayoría sobresalían por algún especial esfuerzo, o por una secuaz cualidad, o por suerte, o por correlación familiar con las de aquella minoría, cuando las dejaban escalar algún supino peldaño social, de inmediato se convertían en los más férreos y acérrimos intermediarios y defensores del inequitativo sistema, perpetuándolo. También consideraba que el subdesarrollo integral de un pueblo era la mejor oportunidad de negocio para unos pocos, muy pocos; más aún, cuando el común denominador de los primeros era, en aquel entonces, el producto de la inoculada mansedumbre, junto con la inducida y controlada masificación de la ignorancia.

En su modelo, Arinhayeth consideraba que dentro de la masa amorfa, que constituía la mayoría, un pequeño grupo no aceptaba las condiciones impuestas por la poderosa minoría; pero que éstos, o no contaban con la suerte, o con la bendición familiar de los poderosos, y a pesar, quizá, de haber instado esforzarse, no les alcanzaba para sobresalir de manera limpia, aceptable y social; por lo que, o se enquistaban en las huestes de la corrupción oficial; o empuñaban las armas bajo inverosímiles consignas reivindicatorias de carácter social, político o económico; o alguna mezcla de las tres; o se organizaban en temibles y productivas empresas criminales, logrando escalar, figurar y hacerse reconocer y valer a sangre, fuego, muerte o dólares, en la pirámide social. Grupo este que por lo general terminaba, tarde o temprano, de manera negociada o militar, aniquilado por la detentora y hegemónica minoría.

Como quiera que las alternativas posibles para no pertenecer a la inmensa mayoría empobrecida y alienada, pero, a pesar de todo, con cultural y neurolingüísticamente manejada subsistencia digna, eran complejas, casi imposibles en su país, a Arinhayeth le parecía que lo que tenía que hacer cualquier persona racional, instruida o no, perteneciente a la mayoría, como lo eran ella y Nosly, era dejar así las cosas, como lo decía por ese entonces un humorista subcontinental, y someterse al sistema, tratando de no complicarse, ni mucho menos arriesgar, de forma inútil, la vida, propia y la de sus allegados. Pero, desde luego, sin dejar de aprovechar el albur que se le pudiera presentar, que, como en el caso de ella, estaba al alcance de su mano.

Arinhayeth ya lo había planeado: una vez el hijo de la rectora de la UPA obtuviera el cargo de su madre, haría que la llevara consigo a la capital del país, como su esposa; pues en la variante, por ella jugada en solitario, maquinaba para lograr la disolución del sólido matrimonio que por más de veinte años cosecharon el vicerrector y su consorte. Ya en la capital, como esposa formal del nuevo rector, Arinhayeth asumiría la presidencia de la sala general, desde donde se dictaban todas y cada una de las políticas, directrices y, sobre todo, aquellas deliciosas órdenes indirectas e informales con las que se manejaba esa gigantesca organización educativa.

Elucubrado plan, muy distante de los tontos ideales de su Yiyo, que favorecerían, en el remoto caso de llegarse a dar la utópica teoría, a una masa ignota de personas que no agradecerían ni aprovecharían nada; con lo cual, además, reiteraba en su pensamiento blindado, con ello o sin ello, el país no se iba a arreglar en absoluto; pues a su juicio, aquel pueblo estaba condenado a repetir una, y otra, y otra, y otra, y otra vez, con mayor ímpetu e ignominia, su trágica y miserable historia de sometimiento, explotación, extracción de recursos naturales, dolor, corrupción, guerras, tristezas, pobreza y muerte. A nadie, concluía, le interesaba cambiar el derrotero de las cosas. Todos estaban conformes, felices, con lo que les tocó en suerte; en especial, los detentores y defensores de los tres poderes y respectivos órganos de control, sobre los cuales Arinhayeth fundaba su pensamiento y teoría.

En sus planes Arinhayeth incluía, desde luego, que una vez en la presidencia de la sala general de la UPA, tendría disposición absoluta de esos casi diecinueve mil cuatrocientos cuarenta millones anuales, correspondientes al treinta por ciento de ingresos de la UPA por concepto de matrículas de los casi treinta y seis mil de sus estudiantes en todo el país, con lo cual ella satisfaría, a sus anchas, esas dos motivaciones, tan humanas, que la subyugaban. El asunto no era, entonces, en sí, de simple motivación económica. El dinero no era su interés final; era lo que con su disposición se generaba y obtenía de los demás y, sobre todo, en ese mundo cerrado, oscuro, abyecto y sinuoso de los empresarios, obreros y jornaleros de la educación universitaria en la UPA, y su entorno cercano.

Lo que buscaba, entonces, aquella sufrida y maltratada mujer, en primer lugar, era poder, reconocimiento, sumisión y lisonja de propios y extraños. Sabía muy bien que las necesidades y las expectativas complejas de las personas las obligan a la sumisión y a la lisonja hacia quien detenta el poder y, por ende, posee el derecho de incidir en su satisfacción y logro, sin importar el precio a pagar por ello.

Y eso era lo que, en primera instancia, animaba a Arinhayeth: el acceder al poder para tener a sus pies a un séquito de personas con apergaminados altos niveles académicos y atorrantes alcances sociales y económicos, dispuestas a inclinarse ante ella y pedir, mendigar mejor, su voluntad.

Inefable y mezquino placer, ella lo sabía; pero así lo sentía y lo comenzó a trabajar.

El segundo gran premio, tras el cual Arinhayeth descargó toda su maleva intencionalidad, concomitante con el primero, era inherente a su gran debilidad, perversidad e insatisfecha fantasía sexual: ser pretendida, deseada y poseída por todo aquel que a ella le inspirara pasión, deseo, ira, rabia, gusto. Incluso obligarlos, a cambio de no ser despedidos de sus respectivos cargos y, por ende, privarlos de sus medios de subsistencia personal y familiar, a todos aquellos que al estar dentro del rango de su agrado, ira, rabia o deseo, se rehusaran, se hicieran los difíciles o, simplemente, no quisieran; y una vez suyos, proceder a destruirles su moral y sentimientos. Matarlos en vida, como lo hicieron con ella en su infausta niñez.

Pero, para ello, para lograrlo, Arinhayeth quería valerse, en principio, de su capacidad mental, uniendo a la suya, la de Nosly. Lo haría de esa forma hasta alcanzar la presidencia de la sala general de la UPA. Una vez allí, pensaba satisfacer sus dos fantasías procediendo, en lo posible, sin hacer uso de tal facultad. Quería que la gente la adulara, la reconociera, la deseara y poseyera por su estatus jerárquico en la UPA. Quería lograrlo sin someterlos mentalmente. Esas manifestaciones no las quería manipular en la mente de las personas; necesitaba que provinieran por generación espontánea y, llegado el momento, y si el asunto lo merecía y no se lograba de esa forma, entonces, ahí sí, acudir al sometimiento de su voluntad.

¡Sí!, se justificaba: a esta vida ella vino a disfrutar del dinero, del poder... y a usar el sexo como instrumento de su venganza contra el mundo, en especial, contra el masculino. Esa fue siempre su filosofía, incoada en su alma, quizá, a partir de los cinco años cuando allá, en La Selva, zona rural de Puebloyán (donde nació, casi cuarenta y tres años atrás) llegó a su casa un hombre alto, muy bien parecido, montado en un caballo de fina estampa, color marrón, a comprar un gallo de pelea, y su señora madre le dijo:

—¡Mirá, pues, ese es tu padre! ¡Conocélo!... verás cómo te le parecés... Sos su vivo retrato, así te haya negado y abandonado a tu suerte.

Nunca más lo volvió a ver; pero jamás olvidaría la indiferencia abyecta con la que el hombre aquel respondió a su infantil e inocente sonrisa con la que pretendió agradarle... más aún, al escucharle a su madre que ese señor era su padre, por quien ella cada nada le preguntaba, sin tener respuesta, hasta ese momento. El hombre aquel ni siquiera la miró. No le dijo nada, y si no se hace a un lado del camino, hubiera pasado con su cabalgadura por encima de ella. Así conoció a su progenitor. Aciaga, única y última vez que lo vio. Años después, ya adolescente, le preguntó a su madre el motivo por el cual su padre, ese, el que casi la atropella con el caballo, se había comportado, esa vez, así de mal e indiferente con ella. La madre de Arinhayeth le contó que cuando ella nació, era muy pequeña, por lo que su padre, al tomarla entre sus manos, se quedó mirándola y dijo:

—¡Esta china chiquita, flaca y fea no puede ser hija mía!

A partir de entonces desapareció, no regresó para nada... hasta ese día. Esa fue la disculpa para no responder y dejarlas, abandonarlas a su suerte, le reiteró su madre.

En su infancia, y después en su adolescencia y madurez, tal recuerdo y figura paterna, y lo que para su madre ello significó, marcó otra huella nefasta en su conducta, sobre todo, en su proceder, actitud y sentimientos hacia los hombres.

Pero hoy, con la facultad mental de someter a las personas y poder obtener lo que se le antojara, gracias a su maestro, el bueno del Nosly, lo reconocía con sorna, esta exquisita e invaluable capacidad cobraba inmensurable y vengativa importancia en su vida.

Dicho poder terminó por corromper, como el agua al hierro, sus deleznables sentimientos, valores y principios; incluso, ese amor difícil que alcanzó a experimentar por Nosly durante unos meses después de su accidentado y fatal regreso a Timbianí.

EL DIPUTADO

Iniciada la ejecución de la primera etapa del nuevo plan, Nosly se consagró al estudio. Necesitaba obtener lo más pronto y limpio posible el título de magíster para su amada. Para ello contrató una asistente, tan pronto se presentó el primer ascenso de Arinhayeth en la regional del Caucal. A esa empleada Nosly la esclavizó mentalmente para poderle asignar sus funciones principales, las cuales eran leer, transcribir en computador, recibir y enviar todas las actividades y evaluaciones resueltas por él y exigidas vía internet por los docentes de la UCI. Tal labor distrajo y ocupó a Nosly, de manera parcial, durante los siguientes dos años; período de tiempo en el que, además, se dedicó a controlar a los involucrados en su plan dentro de la universidad, así como a asistir profesional y académicamente a Arinhayeth en el desarrollo de sus actividades docentes y administrativas. Estas ocupaciones hicieron que él también descuidara algunos flancos mentales de su amada, a quien, además, ya le había tomado gran confianza y seguridad.

Ella, al encontrar ese expósito umbral, no dudó en usarlo para perfeccionar su técnica de bloqueo particionado. Allá comenzó a guardar la basura de sus inicuas, infieles, traidoras y ambiciosas estrategias, florecidas en el fango del odio, el resentimiento y su sed de venganza contra el mundo, de manera indiscriminada.

Desde luego que Arinhayeth no menospreciaba la capacidad y el poder mental de su maestro. Por lo tanto, antes de lanzar su antagónica estrategia, duró casi un año haciendo pruebas de bloqueo particionado, en ella y en otros individuos que Nosly monitoreaba, dejando cebos evidentes para rastrear la eficacia y la calidad de su técnica, tanto en lo laboral como en lo más sensible y perceptivo que él poseía: ¡lo sentimental! Pero, ¡no!, con toda seguridad, Nosly no los había olfateado. Hubiera reaccionado de inmediato; ella lo conocía muy bien; ni siquiera tenía sospechas al respecto, pues Arinhayeth se empeñó a fondo en su blindaje, poniéndolo a prueba con ese desliz, ejecutado por etapas, con un viejo conocido de Timbianí, de la época de su temprana adolescencia, ahora honorable diputado de la Asamblea del Caucal; recto hombre de hogar, reputado hacendado y ganadero; además, prestigioso carguero de La Piedad por más de veinte años.

Primero fue el encuentro casual en La Torre de la Catedral. En esa oportunidad ninguno controló, ni siquiera lo intentaron, la fascinación y atracción sexual que experimentaron. Luego vino la cita, ocho días después, para tomar un tinto y recordar viejos tiempos, en especial, de índole sexual. A la siguiente semana, acordaron para ir al cine; desde luego, cada uno con estratégico vestuario y apariencia camuflada. Esa vez se prodigaron los primeros candentes besos y atrevidas caricias. Quince días después se encontraron para hacer el amor en un alejado motel vía a Caliventura; evento que se repitió casi cada veinte días y durante ocho meses hasta cuando se le complicaron las cosas políticas al honorable diputado por un mal reparto de un contrato

oficial, decían unos, por lo que tuvo que salir de Puebloyán con toda su familia, muy rápido, *"si es que
aprecia su vida y la de sus dependientes"*, decía el pan-
fleto ensangrentado que le hicieron llegar a su casa.
Tuvo que abandonar, en su repentina y veloz huida, sus
bienes, negocios y espacios políticos y administrativos,
no solo en la capital departamental, sino en toda la región.

Fue una salida y un final oportunos, se dijo Arinhayeth cuando se enteró de que su diputado amante
anocheció, pero no amaneció en Puebloyán, según ru-
moraban otros, porque un frente rebelde le hizo juicio
político, encontrándolo culpable por los hechos impu-
tados de corrupción administrativa. Po tal razón fue
condenado por los insurgentes para que en las siguientes doce horas a la comunicación del veredicto revolucionario desapareciera, con familia y todo, del sur occidente del país.

Alguien le dijo a Arinhayeth que el diputado se
asiló en el Perú. Que aprovechó la elección, en ese país,
de uno de los escasos presidentes subcontinentales amigos del actual gobernante nacional, el doctor Uribia
Morales. Personaje, este último, quien, característica
política suya, pese a que el movimiento político del alu-
dido diputado del Caucal había contribuido de forma
decidida, económica y política para todas y cada una de
sus campañas, al enterarse por boca del mismo afectado
de la verdadera razón de su destierro del Caucal, no
dudó en expulsarlo, de inmediato, de la Coalición Nacional de Gobierno, además de declararlo *persona non
grata,* sin considerar, siquiera, que hasta entonces fue

uno de sus mejores aliados y benefactores económicos de su campaña y Gobierno.

Tres días después de la expedición y publicación del decreto con tal decisión gubernamental, el mismo mandatario nacional señaló al diputado Obando como enemigo público número uno del país. Esto último, por las afirmaciones que el diputado hizo a la prensa nacional, ávida de noticias calamitosas y escandalosas, que eran las que en ese entonces incrementaban la audiencia. Manifestó aquella vez el diputado su sorpresa al perder el respaldo presidencial, el cual él consideraba que tenía ganado, o como lo expuso iracundo: «Comprado y pagado por anticipado». Por tal razón, el todopoderoso jefe máximo de la administración pública nacional no solo lo decretó *persona non grata*, ni siquiera opositor político, sino:

—¡Enemigo declarado del Gobierno, legal y constitucionalmente elegido, así como del pueblo honesto y trabajador de este ubérrimo país! —vociferó el menudo doctor Uribia Morales en energúmena e incontrolada alocución radio-televisada. Y duró haciéndolo en sus permanentes intervenciones públicas de perenne campaña electoral durante siete meses más, al menos.

Lo que sacó de casillas al Presidente Uribia, característica muy común en él, fue que el diputado, una vez salió del Palacio Presidencial sin respaldo, hubiera declarado a la prensa amarillista y antigubernamental que desde las primeras campañas él, desde luego en privado, le había informado al ahora Presidente de la República sobre esa situación; ante lo cual, el entonces candidato, siempre había oído, entendido, aceptado, y hasta celebrado y bendecido, que en el Caucal su movimiento tuviera vínculos y apoyara la causa de organizaciones armadas de justicia particular, entre ellas las FCDSC, antes de ser proscritas oficialmente.

El diputado le comentó esa vez a la prensa que el entonces candidato había manifestado que con las certeras acciones civiles de las FCDSC se coadyuvaba a la política de la seguridad republicana y se mantenía a raya a esos rebeldes narcoterroristas, evitando secuestros, rescatando secuestrados; pero, sobre todo, le garantizaba a la sociedad de esa región del país: tranquilidad, seguridad ciudadana y, muy en especial, brindaban control al atropello de las "vacunas" que exigían esos forajidos, sobre todo en las ciudades y pueblos de mayor población de los departamentos del sur occidente del país.

Razón ésta que al fin aceptó contar el diputado Obando ante la prensa, frente a la veterana y hábil insistencia de los periodistas para que explicara su súbita salida del Caucal y desmintiera, de una vez por todas, el reciente comunicado que publicaron, al parecer, en una página web, los rebeldes, firmado en las montañas del país, y en el que se le acusaba de corrupto.

IGNORADA VERDAD

Una vez su amada Arinhayeth obtuvo el título de magíster, logrando, incluso, por las influencias de las directivas de la UPA, tanto de la regional Caucal como de la capital del país, tesis laureada y video ceremonia especial de grado entre San José de Costa Rica y Puebloyán, Nosly tuvo un desastroso descanso. Ahora le quedaba, a diario, más de la mitad del tiempo libre, pues ya no había lecturas, trabajos ni informes con tareas para enviar vía correo electrónico.

Se lo merecía, pensó durante los primeros ocho días, pues había trabajado duro, pero se sentía realizado ya que, al hacerle seguimiento y evaluación a su gran plan, todo iba dentro del cronograma. O eso quería pensar él, pues, cuando instó entrar a la mente de algunos de los que tenía monitoreados en inherencia a su plan en la universidad, ahora con todo su potencial puesto en ese objetivo, encontró algunas limitaciones, hasta ahora no experimentadas por él.

Nunca antes mente alguna, desde cuando inició la explotación de su nueva habilidad, le había ofrecido resistencia. Era extraño, pues todos los que en la regional Caucal tenían algo que ver con su proyecto, presentaban de forma parcial su mente blindada; en especial, para temas del proyecto y algunos aspectos privados relacionados con Arinhayeth. Pensó que podía ser cansancio, incluso sintió un leve temor al creer por un instante que tal vez estaba perdiendo tal pericia. Pero no. Buscó a personas no asociadas al proyecto, entre ellos a su tío Arnoldo en Caliventura y a su hija Sirlene, en Londres. La señal fue nítida, plena, sin ninguna limitante de ingreso. Su tío, quien iba a verlo una vez por mes, tenía informada a Soledad Daniela, en la capital, de su situación. Su tío había tenido un hijo con la joven con quien desde hacía un año se había ido a vivir y por quien dejó a su esposa e hijos.

Nosly se sintió satisfecho por el avance que Sirlene, su hija menor, llevaba en el aprendizaje y práctica del inglés, pese a que estaba trabajando muy duro para su manutención y envío mensual de una remesa para el local. No le quedó claro por qué tenía su hija que enviar dinero. *¡Para eso están los dos locales!*, pensó. Entonces Nosly hizo lo que casi no le gustaba hacer: entrar a la mente de su esposa y averiguar lo que pasaba. Evidente, sus dos hijos mayores estaban acabando con las finanzas familiares, provenientes estas de la productividad de los almacenes, pese a que la hija mayor ganaba lo suficiente, pero no aportaba nada para la casa, y sí exigía una cuota de casi dos millones de pesos para el carro y sus gastos personales, mientras que Danilo estaba casi por la misma cifra mensual. Por tal razón, los egresos mensuales en la casa ascendían a once millones de pesos, todos sacados de los negocios, que comenzaban a perder inventario y, por ende, productividad.

¡Se están comiendo el negocio!, pensó con disgusto. *Por eso es la ayuda que le piden a Sirlene... pues necesitan invertir en mercancía para recuperarlo.*

Su esposa sufría. Tenía dos razones para ello: una era ver que sus hijos, en especial los dos mayores, tuvieran esa concepción y comportamiento para con ella, quien trabajaba a más no poder para darles lo que pedían. Sin embargo, lo que más le dolía era que ni siquiera se lo agradecían, ni la respetaban. La trataban peor que a la señora que les hacía el servicio doméstico. No tenían ninguna consideración con ella, menos con los negocios, para los cuales, además, en nada colaboraban, pero exigían sin falta su millonaria mesada. Soledad Daniela era consciente de que así los había criado; aunque no supiera ahora por qué lo hizo así; tal vez para llevarle la contraria a Nosly; quien, lo descubrió él en ese momento, era la segunda causa de su afligido corazón.

Soledad Daniela, su esposa, lo extrañaba y pensaba, seguido, en él, en Nosly, en su esposo, aunque en la más recóndita soledad de su alma. Nosly leyó que Soledad Daniela, casi treinta y cinco años después, aunque aún no lo amaba (según creía o quería creer él), le reconocía y valoraba su tenacidad. Además, comprobó que ella creía que pese al desamor al que (según su concepción) lo había sometido, él nunca la dejó de amar. Estaba segura de que él no podía dejarlo de hacer, y ella no sabía por qué. Pensaba e intuía que su esposo la seguía amando, allá, en donde estaba, donde permanecía en esas condiciones tan calamitosas por su paraplejia. Nosly evidenció que Soledad Daniela sentía fieros remordimientos, los que antes, tal vez, no había experimentado. Vio que su esposa tenía vivo el deseo de irlo a ver y llevárselo consigo, a su lado. Intención atajada con habilidad por Arnoldo todas las veces que ella se la comunicó.

No era justo que sus hijos se portaran y trataran de esa forma a Soledad Daniela, consideró y censuró Nosly, tal vez movido por la segunda razón de la tristeza de su esposa. Entonces, por fin hizo lo que nunca había querido hacer, pero que debió hacerlo mucho tiempo antes, y no mediante artilugios mentales, sino de manera directa y física, revestido con la autoridad paterna que nunca quiso imponer, con el pretexto de evitar enfrentamientos y desautorizaciones por parte de su esposa. Ingresó a la mente de sus dos hijos mayores y les dirigió el camino hacia el amor, el respeto y la colaboración con la madre; les enseñó a valorar el calor del hogar y la importancia del ahorro y la previsión.

A partir del mes siguiente la hija mayor decidió asumir sus propios gastos y aportar para los servicios y parte del arriendo; hasta le alcanzó para ahorrar un veinte por ciento de lo que ganaba. Desde entonces, los días que recibía el pago, llevaba a comer, a un restaurante elegante, a su madre y hermano. Éste, por su parte, se dedicó, de manera paralela con el estudio de su último semestre, a administrar los dos negocios para hacerlos crecer y salir de la crisis; lo cual logró ocho meses después. Sirlene se enteró de la nueva actitud de sus hermanos mediante un correo electrónico que le envió su madre, alegrándose por ello. Al responderle el correo, les comunicó dos noticias: la primera, que iba a seguir enviando la remesa mensual, pero para que Soledad Daniela consignara y mantuviera ese dinero como un ahorro, de tal manera que en máximo tres años lo negociara en un banco como renta-pensión vitalicia y se dedicara a descansar, que lo merecía. La segunda noticia: que se casaba con un londinense.

Nosly, entonces, comprobó de esa forma que su habilidad mental estaba intacta, pero que algo estaba sucediendo en lo inherente a su proyecto y a las personas que tenían que ver con el mismo. Igual acaecía con algunos asuntos privados de Arinhayeth. Se asombró porque su asistente que le fue de vital importancia para lo de la maestría, y a quien él controlaba, o creía que controlaba, también presentaba los mismos síntomas de todos los relacionados con su proyecto; pero ella, además, evidenciaba bloqueos en cuanto a algunas situaciones particulares, privadas, relacionadas con Arinhayeth, las cuales no lograba ver ni intuir con claridad. O, tal vez, temía intuir o ver, a pesar de la flagrante evidencia. También lo sorprendió el nombramiento, casi simultáneo con el grado de magíster, de su compañera como decana regional, sobre todo sin su intervención, y sin que ella se lo comunicara con antelación, o él lo leyera de sus controlados en la regional antes de esa tarde de viernes cuando, sin mucho esfuerzo ni alegría, Arinhayeth le dijo:

—¡Parece que el lunes llega de la capital mi nombramiento como decana! Hasta hoy estuvo José Miguel... Mira cómo avanzan tus planes... —le habló y salió de la habitación.

Todas las cosas importantes, siempre, ella se las comunicaba a Nosly dejándolas expuestas en su mente para que las capturara. Pero esa vez no fue así. Se lo expresó con palabras, de viva voz, las cuales él buscó de inmediato en su mente mientras ella daba vuelta y salía con dirección al patio, sin encontrarlas. ¡No!, allí no estaban; solo diez segundos después de la primera búsqueda fueron colocadas en la mente de Arinhayeth, muy de prisa, a la carrera.

Sin embargo, era cierto. El nombramiento de Arinhayeth como decana regional significaba un gran avance en tiempo, lo que hacía progresar, más rápido de lo previsto, algunas de las actividades del plan. Nosly lo reconoció. Empero, algo estaba pasando. El acíbar de la duda horadó, cual trinche caliente en la mantequilla, la roca de su confianza. Un helado zumo de sábila se desprendió, con dolor, desde sus vísceras hasta alcanzar, un micro segundo después, sus papilas gustativas. La sensación de náusea no se hizo esperar, pero antes de regurgitar, recobró el instinto de empuñar con rabia su mano derecha.

¡Sí!, movió su mano derecha y ahora sentía que podía hacer lo mismo con la izquierda. Se quedó impávido. No quiso hacer ningún otro movimiento. De pronto, pensó preocupado, había recobrado todo, o de forma parcial, el movimiento de sus extremidades superiores; y quién sabe si hasta el de las inferiores. Incluso, se aterró aún más, si lo intentaba, hasta podría hablar. De inmediato, y esta vez por el instinto del que ama y percibe el fangoso olor de la traición, y no por su capacidad mental, decidió bloquear esa parte, pues él también había descubierto el blindaje parcial de sus pensamientos, aunque sin practicarlo de forma intencional. Anegó su mente con sentimientos de alegría por la noticia y refundió con gran maestría, ¡él era el maestro!, sus dudas, tristezas y desconfianzas. Necesitaba tiempo para averiguar lo que pasaba. Por suerte, en cuanto a tiempo se refería, él lo tenía, y en abundancia nefasta. En cambio, para ella, a partir del siguiente lunes, era su mayor debilidad y variable fundamental para seguir en la partida, si quería ganarla o por lo menos mantenerla en tablas. Así lo pensó Nosly, bloqueando de inmediato tan acibarado pensamiento.

LA ESTRATEGIA

Ese viernes en la noche Nosly y Arinhayeth celebraron con aguardiente en la intimidad de su alcoba, instando ella embriagarlo, y viceversa. Se prodigaron falsos besos e hipócritas caricias, celosa y habilidosamente cuidándose el uno del otro, pues desde esa tarde había un sabor en el ambiente que le decía a él que ella ocultaba algo; y a ella, que él lo intuía; pero, solo eso, que lo intuía; pues Arinhayeth estaba segura de su blindaje. Parecían dos gladiadores en lucha mental a muerte, atacando a su contrincante ahí en donde cada uno sabía que el otro era más vulnerable; además, cuidándose, los dos, de la debilidad conjunta, inherente a todo ser humano: la embriaguez, los sentimientos y las emociones, como el amor, el sexo, el placer, el susto, el miedo y la ira, que al permitir sentirlas, o dejarlas invadir el cuerpo, dejan al descubierto, sin importar blindaje alguno, al menos por fracciones de segundos, canales de penetración que para un buen explorador mental, como lo eran ellos, son suficientes para obtener información que se tiene guardada, como un tesoro, así sea en los putrefactos confines de la mente.

Se dijeron elaboradas, con gran refinamiento de engaño, palabras de amor y esperanza. Hicieron el amor con intensidad, primero de forma mental, incluyendo una variante atrevida y hasta ahora no practicada por Nosly, pero que la sorprendió y del todo no le desagradó: un trío sexual. Él le proyectó una hermosa rubia, fantasía sexual de Nosly, quien, frente a ella, le hizo el amor a él. Luego le trajo un cincuentón moreno, muy elegante, de un metro ochenta de estatura, bien parecido, hablado y dotado; atlético, perfumado y de poblado pecho. Fantasía y debilidad sexual de Arinhayeth, pero que a diferencia de Nosly, ella ya la había realizado, en la vida real, en tres anteriores oportunidades. La proyección procedió a hacerle el amor de manera intensa, prolongada y plena, hasta dejarla exhausta.

Al volver a la realidad, lo hicieron de manera física, y, como siempre, ella arriba. Esta vez Nosly respondió con el mismo vigor de hacía doce años cuando se conocieron. Logró robarle, aunque ella hizo ingentes esfuerzos físicos y mentales para evitarlos o simularlos, tres estrepitosos orgasmos, en hora y media, lo que hizo que durante esos veinte, dieciséis y catorce segundos que duró cada uno, respectivamente, al parecer Arinhayeth descuidó, por momentos, sus flancos mentales, permitiéndole a él entrar con sutileza, como un experimentado y sigiloso ladrón, sin que ella lo notara, al parecer, y hospedarle una especie de micro visor remoto, un espía mental que solo se activaría en el momento que Nosly lo dispusiera, si era que ella no lo percibía y lo desactivaba antes. Visor remoto para cuando Arinhayeth volviera a blindar, segundos después de la emoción y el placer, esa parte de su mente que Nosly detectó y verificó que se hallaba en esa condición de blindaje, precisamente durante las fantasías mentales y orgasmos a los que la sometió esa noche al calor del aguardiente. De esa forma, lo había planeado Nosly, tendría una punta de lanza para comenzar un trabajo de exploración, nada fácil, hasta ahora no realizado, siendo esto lo único que le volvería, o quitaría, su tranquilidad. Esperaba, necesitaba averiguar lo que estaba pasando...

Aunque Nosly lo presagiaba, o tal vez lo sabía, no le convenía, o no debía averiguarlo.

Podría decirse que Nosly, esa noche, anotó el primer tanto, y ella, mejor aún para él, no se dio cuenta.

Su mente, en esa oportunidad, también escondió un sentimiento hecho prosa, el cual nació del fondo de su alma y que solo se lo comunicó a Arinhayeth, allá, ese día, al final de los adioses olvidados, cuando ya nada entre ellos se podía interponer:

"¡Eres como el ocaso! Bella, exótica, lejana y queda. Cada tarde diferente. Arrebol que pregona el frío agónico de los olvidos. Víctima ineludible, pero reiterativa, de las sombras fatales de la noche que lo devoran todo...

¡Eres como el ocaso! Ahíncas la esencia del poeta herido, desgranándole de su atormentada alma ensangrentados versos que transpiran tragedias de dolor intenso que con nada calma.

Deshecho girasol de octubre de marchitados pétalos y aromas fúnebres yace tirado a la puesta del sol, en este aciago enero, a la siga de un final corroído por la nostalgia infinita de saberte ida desde tu llegada, retenida por mi insistencia ilusa de creerme amado en el

esquivo amanecer que nunca fue... ¡Que me negaste tú!
¡Que me impediste tú!

Pese a tu corazón muerto en perdidas batallas de fútil amor, mantuviste viva nuestra relación tan solo por no causarme más dolor, daño y nostalgia, como me lo gritaste en ese ocaso aciago de pesar y muerte, presa del odio, el rencor, la ira y el desamor, al sentir que descubrí tu ardid...

Sin embargo, amada mía, ello fue peor que tu engaño, más grave y afrentoso que tu traición aleve, más dolorosa que la inexplicable indiferencia de tus besos... fue, así de simple: mi muerte en vida.

Abandonas sin donaire, amada mía, como el ocaso, la diurna luz de la alegría vivida, para entregarte ciega, inefable, reiterada e irrefrenable, al abyecto e inconfeso goce del placer humano: bello traidor agazapado en las aviesas sombras de la alcahueta noche que nos atormenta, acecha, seduce y destruye a todos...

¡Eres como el ocaso! Unas tardes alegre y pletórica de vivos colores. Manantial de apasionados y esperanzados versos de amor. Otras veces, oculta entre las negras y densas nubes del vespertino invierno. Presagio mortal de amores turbios.

¡Eres como el ocaso! Llegas al caer la tarde, presta a libar ese infiel almíbar en la oscura y cómplice frialdad de la clandestina noche, a pesar del néctar sincero de mis besos, a pesar del canto de súplica en mis versos.

¡Eres como el ocaso! En esta tarde de enero triste, grises y plomizas nubes; que por más que quise y trabajé por ello, nunca logré disipar de tu vida; devoran sin compasión alguna y hambre desmedida el poco amor y la esquiva confianza que me tuviste un día.

¡Eres como el ocaso! En esta tarde de enero triste, falsas promesas e ilusiones vanas que te han hecho y que tú has creído, cual ventisca de muerte, destrozan con certeros golpes en mi pecho herido la diáfana sinfonía inconclusa de mi pasión por ti...

¡Eres como el ocaso! A pesar de ser tan breve tu presencia, a pesar de compartir con otros seres tus sentimientos, te amo hoy y hasta en la muerte, e inventaré la forma de hacerlo posible más allá.

Como el ocaso, nunca adiós, amada mía. Siempre presente en tu alma queda la huella indeleble de mi amor sencillo, sincero y bueno.

Como el ocaso, inmortal amada mía, tú lo serás en cada letra, en cada lágrima emanadas de mis entrañas, esculpidas en este triste verso de dolor y olvido, que errabundo ululará tu amado nombre por toda la eternidad.

Por siempre, tuyo ".

¡Sí!, al parecer él lo sabía; o, por lo menos, ¡lo intuía!

A Nosly, durante los siguientes quince días, le fue imposible ingresar a la fortaleza blindada, a la parte de la mente en donde Arinhayeth, al parecer, guardaba su tesoro. Por ende, tampoco logró activar el espía allí incrustado en alguno de sus reductos mentales. Parecía un escultor tratando de obtener su obra maestra, horadando el fino mármol con un escalpelo. Tenía que ser muy cauto y no desesperarse ante los fracasos iniciales; pues, se trataba de una delicada y riesgosa misión, que, de no ejecutarse con la cautela, firmeza y tranquilidad del caso, alertaría a la fiera presa y el cazador podría terminar en las fauces de esta, quien, además, también estaba en faena de caza. Y así lo percibió Nosly desde el mismo viernes aquel; se dio cuenta de que ella usaba sofisticados, imperceptibles y novedosos artilugios contundentes y variados, por lo que le demandaba estar muy alerta. También le preocupaba, pues ahora los ataques no se dirigían tan solo a su resguardado y blindado reducto, sino que, al parecer, no lograba entender el objetivo: estos iban dirigidos al epicentro de su mente, como si instara doblegársela por completo, pensó. Ella lanzaba al menos cuatro o cinco feroces ataques diarios, no solo al flanco mental blindado de Nosly, quien los percibía tenuemente, y que, de no haber estado alerta, hubieran franqueado la coraza y penetrado el cancel de sus debilitadas pasiones sin mayor complicación.

Durante los siguientes quince días Nosly no solo tuvo que esforzarse a fondo para ingresar a la mente de Arinhayeth, y a la de todos aquellos que tenían que ver con el proyecto, sino que redobló la guardia, incluso cuando dormía, pues ella dispuso un mecanismo para que cuando estuvieran dormidos, ocupados o distraídos, se activara un buscador y le atrapara y controlara su mente, lo cual era su primordial objetivo. Ella no iba por ninguna información, no le importaba lo que supiera o intuyera él. Para continuar su plan sin interferencias necesitaba dominarlo y tenerlo bajo su control. Libre era un riesgo muy serio. Matarlo, aunque en varias oportunidades lo pensó con morboso disfrute, no tenía sentido, además de ser muy evidente, tonto e incriminatorio. Le servía más vivo que muerto, pero bajo su control mental, para someterlo y usar su potencial que, aunado con el de ella, la haría casi invencible y capaz de obtener lo que se le antojara; lo creía, muy segura.

Luego de un mes sin lograr resultado alguno, por el contrario, al sentirse debilitado y vulnerable, momento en el cual tuvo su primer síntoma de amnesia temporal, Nosly decidió cambiar de estrategia, sobre todo porque percibía que su adversaria había logrado facultades más contundentes y efectivas que las suyas, ya que ella se las conocía ampliamente, mientras que él estaba nadando en aguas turbias, desconocidas e infectas. Hubo, incluso, momentos durante los cuales sentía doblegada su voluntad; sin embargo, con ingentes esfuerzos, volvía a recobrar el control. Entonces, él centró todo su potencial en defensa y bloqueo. No iba a desgastarse haciendo más cosas, de manera regular, menos ahora que sabía que Arinhayeth había cambiado de planes y que su objetivo, lo presentía, era él, aunque no intuía por qué, ni para qué. Él, ahora, primero iba a construir una fortaleza inexpugnable para refugiarse; y, una vez estuviera protegido, se dedicaría a construir una estrategia contundente para el ataque al que estaba compelido.

En efecto, siendo él el maestro, logró, en pocos días, levantar en torno a su mente unas murallas infranqueables, ante las cuales todos los ataques de Arinhayeth fracasaron; ya porque ahora, al asumir la decanatura a fondo, le quedaba menos tiempo; o porque le tocaba atender con más diligencia al vicerrector, quien trasladó su despacho, casi de manera permanente, a Puebloyán, y requería, en consecuencia, de su apoyo para asuntos administrativos y académicos, incluso hasta en horas y días no laborales. Pero, así como tal fortaleza era infranqueable de afuera hacia adentro, también se le dificultaba en sentido contrario, por lo que tuvo que dedicarse a fondo para construir una forma de salir que no dejara flancos susceptibles de infiltraciones.

Esto le llevó dos meses más, durante los cuales Arinhayeth cayó, con estrépito, en las tórridas garras del placer que le proporcionaba su vicerrector. Llegaron, los dos, a tal grado de despreocupación, que ya no les importaba lo que de ellos se dijera en la universidad, en la regional Caucal, ni en la conservadora sociedad puebloyanense, ni mucho menos en la capital del país. Como tampoco a Arinhayeth le interesaba lo que estuviera haciendo o tramando su Yiyo, ni mucho menos le importaba, ahora, que él lo supiera todo.

A Arinhayeth y a su amante vicerrector los absorbió, sin que lo pudieran, o quizá, quisieran evitar, las fuerzas desbordadas de la pasión humana. Él no tenía planes, fue capturado por esa inevitable y fatal mujer. Lo único que quería era embriagarse en el cáliz de su lujuria, la misma que le despertaba y exacerbaba ese aterrador perfume imposible de eludir, emanado por todos y cada uno de los poros de su amante. Ella, por el contrario, esperaba, al principio y por conducto de aquel, obtener una posición jerárquica y académica en la universidad, desde donde cosecharía las pasiones terrenales que siempre soñó.

Sin embargo, las cosas dieron un viraje inexplicable e incontrolable, a tal degradación, que ya no les importaba nada. A Arinhayeth, la forma descarada e ignominiosa como el vicerrector hacía pública su conquista, que además le dio a ella más poder en toda la regional, le generaba tal placer, tal satisfacción, que se olvidó de sus facultades, de sus funciones, de su decoro y condición de mujer. Entonces, se dedicó a seguir el juego, a disfrutar en público del decir de los hombres y de las mujeres que los señalaban e injuriaban en cada esquina de Puebloyán, en cada rincón de la sede Caucal. Cada mirada, cada señalamiento, cada injuria pública que les hacían, le propiciaba a ella ese nuevo placer que descubrió; y que era superior, más intenso y glorioso, incluso, que los muy escasos y fugaces orgasmos generados por el mejor de sus amantes.

Mayor placer le causaba comprobar que ninguna de las injurias prodigadas provenían de empleados de la regional Caucal, tampoco de personas directa o indirectamente relacionada con aquellos, o de proveedores, o de autoridades públicas que de una u otra forma dependían de esa institución académica. Éstos se limitaban a bajar la cabeza, a saludarla con falso respeto y lisonja, pese a que en su mente bullía el mismo sentimiento que embargaba a los dependientes, los que sí lo hacían en forma directa, abierta y pública. Y esto, para

Arinhayeth, era más que alcanzar la gloria, más aún cuando directivos, docentes y personal administrativo se postraban, ladinos, a sus pies, y le hacían falsas reverencias de sumisión, pese a sus órdenes absurdas, incongruentes, fastidiosas, imposibles y de toda índole; le correspondiera darlas o no. De todas formas, nadie le decía que no; por el contrario, todos corrían a tratar de cumplirlas, con tal de satisfacerla y de no contradecirla. Esto, para Arinhayeth, se le constituyó en un nuevo, exquisito y máximo placer, hasta ahora por ella no experimentado.

DESPERTAR

Nosly, de manera tímida, volvió a la realidad cuando estuvo seguro de haber concluido la fortaleza para resguardar sus facultades e integridad mental. Baluarte al cual nadie podría incursionar sin ser detectado ni controlado. Era tal la fortificación, que no dejaba flanco vulnerable cuando intentara ingresar o al salir de ahí.

Había trascurrido un trimestre desde el nombramiento de su amada como decana regional; idolatrada mujer a quien, pese a todo, nunca dejó de amar hasta el día de su muerte, incluso, más allá; cuando decidió salir con su pensamiento… empero, lo que encontró, jamás lo imaginó, mucho menos lo esperaba. Ahí estaba el desastre, expósito, sin ningún blindaje, sin bloqueo alguno; ávido por ser "leído". En especial, ese sentido, débil y postrer mensaje con la historia de la vida de su amada. Parecía que una avalancha de lodo hubiese arrasado aquel valle fértil, florido y bucólico, dejando a su voraz e incontenible paso dolor, muerte, angustia, ¡desesperación!

Eran las 9: 30 de la noche, hora en la cual la empleada que se encargaba de todas las necesidades físicas, de aseo, vestuario, alimentación y movilidad de Nosly, solía llevarle la cena. Cuando aquella mujer entró con la charola de plata que contenía la ración de fruta seca, acompañada con cereal y leche deslactosada y descremada, vio por primera vez a su patrón, ahí, en la cama, sentado y con los ojos desorbitados. Estaba inmóvil. Petrificado. Ebúrneo. El charol y su contenido rodaron por el piso, mientras un grito de susto emanó, con ahogo, de la garganta de la empleada.

Era imposible que aquel hombre inválido estuviera sentado en el borde de la cama, pues tan solo veinte minutos antes ella lo dejó acostado, como siempre, y arropado para que no sintiera frío; y hasta vio que él se lo agradeció con su mirada. Además, no podía moverse, y en la casa solo estaban ella y su patrón, como para decir que alguien lo hubiera puesto en esa nueva posición.

A la empleada, la sorpresa y el miedo le cortaron el habla y dejaron con la boca abierta. Pero, cuando oyó la voz de Nosly que le exigía con autoridad y resolución que se tranquilizara, aquella petrificada mujer sintió que sus pies se hundían, sin poderlo evitar, en una fría y viscosa arena movediza, en tanto que un hormigueo escalofriante crispaba su sistema nervioso. Entonces, sintió que ya no era dueña de su voluntad. Acto seguido se desmadejó, perdiendo el sentido.

CONTUBERNIO

Ya amanecía cuando lograron remover el Fiat Palio, modelo 2003, de la quebrada Las Piedras, donde Arinhayeth habría caído al salirse de la carretera Panorama, antes de tomar el puente, a unos diez minutos del perímetro urbano de Puebloyán, vía a Timbianí. El informe del forense decía que encontraron un elevado nivel de alcohol en el cuerpo destrozado de la occisa. También, que la mujer se habría golpeado la frente con el timón, y que, al rebotar, lo habría hecho en la nuca, con el cabecero del asiento, causa muy probable del accidente y de la respectiva muerte. Con tal argumento, el fiscal consideró el caso cerrado, más aún cuando en el reporte de la policía de carreteras, apoyado con el croquis del sitio del accidente, además de sobresalir las huellas de la frenada de más de veinte metros sobre el asfalto, berma y área lateral del puente, enfatizaba que la marcha de la caja del vehículo, al momento de despeñarse, estaba en quinta velocidad. Causas, todas estas, más que probables del siniestro. Todo lo anterior se corroboraba con el dictamen del agente que atendió la emergencia, el cual rezaba: *"Exceso de velocidad, posible distracción y falta de pericia de la conductora, por supuesta embriaguez en alto grado, según rastros de botellas de aguardiente y latas de cerveza esparcidas por el sitio".*

Reportes oficiales, todos, bien diferentes al contenido del mensaje (con los adioses del olvido) que alcanzó a enviarle Arinhayeth a su Yiyo, víctima del desespero al no poder coordinar ni usar sus facultades mentales para zafarse y someter a sus captores, debido, no solo al licor que ingirió en el bar, sino por la sobredosis de escopolamina que le aplicó aquella mujer al momento de someterla en el baño de aquel establecimiento. Misiva mental de su amada que Nosly luego ratificó de manera directa y penosa con los cofrades asesinos.

A eso de las 8:40 de la noche, en el bar donde departían con el vicerrector, establecimiento ubicado en la esquina sur oriental del parque Caldas, en la zona antigua de Puebloyán, una mujer se le acercó a Arinhayeth cuando tuvo que ir al baño. Allí, y sin mediar palabra, la desconocida la doblegó colocándole sobre su nariz un pañuelo impregnado con dormidera, sustancia aquella que le diezmó su voluntad, pese a la fortaleza mental de la atacada, enlagunada en ese fatal instante por el alcohol. Una vez inerme, Arinhayeth fue sacada de aquel establecimiento por la misma mujer, a través de una puerta lateral y llevada hasta su automóvil, el cual, de inmediato, inició la marcha, conducido por uno de los dos morenos y corpulentos hombres que integraban el trío de captores.

Desde ese mismo momento, y pese al efecto mezclado de la escopolamina y el licor, Arinhayeth instó comunicarse con Nosly, de manera mental y titánica. Sin embargo, no obtuvo respuesta, ya que, no solo la alta dosis de veneno que invadía y mataba su cuerpo le impedía coordinar y darle orden a sus pensamientos, sino que desde hacía más de dos meses él había cerrado toda posibilidad de interlocución por ese medio, y solo le permitía a Arinhayeth comunicarse con él de viva voz, a lo cual respondía sí o no, con uno o dos movimientos de párpados.

En tan aciagos momentos Arinhayeth también intentó, sin éxito, varias veces, someter mentalmente a sus captores.

La mujer se apeó del carro al llegar al barrio la Esmeralda, mientras que los dos hombres continuaron rumbo a Timbianí. Iban tomando; uno, aguardiente de la región, el otro alternaba cerveza en lata con ron. Eran las 8:50 de la noche, según anunció el locutor de la emisora Radio Reloj que tenían sintonizada. Diez minutos después, antes del puente sobre la quebrada Las Piedras, en la berma, detuvieron el carro y procedieron a violar, varias veces, a su indefensa víctima, inmersos y resguardados por la celestina sombra de la noche, y el efecto del libado licor.

Arinhayeth, durante los fatídicos minutos que duró aquella orgía, mentalmente abandonó tan horrenda y brutal realidad, y solo pensó en Nosly. Le contó, le develó toda su vida, la razón de su actuar con él y con todos los hombres; la razón por la que pese al amor que él sentía y le profesó desde cuando la conoció, ella no le había respondido como se lo merecía. Le contó, con pormenores, lo de su padre, lo de su violación desde los ocho años por parte de uno de sus tíos, así como lo de la hija que tuvo a los diecinueve años, la que dio en adopción, ya que el padre de la criatura, quien para obtener sus favores prometió amarla y ampararla toda la vida, lo cual duró hasta cuando ella le comunicó su estado, la conminó a tomar la dolorosa decisión de darla en adopción. Toda su difícil y amarga vida, al tropel, pasó por su mente, en fracción de segundos, en cámara lenta pero rápida. En esos atribulados instantes Arinhayeth se propuso, tuvo la intencionalidad y la esperanza de que su Yiyo la escuchara, para que la entendiera en su abrupto proceder, ese que le causó tanto daño a ella y, por ende, a él. Lo hizo, contarle su difícil y amarga historia, a la siga del perdón.

Esas sí eran las causas, entre otros tristes episodios de amor que padeció en su niñez y adolescencia, las que le hicieron sentir hacia todos los hombres una sensación de desamor, rencor, venganza recóndita. Lo que la hizo concebir que a los hombres los usara solo para el placer y la obtención de beneficios, cuando junto con lo anterior esto otro se obtuviera. Le confesó, también, que él, Nosly, era al único por quien, pese a su amor difícil, ella llegó a sentir algo diferente, muy cercano al querer; una especie de cariño muy grande, así como una admiración no profesada hacia ninguna otra persona y, menos, hacia los hombres. Por lo que le solicitaba y reiteraba, ahora y por siempre, primero, que la perdonara, aunque ella sabía que no era justo pedirle tal cosa, pero sin lo cual, ella nunca podría descansar en paz. Y, segundo, que no la dejara de amar como lo hizo desde cuando la conoció. Que, a cambio, ella le prometía que desde la eternidad le respondería; además, que lo esperaría hasta cuando él fuera a su encuentro, que esperaba fuera pronto, como tantas veces él se lo cantó y prometió... ido de amor.

Una vez aquellos malandrines saciaron sus bestiales instintos, en el mismo momento que un campero negro se aproximó y se detuvo detrás de ellos; vehículo este manejado por la mujer que se había bajado en el barrio la Esmeralda, la misma que redujo a Arinhayeth en el baño del bar; los gañanes procedieron a ubicar a su víctima frente al volante. Entonces, uno de ellos le propinó dos golpes letales con un asa de hierro, uno en la frente y el otro en la nuca. Tras cerciorarse de su avieso acometimiento pusieron en marcha el motor, en primera velocidad, y lo dirigieron hacia la orilla del barranco; ahí la fuerza de la gravedad les coadyuvó con su criminal final.

¡No!, ¡falso!, no hubo ninguna frenada de casi veinte metros, tampoco la caja estaba en quinta velocidad. El vehículo cayó de frente, despacio y de forma aparatosa sobre las escasas aguas y numerosas rocas de la quebrada, seguido por el silente coro de la muerte. Luego, los hombres, ebrios, se subieron al campero, de inmediato la mujer dio reversa, y tomó rumbó a Puebloyán.

TRISTE Y MUDO ADIÓS

Esa noche, al encontrarse con el trágico desenlace de sus planes y la agonía de su amada, Nosly no alcanzó a evitar el aciago final. Cuando a la empleada se le cayó el charol con la cena, él acababa de dejar, perplejo, las frescas y humeantes ruinas que bullían chispeantes en las mentes de todos aquellos a los que tenía intervenidos, ya en la UPA, regional Caucal, ya entre los familiares de Arinhayeth, ya entre los cercanos y servidores de su casa, quienes, al unísono, ahora sin restricción alguna, le confirmaron el triste curso de los públicos acontecimientos, desmanes y comportamientos recientes de ella con el vicerrector.

En ese instante Nosly procedió, presto, a contactarla, pues comenzó a presentir un halo fúnebre de nostalgia social, un lánguido gemido de añoranza de color magenta como las tardes de octubre. Entonces, se tropezó con aquel mensaje que contenía la confesión y petición etérea de su amada, las cuales lo acompañaron y mortificaron hasta el último día de su vida, preciso en el instante cuando el monstruo, a unos quince kilómetros de distancia, rumbo al sur, bajo el manto celestino que abrigaba la escena criminal sobre la carretera Panorama, le descargaba a Arinhayeth, por segunda vez, el asa de hierro, pero esta vez sobre la nuca.

Ella, al percibirlo antes de su exhalo, durante fugaces instantes celestes como los amaneceres de marzo, le dijo trémula de fúnebre felicidad: *"Gracias, mi Yiyo bonito... adiós... perdóname... allá te espero, en la eternidad... ven pronto a mi lado... como me lo has prometido más de mil veces... sé que cumplirás... eres un hombre de palabra".*

Desesperado, buscó las mentes de las personas que estaban en su inmediación y se encontró con la de los tres asesinos: dos que empujaban el vehículo hacia la quebrada e instantes después lo lanzaban al abismo, y la de una mujer que los aguardaba, muy cerca, en otro vehículo... mientras la breve y débil comunicación con Arinhayeth se interrumpía de forma más que dolorosa, inexorable y fatal, diluyéndose en espirales de color magenta, mezclado con el perfume nocturno del azahar y la flor de cera, hacia ignoto derrotero, devorada por la luz de las estrellas y los luceros que, cuales fúnebres candelabros guindados en el aire, velaban la escena trágica del adiós de los olvidos. Desde entonces las mentes de esas tres desconocidas y miserables personas quedaron a merced de la insana e incurable furia intestinal de Nosly.

Los asesinos eran tres milicianos de las FCDSC del Caucal, hacía muy poco desmovilizados y en proceso de reinserción a la vida civil, alojados en Puebloyán, en uno de los albergues destinados para ese gubernamental y demagógico fin. Personajes estos quienes, para mejorar los ingresos que recibían del Estado, solían hacer alguno que otro trabajo de esa índole, sobre todo cuando eran encargados por su antiguo comandante, ahora vocero oficial de las FCDSC ante las autoridades legalmente constituidas. Ellos no sabían quién era la víctima, ni los móviles para que alguien quisiera deshacerse de Arinhayeth, mucho menos los interesados en el asunto. Solo había en su criminal mente, lo leyó Nosly, la solicitud recibida por su excomandante, los datos suministrados para el operativo y el monto del pago ofrecido: veinte millones; dinero que les sería entregado al siguiente día de la ejecución, en el mismo oficial albergue. Y esa era toda la información que al respecto conocían los asesinos materiales.

No obstante, a Nosly le era imposible esperar. Escudriñó, ávido de sangrante resarcimiento, en la vida personal de cada uno de estos tres individuos, instando encontrar una pista que lo guiara hacia los autores intelectuales del execrable crimen. Y fue en la mujer en quien Nosly detectó un débil hilo conductor. El excomandante que los contrató era compañero sentimental casual de ella, razón por la cual enfiló el arsenal de su poder mental sobre aquella. Y lo hizo con tal énfasis, hasta identificar y ubicar la mente de su objetivo, antes de amanecer, a la misma hora que era guindado por una grúa de la Policía de Carreteras del Caucal, el vehículo destrozado de su Arinhayeth.

Pablo Robles era un oscuro personaje al servicio del crimen; muy hábil para moverse entre sus clientes y cumplirles, sin ser detectado ni dejar rastro de él ni de sus contactos. Efectivo para todo lo que se le encargaba, y siempre protegido por algo o por alguien: ya las armas de las FCDSC; ya algún comerciante, industrial, banquero, hacendado, ganadero, político, terrateniente; incluso, en su momento, por oscuras y muy bien protegidas autoridades militares y civiles. En esa época su coraza se la daba su calidad de desmovilizado y reinsertado, representante de aquellos ante el Gobierno nacional.

Para neutralizar a Arinhayeth recibió la suma inicial de cincuenta millones, con el encargo particular de hacerlo parecer como un fatal accidente de tránsito. Otra cantidad similar le fue prometida una vez se cumpliera el objetivo. Tal malandrín no sabía, lo cual a él no le interesaba, quién o quiénes lo contrataban. Solo le importaba recibir su paga. Alguien a quien no conocía, ni le interesaba conocer, lo contactó, mencionándole el nombre de Avelino Artunduaga, uno de los concejales de Puebloyán, "santo y seña" que le dio confianza y seguridad, con el reforzamiento de una maleta que contenía el anticipo, que sin ningún reparo le fue entregada con los datos exactos de la víctima y las condiciones para hacer parecer aquel "negocio" como un accidente de tránsito.

Con esta información Nosly sentía que avanzaba muy lento, mientras que el tiempo lo hacía a gran velocidad. Su intuición y la gruesa suma de dinero involucrada le indicaban que se trataba de una manguala, de un contubernio de muy alto nivel, o por lo menos entre personas con gran poder económico. Quizá, una alianza entre dirigentes de la UPA, regional Caucal, y la sede principal en la ciudad capital. Connivencia, tal vez, relacionada con la aventura en la que se involucró el hijo de la rectora nacional con Arinhayeth. Nosly intuía que ese era el móvil del crimen; por ende, por ahí tendría que continuar su averiguación. Él iba a llegar hasta los verdaderos autores intelectuales, lo juró, para lo cual partiría de las averiguaciones que ya estaban en curso con los autores materiales, ahora esclavizados por él.

Nosly no encontró nada, diferente a su dolor de amante engañado, en la mente del vicerrector administrativo nacional. Él, a esa hora dormía y aún no sabía del desenlace fatal de Arinhayeth, pues tras esperarla por más de una hora en el bar, y al no verla regresar, decidió irse para su hotel. Nosly lo descartó de inmediato y se concentró en Pablo Robles, quien le permitió llegar hasta un concejal, primo segundo del removido decano de la Facultad de Negocios de la UPA, regional Caucal. «¡He aquí la punta del hilo!», masculló con macabro desdén y mórbido deleite.

El rector regional Caucal, sobrino de la rectora nacional, había informado en privado a la sala general de lo que estaba pasando con la decana de la Facultad de Negocios, regional Caucal, y el vicerrector administrativo nacional. En esa misma oportunidad el rector regional solicitó órdenes e instrucciones al respecto. En la capital del país, al saberse del encaprichamiento del vicerrector, delegaron a la decana nacional de la Facultad de Sicología, integrante, en su calidad de fundadora, de la sala general, para que viajara a Puebloyán. Ella, como madrina de matrimonio del afectado, tenía la misión de disuadirlo y llevarlo de regreso a la capital. Sin embargo, el reporte de ésta a la sala general en pleno, tras su fallido intento, fue:

—Esa mujer, además de su impactante belleza sureña, es una bruja peligrosa —dijo, aún poseída por el miedo que le inoculó Arinhayeth—. Más me demoré en salir de la oficina de Luis Ricardo, donde traté en vano de disuadirlo, que ella en abordarme en la puerta con altanería y grosería, para repetirme, literalmente, lo dicho por Lucho a puerta cerrada: que nadie tenía que inmiscuirse en la vida privada de los dos. Que esa relación no la detenía nadie, costara lo que costara, y que muy pronto los dos serían determinantes en la suerte de la UPA, al asumir él la rectoría nacional y... ella: ¡la presidencia de la sala general!

En consecuencia, la orden no se hizo esperar, aunque no hubo consenso ya que cinco miembros, entre ellos la misma esposa afectada del vicerrector, y el propio esposo de la rectora, padre del descarriado directivo, no eran partidarios de tan criminal opción. Pero, las decisiones de la sala general se tomaban por mayoría calificada, es decir, con las tres cuartas partes de votos a favor, y entre esos votos estaba el de quien hizo la propuesta, además de ser la presidente de la sala general y esposa del mayor accionista; es decir, el de la rectora nacional y madre del directo afectado.

Para tal misión se encomendó al hombre de confianza en la regional Caucal: al rector de esa regional, y a quien le dispensaron doscientos millones. Dinero aquel sacado de la caja menor de uso que se nutría del producto de la informalidad inmobiliaria, y de otros tantos negocios informales de la UPA; es decir, de aquellos dineros que se cobraban y contabilizaban con cargo a la universidad, pagados en forma tercereada a varios miembros de la sala general por concepto de elevadísimos arrendamientos de los edificios de los salones, sobrefacturados equipos de cómputo, costosísima elaboración de papelería y muchos otros rubros de esa naturaleza, lo que permitía, siempre, mostrar un balance con casi cero utilidad; la cual, la utilidad, si era reportada, al ser aquella una universidad sin ánimo de lucro y, además, prestadora de un servicio público, tendría que reinvertirse para la misma actividad generadora, es decir, en educación, investigación y docencia; y «eso no es negocio», según el decir de los miembros fundadores, propietarios de tan ubérrima industria mercantilizada.

Cuando recibió la orden, junto con el dinero en efectivo, el rector regional del Caucal supo de inmediato a quien encargarle el trabajo sucio, pues hacía poco había ido a su oficina a reiterarle su informal asesoría y servicio, para lo que él necesitara, dentro y fuera de la UPA; tal y como lo venía haciendo desde al menos veinte años antes cuando le comenzó a manejar, y a arreglar, todos sus negocios de finca raíz, en especial, lo inherente a la legalización y a la titulación de propiedades abandonadas por sus legítimos dueños, quienes anochecían pero no amanecían, en cumplimiento del muy particular ultimátum que algún grupo irregular interesado en esas tierras y propiedades les había hecho. En pago por tales servicios, cinco años antes lo propuso e hizo nombrar como decano regional de la Facultad de Negocios. Desde entonces seguían trabajando, de forma mimetizada y delicada, en lo mismo, bajo la fachada de la sede regional en ese departamento. Esto les daba, además de cubrimiento, prestigio y proyección social, información valiosa de sus potenciales clientes.

Todo ello marchó sin tropiezos hasta cuando apareció Arinhayeth y el rector regional no tuvo otra alternativa que aceptar el relevo de su subalterno cómplice;

momento a partir del cual, y como contraprestación, le otorgó mayor participación en el negocio de los forzados desarraigos, delegándole el manejo completo del caso del diputado Obando, al que su organización acababa de desplazar del Caucal para que la dirección departamental del movimiento político que lideraba pasara a otro más afín a su causa e intereses, amén de los inmuebles que tuvo que abandonar el diputado Obando para proteger su vida y la de los suyos.

El ex decano se encargó de contratar, por tercera persona, para la ejecución material de ese nuevo negocio, al excomandante Pablo Robles, previa información clave del primo suyo, concejal de Puebloyán y ahora presidente regional del movimiento político del exdiputado Obando, asilado en el Perú. Por su parte, el rector regional Caucal de la UPA hizo los arreglos pertinentes en Medicina Legal, en la Policía de Carreteras y en la Fiscalía. Para la ejecución material del crimen de Arinhayeth dispuso un monto de cien millones, y otro tanto para los arreglos oficiales. Además, le solicitaron a la sala general cien millones más para pagos extraordinarios y asuntos imprevistos, que fue lo que el rector regional y su cómplice, el ex decano, consideraron como su participación en el asunto. Tal cantidad adicional la llevó, en persona, la presidente de la sala general y rectora nacional, también en efectivo, el lunes del sepelio, junto con el nombramiento de reinstalación, en su anterior cargo, del doctor José Miguel Montenegro.

Una vez Nosly ubicó en la mente de Pablo Robles el nombre del concejal Avelino Artunduaga, contacto entre este y el hombre de la maleta millonaria, buscó la natural, obvia e ineludible conexión mental que en esos momentos se estaba dando entre los autores materiales y Pablo Robles; entre este y Avelino Artunduaga, el concejal; y, desde luego, entre el concejal y el hombre de la maleta millonaria, quien, como lo intuía Nosly, era José Miguel. De esa forma Nosly tejió, con sutileza inhumana, la filigrana mental que le permitió llegar hasta el último de los criminales de su, a pesar de tanta vicisitud, amada del alma.

Eran las dos de la tarde de ese lluvioso sábado cuando Nosly, exhausto por el inusual ejercicio de penetración, control y dominio mental de tantas personas a la vez, concluyó con éxito su averiguación con los autores intelectuales del crimen de su inmortal y letal amor, ubicados en Puebloyán, incluidos los dos tocados funcionarios de Medicina Legal, los dos de la Policía de Carreteras, así como el fiscal del caso. Estos indelicados servidores públicos recibieron en efectivo, cada uno, esa misma noche del viernes y mañana del sábado, en su respectiva casa u oficina, entre diez y veinte millones de pesos, según su grado de participación y colaboración, de acuerdo con lo prometido cuando el rector regional de la UPA, por conducto de uno de sus hombres invisibles, los abordó y contrató para que aquella noche las cosas salieran, se informaran, consignaran y divulgaran como estaba planeado desde hacía más de veinte días.

Nosly, ahora tenía en su poder, es decir, en su mente, el nombre y la ubicación de todos los participantes de aquel horrendo crimen que despertó y ahincó la fiera incontrolable de la venganza que ansiaba liberarse de sus cadenas para devorar vivos a los gestores del indescriptible, acibarado, amargo y oceánico dolor,

nunca antes sentido ni padecido por él, y que le deleznaba de forma paulatina y ardorosa su vida. Necesitaba
saciar con sangre la sed que le producía la ausencia definitiva de la razón que lo mantenía, pese a todo, hasta
ese viernes, aún con vida; postrer motivo que aquellas
desgraciadas personas le arrancaron con brutalidad de
su lado, y de su mente. Ahora, ya no era él. Se convirtió
en el más horrible, invisible, desalmado, certero y refi-
nado de los vindicadores del amor perdido. Entonces, a
cada uno de los que él incorporó en aquella lista fatí-
dica, les escribió y sentenció, con exquisito y letal detalle, la forma y el momento de la agonía a la que esperaba someterlos hasta un doloroso, incontrolable e
inevitable exhalo.

Se valdría, en lo material, de los esclavos que en la
noche anterior hizo en el sitio del asesinato; y en lo
mental, solo cuando fuera necesario, ya que esperaba
usar lo menos posible su poder maldito para llevar a
cabo el plan: quería causarles daño físico y moral, estando sus víctimas en uso total de sus facultades mentales, de tal forma que el dolor que experimentaran y
que los llevaría a hacerle compañía a Arinhayeth, fuera
lo más auténtico, natural e infinitamente horrible. Y
todo tenía que comenzar, preciso, el día del funeral.

EL FUNERAL

Las exequias de Arinhayeth se efectuaron a las once de la mañana, en la Catedral de Puebloyán, el lunes siguiente de su asesinato, mientras se esperó la llegada de la comitiva de acompañamiento y solidaridad que dispuso la sala general de la UPA. Aquellos solidarios directivos universitarios llegaron a Puebloyán en los dos primeros vuelos de ese lunes. Ahí estaban, frente a Dios y al cadáver (casi todos compungidos, apesadumbrados y desorientados) los integrantes de la sala general de esa institución de educación superior. Entre estos, el mismísimo octogenario accionista mayor: doctor Reynaldo Loaiza Martínez, y su esposa, la rectora nacional y presidente de la sala general, en compañía de los tres vicerrectores nacionales, incluido el afligido amante abandonado y burlado en el bar, ya que al ir en búsqueda de Arinhayeth, ante la demora de su regreso del baño, algunos testigos le comunicaron que la doctora se encontró con un hombre que nadie conocía y con quien se fue del brazo, tras unas breves, animadas y afectivas palabras y caricias.

También asistían a las exequias las esposas de dos de los vicerrectores, a su vez integrantes de la sala general. La del vicerrector administrativo, por obvias razones, no acudió al sepelio. No podían faltar a la luctuosa ceremonia Manolito el docto decano nacional de la Facultad de Negocios, acompañado, desde luego, por su infaltable escudera, la coordinadora nacional del programa de negocios; así como otros tres decanos nacionales de otras facultades. De la UPA regional Caucal hicieron presencia, en pleno, las directivas administrativas y académicas, docentes, alumnos y personal administrativo en general. Ahí estaba, también, al lado de las directivas regionales, el destituido decano regional, a quien, una vez llegó la rectora nacional, le notificó su reintegro en el cargo, ante el vacío que dejaba Arinhayeth.

Al sepelio asistió toda la familia de Arinhayeth, algunos allegados que vinieron por tierra desde la capital del país, Caliventura y otras ciudades y, desde luego, Nosly, quien lo hizo en su silla de ruedas (ayudado por la empleada), rigorosa y completamente ataviado de negro, incluso su sombrero, guantes y gafas, tal como vistió en lo sucesivo y hasta el día de su tremebunda muerte.

En todos los aciagos acontecimientos que se suscitaron durante tan luctuoso ceremonial, Nosly quiso, y lo logró, pasar desapercibido, no ser reconocido por ninguno de los propietarios, directivos y decanos de la UPA llegados de la ciudad capital. Menos aún por la rectora, ni por su esposo y, desde luego, por Manolito y su coordinadora. Mas no así por parte del agente Salas, investigador criminal de la Fiscalía, seccional sur occidental del país.

A las 11 de la mañana de ese lunes, en la Catedral de Puebloyán, para el funeral, estaban todos; incluso los tres autores materiales del crimen, y Pablo Robles.

Ahí Nosly los tenía reunidos, a su alcance, no solo mental, sino físico. Hubiera podido disponerles a sus esclavos mentales que en lugar de haberle dejado la pistola al vicerrector administrativo; hijo de la presidente de la sala general y autora intelectual principal del crimen de su amada; esa mañana en su mesita de noche, donde la encontró y de inmediato se incubó en su mente aquella fatal decisión; se la hubieran facilitado a él para en ese momento levantarse de su silla y dispararles a tan abominables monstruos. Incluso, les hubiera solicitado conseguir no un arma corta como la que reposaba en el bolsillo derecho de la negra chaqueta del vicerrector, sino una automática, para acabar de una vez con todos los responsables de su agonía. Pero eso hubiera sido muy simple y rápido; y su objetivo de hacerles padecer sin clemencia una agonía física y moral no se cumpliría. Debía tener paciencia para saborear los ácidos frutos que engendró en su alma aquel dolor inmarcesible, peor que el del engaño y la traición amorosa.

Fueron unas palabras conmovedoras las que, refiriéndose a Arinhayeth, pronunció el obispo que celebró, al inicio, la luctuosa ceremonia. Palabras con las cuales los asistentes sintieron un vacío que los obligó a reflexionar sobre sus vidas. Tales sentimientos de reflexión y de angustia existencial los sintieron, incluso, los criminales, materiales e intelectuales, así como los demás asistentes, quienes, sin tener relación alguna con la víctima, hicieron su presencia en el acto religioso, movidos, la mayoría, por la humana curiosidad de aquella historia tan truculenta como publicitada en Puebloyán.

Fueron esas palabras tan conmovedoras las que activaron en la mente del vicerrector administrativo ese dolor insoportable que carcome a los amantes ante la inesperada partida definitiva de uno de ellos y que le generó, en su interior, un deseo incontrolable de irla a buscar, estuviera donde estuviera. Por lo cual, entonces, el abatido amante extrajo la pequeña nueve milímetros de su bolsillo, y ante las miradas sorprendidas e impávidas de los que lo rodeaban, sobre todo las de su madre y padre, y sin que nadie alcanzara a evitarlo, allí, en la mitad de la iglesia, a escasos cuarenta centímetros del féretro de su amada ingrata, se disparó en la sien, muriendo en el acto.

El revuelo, el caos, la desesperación y la angustia invadieron a los asistentes, menos a Nosly, quien empezaba a saborear el acibarado néctar de su magenta compensación en la copa infecta que brinda el despojo inicuo de la humana revancha.

El impacto de aquella trágica escena, viendo a su hijo en medio de la sangre que brotaba por el orificio que dejó el proyectil, fue más de lo que el octogenario padre y hombre fuerte de la UPA podía soportar; además, una estridente e insoportable voz le endilgaba, en lo profundo de su existencia, la acción de su hijo, pues aquel lo había hecho porque le asesinaron a su amor; y él, su propio padre, no lo había evitado; es más, con su actitud pasiva lo incentivó y apoyó, pues él mismo sintió celos de su hijo al saber de los planes que junto con Arinhayeth tenían en relación con la rectoría. Entonces, algo le dijo en su mente que él era un criminal. Sí, le recriminaba aquella voz en su cerebro, que él era el asesino, no solo de Arinhayeth, sino de su propio hijo. En consecuencia, un ataque cardiorrespiratorio afectó su humanidad, y su esposa, quien lo sostenía del brazo, no soportó el desmadejado y pesado cuerpo, el cual rodó por el piso hasta muy cerca de donde yacía el de su hijo.

Una hora después, en el Hospital Universitario de Puebloyán, el director de dicho centro dio el lamentable comunicado a la prensa, en el sentido de que padre e hijo llegaron a urgencias sin signos vitales.

Nunca antes nadie vio lágrimas en los ojos de Marty Falla Gonzaga, acérrima presidente de la sala general de la UPA; y, menos, expresión de dolor, desconcierto o desesperación. No iban con su personalidad y actitud de mujer fuerte, imperturbable, intransigente y autoritaria. Empero, ese día, frente a tan aciagos e inesperados sucesos, en particular, por tan absurdas circunstancias, todos fueron testigos del inicio del infierno en el que se le convirtió su mísera existencia al perder por partida doble, en solo tres minutos y cuarenta y cinco segundos, a dos de las más importantes razones de su titánica lucha. Muchos se alegraron, en lo más mezquino y recóndito de sus almas ofendidas o humilladas por el maltrato por ella dado, unos; o la envidia que despertaba su posición y condición, otros tantos. Sin embargo, lo que nadie imaginó, y menos ella, era que con esto su calvario apenas se anunciaba, pues Nosly sabía que ella era la autora intelectual del crimen de su amada, y se lo iba a hacer pagar muy caro, mucho más caro que a cualquiera otro de los asesinos, materiales e intelectuales, causantes de su profundo, oceánico, irreconciliable y abyecto dolor.

Nosly ejecutó al vicerrector exacerbado por aquella punzada acibarada y profunda que le crispó su orgullo al evidenciar la viciada relación que éste mantenía con Arinhayeth. Y éste tan solo era el acto inaugural de aquel sainete, dentro de la vengadora tragicomedia de dolor y odio que le haría protagonizar a Marty Falla Gonzaga. Su corazón, en ese momento, y a diferencia de las anteriores traiciones a las que lo había sometido su amada en esos tortuosos años de amor difícil, había sido picado por la serpiente criminal de los nefastos celos; sin que, esta vez, existiera lenitivo capaz de mitigar el sulfúrico y profundo sufrimiento que lo consumía.

Por su parte, el mayor accionista de la UPA selló su sentencia al no oponerse a los criminales planes de su esposa, pudiéndolo hacer por reglamento al ser fundador de la universidad y esposo de la presidente de la sala. Además, creía Nosly, la sociedad tenía deudas que cobrarle, ya que en esos casi treinta y nueve años que llevaba la UPA en el país, desde su fundación por parte suya, iban alrededor de unos ciento nueve mil quinientos egresados de sus aulas, con muy poca, o casi ninguna, preparación profesional, menos científica, que les permitiera ofrecer valor agregado a las empresas que los acogiera y, por ende, tampoco a la enclaustrada economía del país. Esa institución, en consideración de Nosly, quien laboró en ella casi dieciocho años, antes de su secuestro, se dedicó a ofrecer programas profesionales y de posgrado con ignominiosa medianía académica y voraz apetito económico, amparada bajo la celestina, ineficiente y corrupta vigilancia del Estado; así como bajo el mefítico auspicio del paradigma de la clase media y baja de comprar títulos profesionales y de posgrado, y si son baratos y, además, fáciles, mejor; como los ofrecía la UPA y los demandaba con delirio la clientela de entonces. Y, todo ello, casi siempre, solo para ostentar y vanagloriarse de tener el cartón, así no se ejerciera nunca la profesión o, simplemente, para obtener un ingreso o un ascenso laboral; sobre todo en las clientelistas entidades públicas, o en las anquilosadas privadas, en ese entonces.

Estas últimas, empresas casi todas de corte familiar, donde el profesional, según el peso de la autoridad que lo impusiera en una u otra, se encontraba, en ese momento, con una realidad distinta, alejada de lo visto en las aulas. Así las cosas, tales egresados, cartón en mano, si instaban aplicar los acartonados modelos y conceptos etéreos, ajenos, incompletos o mal traducidos o transmitidos por los jornaleros de la academia, solían generar, en la mayoría de las veces, complicaciones, traumatismos y retrocesos inevitables y obvios. Cuando el profesional era responsable, inteligente y entendía rápido que una vez en la entidad o empresa era mejor, y menos lesivo, comenzar el aprendizaje a partir de lo que allí se hacía, es decir, aprender haciendo, el daño era menor.

Hora y media después de la partida de las dos ambulancias hacia el Hospital Universitario de Puebloyán, con su fúnebre cargamento, se reinició la misa, pero ya no ofrecida por el obispo, sino por un sacerdote al que se le encargó terminar el oficio. Solo quedaron en la catedral, además del sacerdote, el féretro, los familiares de Arinhayeth, Nosly y la empleada que lo asistía, unos cinco curiosos, tres gendarmes y dos funcionarios de la

Fiscalía, entre ellos el agente Salas. Los demás corrieron al hospital, con inocultable morbo nacional, a presenciar el desenlace del espectáculo principal.

Una vez concluyó el oficio religioso, el cortejo fúnebre se encaminó hacia el Cementerio de La Paz, en donde el cuerpo de la bella trigueña fue inhumado.

CONFESIÓN

Gerardo, compañero del asesino que le propinó los dos golpes de gracia a Arinhayeth, una semana después de los acontecimientos en la Catedral de Puebloyán se presentó en el *bunker* de la Fiscalía, en la capital del país, con una sorprendente y voluminosa declaración por escrito, copia de la cual envió por correo a la Human Rights Watch, a la Procuraduría General de la Nación, a los periódicos de mayor circulación nacional, así como a los noticieros de televisión y emisoras de mayor audiencia en el país, al *Washington Post*, a la *BBC,* al *Miami Herald*, a la OEA y a Naciones Unidas. En dicho libelo, como lo recitó casi de memoria cuando en la Fiscalía le pidieron que ratificara lo escrito, exponía, explicaba y aclaraba todos y cada uno de los pormenores de varios crímenes y acciones delictivas, hasta entonces impunes. Ahí citó hechos, sitios, fechas, horas, montos de dinero, móviles, nombres de personas involucradas y testaferros, con sorprendentes, irrefutables e ineludibles pruebas y, en particular, porque en la mayoría de tales acciones delincuenciales él se declaraba autor material, partícipe indirecto de los mismos o testigo presencial.

Tal declaración motivó para que desde la capital del país se ordenaran exhaustivas investigaciones, no solo para verificar las denuncias y capturar a los pre-

suntos implicados y acusarlos ante los jueces compe-
tentes, sino para instar calmar y responder las presiones
que llovieron, nacional e internacionalmente, por toda
suerte de organismos, personas y medios de comunicación y entes gubernamentales y no gubernamentales.
Desde luego que lo que más interés y conmoción causó
en relación con aquella denuncia fue el crimen de la
doctora Arinhayeth Arteaga, decana de la Facultad de
Negocios de la UPA, regional Caucal; seguido de cerca
por la masacre de once indígenas en el Purací, los desplazamientos de más de nueve familias en los últimos
cinco años, entre los cuales estaba la del diputado
Obando, con la respectiva correlación de titulación de
las tierras de los difuntos y de los desplazados; así
como al menos dieciséis situaciones delictivas similares en completa impunidad hasta ese día; algunas de las
cuales, por idiosincrasia judicial, social y política nacional mantuvieron su sempiterno estatus.

Paralelo a las investigaciones, en Puebloyán se
inició una gran barrida, purga o depuración de posibles
testigos clave. Fue así que a los tres días de conocerse
por noticias las denuncias de Gerardo, aparecieron tor-
turados y muertos, en un paraje rural, a orillas del Río
Caucal, Pablo Robles y su amante casual, la mujer que
redujo a Arinhayeth en el bar; asimismo, el concejal,
primo segundo de José Miguel, fue víctima en su propia
casa, dos días después, de una sobredosis de escopolamina.

En los dos anteriores casos hubo testigos oculares
que manifestaron parecerles haber visto, en la penumbra de la noche, a un hombre de estatura mediana, vestido en su totalidad de negro, con sombrero, guantes y

gafas del mismo color, deslizándose de manera cuidadosa y furtiva del lugar de los acontecimientos. Detalles, todos estos, de los cuales tomó atenta nota el agente Salas, a quien se le encargó la investigación de estas inusuales y extrañas muertes.

Diez días después, los hombres del Cuerpo de Investigación Judicial de la Fiscalía, que se desplazaron desde la capital hacia Puebloyán, capturaron y trasladaron de inmediato a la Cárcel La Pasarela de la capital del país, al rector regional y al decano de la Facultad de Negocios de la UPA del Caucal, una vez sus declaraciones libres y espontáneas sobre cinco presuntos delitos no fueron satisfactorias y, por el contrario, se contradijeron y culparon el uno al otro, en particular en lo tocante a los desplazamientos forzados, a las desapariciones y a los asesinatos de ilustres habitantes del sur occidente del país, con la consabida autotitulación de las respectivas propiedades de aquellos, por conducto de testaferros; endilgándole, eso sí, a los grupos guerrilleros, tales horrendos como refinados crímenes. Incluso, confesaron el uso de una página de internet, creada y operada directamente por José Miguel, pero a nombre de una de esas organizaciones, también al margen de la ley, mediante la cual los supuestos insurgentes solían adjudicarse la autoría de aquellos hechos. Desde luego que aquella dupla de ilustrados malandrines también inculpó a la presidente de la sala general de la UPA y a otros cuantos directivos del nivel nacional, no solo por la muerte de Arinhayeth, sino por otros delitos orquestados desde la sede principal en la capital y ejecutados en la regional.

En relación con el asesinato de Arinhayeth, la acción de los investigadores judiciales, en los siguientes veinte días, cobijó a otros ocho funcionarios de la misma Fiscalía, de Medicina Legal y de la Policía de Carreteras, adscritos todos al Departamento del Caucal, en lo que se llamó la "Operación Dignidad". Todos los capturados se declararon culpables, es decir, se acogieron a los beneficios de la confesión anticipada y colaboración con la justicia, inculpando a los dos cabecillas, rector y decano de la Facultad de Negocios, regional Caucal, de todos y cada uno de aquellos horrendos crímenes.

Gumersindo era el otro asesino material, el que golpeó con el asa de hierro a Arinhayeth y a quien el fiscal líder de la "Operación Dignidad" hizo detener, incluso antes de la llegada en pleno de la comisión investigadora a Puebloyán, brindándole protección especial en un pabellón de alta seguridad en la Cárcel de San Isidoro. Su colaboración fue la que mayor efectividad tuvo para estas publicitadas actuaciones judiciales, lo cual solo sirvió para que el mundo se enterara de aquella soterrada realidad ensangrentada e interpretaran algunos de los viles motivos de tantos y tan aleves crímenes nacionales.

Empero, poco y nada fueron útiles para aplicar la justicia consagrada en los códigos, puesto que los implicados, todos, uno a uno, murieron en sus respectivos y diferentes sitios de reclusión, de forma sistemática y en el lapso de los dos siguientes meses. Algunos fueron asesinados por otros reclusos. Otros optaron por macabros, inimaginables y dolorosos suicidios; como el caso de José Miguel, que se arrancó los genitales con sus propias manos, muriendo desangrado antes de ser encontrado, a la mañana siguiente, por los guardias, con una sonrisa de descanso infinito; pues la muerte fue la única forma para acallar el implacable juicio de responsabilidad que, en su mente, cada hora y desde el día del sepelio, Arinhayeth le hacía desde la eternidad.

Similar y extrañísima suerte corrieron Gumersindo y Gerardo. Ellos, la misma noche que lo hizo José Miguel, casi a la misma hora, hicieron lo propio, en tan distantes sitios. El primero en la Cárcel de San Isidoro, en Puebloyán, con un cuchillo fabricado por él mismo, con una cuchara. El segundo lo hizo en la Cárcel La Pasarela, en la ciudad capital, con un pedazo de gancho metálico al que le sacó punta contra el pavimento del piso y las paredes de su celda. Se desangraron por más de cuatro horas, sin pedir ayuda ni emitir el más mínimo quejido, hasta cuando la muerte, hacia la madrugada, les hizo la misericordia de acabar tan horrible dolor y agonía macabra, no solo en lo físico, que fue lo que menos los mortificó; nada comparable con esa tortura mental, proveniente de esa recriminadora voz interior que a toda hora escuchaban y que les taladraba el cerebro; además de hacerles hacer y decir, no lo que ellos quisieran, sino lo que la voz les imponía. Asimismo, se les repetía cada dos o tres horas, de día y de noche, la imagen del bello rostro ensangrentado de su última víctima. Tortura a la que estuvieron sometidos desde la misma noche que la violaron y asesinaron.

Con la captura de la presidente de la sala general y rectora nacional de la UPA, cuarenta y cinco días después de la denuncia que hizo el rector regional Caucal por lo del envío de los doscientos millones iniciales y los cien millones subsiguientes para lo del homicidio de Arinhayeth, se inició una avalancha de recriminaciones y acusaciones de tipo penal, no solo por lo de Arinhayeth, sino por malos manejos al interior de la universidad. Añagazas de carácter contable, financiero, evasión fiscal, lavado de activos, uso de empresas fachada paralelas a la UPA, enriquecimiento ilícito, violación al régimen laboral con irregulares vinculaciones del personal docente y administrativo, descuento de parafiscales a los empleados, sin reportarlos ni girarlos a las respectivas entidades e instituciones, como lo establece la ley, contrabando y dos homicidios más. Recriminaciones, confesiones y acusaciones hechas entre los nueve fundadores y los quince integrantes adicionales de la sala general, la mayoría de éstas declaradas bajo juramento en las diligencias judiciales, que por más de seis meses se prolongaron y que obligaron, por una parte, a la detención del ochenta y cinco por ciento de los integrantes de la sala general, del cien por ciento del consejo directivo, de dos vicerrectores, de cuatro directores nacionales, de tres rectores regionales, de cuatro decanos nacionales (entre ellos Manolito) y ocho regionales, así como de veintiún empleados de confianza entre profesionales, técnicos, administrativos y operativos.

Como consecuencia de la crisis administrativa y académica que ello generó, la UPA fue intervenida por parte del Ministerio de Educación, por aquello de otorgamiento de títulos profesionales sin el cumplido de las exigencias mínimas, en especial, a familiares de dueños y allegados, o para pagar algunos favores a personalidades de la política nacional y capitalina. Esta última medida, a su vez, generó una crisis de incredulidad e inseguridad entre los alumnos actuales, de los cuales solo se matricularon, para el siguiente semestre, el equivalente al nueve punto cinco por ciento; el resto prefirió trasladarse a otras instituciones de educación superior, mientras que a primer semestre (nuevos), para el siguiente período, tan solo veinticinco lo hicieron.

El rector regional Caucal, seis meses después de la ratificación de su denuncia contra los integrantes de la sala general por lo de los trescientos millones que recibió para organizar el homicidio de Arinhayeth, fue horrendamente acuchillado y despellejado por otro recluso, en uno de los patios de la Penitenciaría La Calva del Sur, a la hora de la puesta de sol. Su asesino enloqueció y fue trasladado a una clínica de reclusión siquiátrica, pues gritaba que lo hizo porque Dios, que vivía en su cabeza desde hacía unos meses, se lo había ordenado.

POSTRER CASTIGO

Una cuerda hecha con jirones de su pijama, atada a las rejas de la ventana de su celda, a sus setenta y ocho años de edad, cerró sus ojos y mitigó la agonía de la exrectora nacional de la UPA, ahí, en El Buen Rabadán, donde fue recluida dos años después de haber sido capturada. Suicida decisión esta, que tomó cuando el tribunal dispuso la expropiación del ochenta y cinco por ciento de los bienes de los nueve fundadores de la universidad, tras comprobárseles los manejos al margen de la ley para su obtención y al amparo del régimen sin ánimo de lucro de esa institución de educación superior. Ella, la expresidente de la sala general, otrora tiempos poderosa directiva universitaria, no aceptaba ni resistía la decisión judicial de dejar a sus hijos y nietos sobrevivientes sin lo que ella y su difunto esposo cosecharon por más de cincuenta años. Soportó muerta en vida las pérdidas de su hijo y la de su esposo en tan absurdas circunstancias; lo mismo hizo cuando el juez le dictó la condena a veintiocho años de prisión por el concierto de delitos que le comprobaron, junto con otros fundadores y empleados de la UPA: establecimiento de educación superior que finalmente cerró sus puertas al no superar la crisis en la cual se sumió después de las condenas de sus directivos. Ni siquiera se recobró cuando el Gobierno la declaró casa universitaria nacional.

Todo eso lo había, al fin y al cabo, soportado. Pero, que a sus setenta y ocho años le confiscaran su patrimonio, a la postre el de sus hijos y nietos, lo que virtualmente los reducía a la miseria, a la cual no estaban acostumbrados, fue fulminante. Y como su corazón, caprichoso, persistía en su terco empeño de seguir latiendo en contra de su voluntad, aquella noche hizo jirones su pijama, con los que elaboró un resistente cordón que amarró, un extremo a los barrotes de la ventana de su celda y, el otro, mediante un nudo corredizo, a su frágil cuello. Haló con gran tenacidad y decisión inquebrantables. Estaba resuelta a cumplir su objetivo suicida. Soportó el fatídico dolor y la angustia de la presencia de la muerte hasta cuando su corazón dejó de latir.

Unos días antes le había dicho al médico de la penitenciaría que padecía de un impresionante y perenne dolor de cabeza. Sin embargo, la verdad, no era el dolor de cabeza lo que la afectaba con ahínco. Era algo más tormentoso. Se trataba de esa maldita voz en su mente, imposible de callar, que le gritaba, a todo momento: «¡Asesina!», desde cuando vio a su hijo y a su esposo, allí, en el fino piso de mármol de la Catedral de Puebloyán. Voz que después le fue justificando que todo lo que le estaba pasando, desde la muerte de su hijo y la de su esposo y, ahora, lo de la UPA, se debía a la orden que había dado para asesinar a Arinhayeth; por lo cual ella debía pagar en vida la tortura de perderlo todo, incluso su miserable vida. En una de esas oportunidades la voz se identificó, explicándole que él era el profesor Nosly Roberto Mansera, de inmediato ella se acordó de él.

Con la muerte de Marty Falla Gonzaga, Nosly culminó su venganza. Era, entonces, la hora de hacer lo que había aplazado, hasta no castigar a todos y a cada uno de los causantes de su dolor más grande, nunca antes sentido ni vivido por nadie. Todos los que intervinieron de forma directa o indirecta en la muerte de su amada, así como aquellos que se prestaron para instar desviar el curso de los acontecimientos y hacerlo parecer como un simple accidente de tránsito de una mujer ebria, fueron ajusticiados, no sin antes someterlos a una portentosa e inenarrable tortura mental.

A la hora del deceso de Marty, dos años, tres meses, seis días y siete horas habían pasado desde el momento en el cual Nosly, impávido, sin poder hacer nada en absoluto, percibió los estertores emitidos en tan aciagas circunstancias por Arinhayeth, quien, en la entrada del frío del olvido, le solicitaba ir a su encuentro, tras develarle y dejarle expósita toda su vida para que él le entendiera su proceder, su singular forma de amar; pero, sobre todo, para que la perdonara, para que la siguiera amando y presto fuera tras ella.

RECUPERACIÓN...

El tío Arnoldo, al enterarse de los acontecimientos de Puebloyán, al siguiente domingo de los hechos relacionados con la muerte de Arinhayeth, fue a ver a su sobrino para encargarse de todo aquello que estuviera a su alcance; pues, se imaginó que, al haber perdido a su compañera, Nosly quedaba desprotegido, por lo que él tenía que hacer algo. Recordó, según se lo dijo la última vez que habló Soledad Daniela, que ella y sus hijos estaban pensando, ahora sí, llevarlo para la capital, para su casa, con los suyos, ya que las cosas estaban mejorando.

En anteriores oportunidades el tío Arnoldo impidió que fueran a verlo, y hasta suspendió las gestiones para que se lo llevaran para la capital, buscando siempre evitar dar explicaciones sobre la existencia de Arinhayeth. Siempre presentó pretextos como el tratamiento; las terapias que requerían internados prolongados sin posibilidad de visita; o los riesgos que implicaba un traslado, entre muchas otras estratagemas. En cada oportunidad él se comprometió a cuidarlo, a estar pendiente de todo, a asumir costos; incluso, no hacía más de cuatro meses, última oportunidad que la familia de Nosly manifestó que se lo quería llevar, el tío Arnoldo se las ingenió para evitarlo.

Pero, ahora, dadas las actuales circunstancias y cambios acaecidos con la muerte de Arinhayeth, la situación era otra y tal vez era el momento de hacerlo. Con esa resolución llegó el siguiente domingo a la casa de su sobrino y se lo dijo a la mamá de Arinhayeth, a su sobrina, y a la empleada que lo asistía. Nosly, incluso antes de que su tío hablara, ya había leído sus intenciones, por lo que colocó sus palabras en los labios de la sobrina de Arinhayeth: «Nosotras estamos de acuerdo… Sin embargo, le solicitamos, por favor, que no sea tan rápido; al menos permítanos su compañía dos, tres o cuatro meses más… después, que haga Dios su santa voluntad».

Ese era el tiempo que calculaba Nosly para ejecutar su venganza con la gente involucrada en Puebloyán. Después sería más favorable, para fortalecer y dirigir la arremetida contra las directivas de la UPA en la sede principal, estar en la capital de la república.

Una vez ejecutados los tres autores materiales, dos en Puebloyán y el otro en la capital; así como José Miguel, su primo el concejal, Pablo Robles y el rector regional Caucal, autores intelectuales en Puebloyán; y todos aquellos involucrados de manera indirecta en el complot, Nosly dispuso el regreso a su formal hogar en la capital, junto con la empleada que lo asistía, para no causarles a su esposa e hijos ninguna incomodidad para su atención.

Antes de su regreso coordinó el traslado de su renta vitalicia por incapacidad física para seguirla cobrando allá. Hizo la transferencia del dominio de la casa que figuraba a nombre suyo y de Arinhayeth, a la madre de esta, con una cláusula de nuda propiedad a nombre de sus tres hijos, comisionando al notario garante para que, a la muerte de la nueva propietaria, ese despacho se encargara de las notificaciones de ley. Por su parte, a su tío Arnoldo le hizo transferir el valor del seguro por pérdida total del vehículo, para que diera la cuota inicial para su nueva casa en Caliventura.

Para entonces, y como resultado de las tres horas de ejercicio físico y oratoria que, a la madrugada, todos los días, practicaba en la intimidad de su habitación, y desde hacía seis meses, Nosly recobró por completo su movilidad, estado físico y expresión oral. Sin embargo, y debido a ese gran esfuerzo mental que venía haciendo a fondo; con gran énfasis y desgaste inusual desde la muerte de su amada para controlar el rumbo de su vindicada causa en contra de los implicados; su memoria agudizó una franca decadencia, en contraste con su poder de penetrar y controlar la de quienes él quisiera. Esto le aterraba, pues aún le faltaba orientar y asegurar lo pertinente con los directivos de la UPA en la capital, por lo que decidió acelerar el proceso, sobre todo contra Marty, a quien en un principio sentenció a diez años de tortura mental. Sin embargo, él era consciente, y algo le indicaba, que el tiempo se le acortaba y que Arinhayeth lo estaba llamando con insistencia, lo estaba necesitando allá, donde permanecerían para toda la eternidad, sin que nadie los separara, o eso era lo que él esperaba y pensaba con el deseo.

Su regresó a casa fue emotivo para todos. Su esposa, quien había envejecido dramáticamente en esos ya casi ocho años desde su secuestro, lo recibió con un beso tierno en la boca, con un «te quiero» y con un «me alegra que estés de nuevo aquí». Emotiva expresión que no esperaba Nosly. Ese gesto le conmovió y comprimió su corazón. Sus dos hijos lo abrazaron y besaron; de igual manera, le dieron la bienvenida. Esa escena familiar no estaba en sus planes. Tuvo la intención de penetrar sus mentes para buscar si aquellas manifestaciones eran o no sinceras; pese a ello se contuvo. Quería que su relación con su familia formal fuera lo más normal posible, sin interferencia de ninguna índole, sin importar las consecuencias. Bastante tenía con el control sobre el accionar contra los directivos de la UPA, como para darle más trabajo a su cansada mente y a su afligido espíritu. Quería dar por cierto todo lo que su esposa e hijos, último reducto para sus cansados pasos, le profesaran, bueno o malo, y así lo iba a aceptar y dejar.

No pudo evitar las lágrimas cuando en la pantalla del teatro interactivo de la sala de su casa, en donde se veía la televisión, videos y se navegaba por la internet, apareció su hija menor, desde Londres, al lado de su esposo y de su primer nieto. La alegría y la congoja, a la vez, fueron inmensas. Por primera vez en la vida su familia le expresaba cariño, admiración, respeto y, sobre todo, agradecimiento. Sintió que sus piernas, ahí, sentado en esa silla de ruedas, se le entumecían de la emoción, y que lo instaban para que se pusiera de pie y los abrazara, y los besara, y les dijera cuánto los quería y la inmensa falta que le habían hecho durante todo ese tiempo... pero se contuvo.

Nunca supo la razón, mas así lo hizo. Pudo más su morboso afán por coronar su inicua venganza contra los directivos de la UPA, en especial contra Marty, la victimaria intelectual de su amada Arinhayeth, que la necesidad trocada en ansiedad por expresar afecto y amor para sus seres queridos; ellos, sus seres queridos, tal vez sin quererlo, o tal vez por culpa suya, era muy posible, endurecieron, cristalizaron, envilecieron su corazón. Él creía que habían sido tantos, pero tantos, los desaires y las diatribas arteras propiciados por cada uno de ellos, que su alma, en ese momento, experimentó la dualidad del sinsabor y el amor hacia ellos. Sin embargo, en su mente se creó de inmediato el conflicto de saber que su esposa, a pesar de los años de ausencia, a pesar de su manifiesta (como lo creía él) expresión de nunca haberlo querido, se mantuvo firme en sus votos matrimoniales y no permitió que otro hombre cubriera su vacío. Más bien se entregó de manera total y exagerada al cuidado de sus hijos; al punto que hoy, cuando el ebúrneo trasegar de los años le pasaba costosa cuenta de cobro, como si nada, lo premiaba con esa bienvenida, que él no merecía —se recriminó—, pues su corazón ahora le pertenecía, de manera irremediable y completa, a Arinhayeth, quien en esos años de relación lo compartió, de forma indiscriminada, con cuanto hombre se le apareció, justificando su conducta, bien por su ausencia, bien porque sus instintos se imponían sobre su voluntad, bien… por cualquier otra razón que se le ocurriera en el momento, pero que él le perdonaba y aceptaba.

Conflicto este que sumió a Nosly, en el tiempo que le dejaba libre su empresa vengadora, en profunda angustia, fatal nostalgia, hipocondría sentimental que agravó, quizá por voluntad propia, su amnesia, que para la fecha del suicidio de Marty ya estaba muy avanzada, a tal punto que olvidó, pocos días después, incluso su intención de mantenerse en el mutismo y la autoimpuesta inmovilidad. Por lo que se convirtió en un gran problema para la empleada y, desde luego, para su familia, ya que a cualquier hora del día o de la noche salía de su casa en busca de Arinhayeth, según se colegía de su perorata ininteligible.

EPÍLOGO

La primera vez que Nosly salió sin que nadie de la casa lo notara, pues lo hizo a la una de la mañana, un mes después de la muerte de Marty, duró perdido tres días. Lo hallaron, casi en estado de inanición, por la carretera nueva a la Callera. Y así lo hizo cuatro veces más, hasta cuando su esposa y sus dos hijos optaron por mantenerle vigilancia permanente para impedirle sus evasiones, causadas, según los médicos, sicólogos y siquiatras que lo comenzaron a ver, por un estado de degeneración progresiva e irreversible de sus facultades mentales, recomendando se le internara en una clínica especializada. Dictamen al que sus hijos y su esposa se opusieron rotundamente; mas no así el agente Salas.

Este funcionario le seguía los pasos a Nosly desde Puebloyán, pues tenía el convencimiento, pero sin pruebas concretas para acusar y solicitarle medida de aseguramiento, que el autor de las muertes de todos los involucrados con el asesinato de Arinhayeth era él. Sospecha que se fortaleció cuando Nosly dejó ver la falsedad de su paraplejia y mudez. A tal desconfianza se le sumaron los indicios y declaraciones de testigos coincidentes, que manifestaban, dubitativamente, haberles parecido ver, en las escenas de los citados crímenes, una sombra de un hombre vestido de negro, con guantes, sombrero y gafas del mismo color, tal y como Nosly vestía desde el día del funeral de Arinhayeth.

De muy poco valió el esfuerzo de la vigilancia, pues cuando Nosly percibía que lo estaban haciendo para controlarle sus incursiones, volvía a usar su robustecido poder de penetrar y dominar mentes. Y lo hacía con agresividad contra el que estuviera de ronda. Incluso llegó a ordenarles romper los candados y rejas instalados para asegurar su cuarto, haciéndolos usar sus propias manos, lo que, como era obvio, les causaba lesiones graves. El gran riesgo estaba en que una vez al aire libre, en aquellos lugares a donde solía ir al encuentro con Arinhayeth, según lo expresaba con exquisita y bella prosa romántica y social, especialmente hacia las diversas salidas de la ciudad capital, él perdía por completo su memoria y conciencia, deambulando sin ninguna precaución por calles y parajes, entregándose en exclusiva a su amada. Entonces olvidaba su presente y vivía su pasado al lado de ella, quien lo llamaba, quien le suplicaba y le indicaba para que fuera a su encuentro, ahora que les había hecho pagar con sus miserables vidas a todos aquellos que le propiciaron su nefasta partida.

Mientras su mente se distraía y refocilaba con el recuerdo de su amada, pero que él creía que vivía en el presente, su cuerpo vagaba sin control por esos lugares, con un comportamiento muy agresivo si alguien se le acercaba o instaba controlarlo, al punto que las autoridades, luego de seis meses de su primera incursión, optaron por usar dardos tranquilizantes o descargas eléctricas para poderlo someter y entregarlo de nuevo a la familia; hasta cuando fue imposible doblegarlo, ya que se anticipaba a las acciones de los agentes encargados del sedante o de aplicarle la descarga eléctrica, a quienes sometía mental y brutalmente, llevándolos, incluso, al borde de la locura; y en dos oportunidades, ocasionándoles la muerte a tres de ellos.

La situación, al parecer, era incontrolable. Por fortuna, a las setenta y dos horas de iniciada la crisis, todo volvía a la normalidad y él regresaba, o se dejaba llevar, de forma pacífica, de nuevo a su casa. Pero tenía que ser a su casa, ya que tornaba de inmediato hacia su agresividad, peligrosidad e imposibilidad de controlarlo cuando se le intentaba conducir a otro lugar. Como sucedió varias veces que, aprovechando su pasividad, el agente Salas instó conducirlo a sitios diferentes, entre estos al Hospital Central para internarlo, o al *bunker* de la Fiscalía para interrogarlo por su participación, de alguna forma, argumentaba el policía encargado del asunto, en los suicidios y extraños asesinatos de todos los involucrados en el homicidio de Arinhayeth. Teoría aquella que hacía carrera en ese ente investigador a partir de la gran conexidad que ahora flotaba, con gran evidencia, entre uno y otro caso, incluido el operativo en Timbianí y su anterior y aún no aclarado secuestro.

Fueron dos terribles años durante los cuales la familia de Nosly, y sus vecinos, vivieron tan aciaga situación. Las crisis se fueron presentando cada vez más seguidas y violentas, al comienzo con lesiones graves causadas a los agentes del orden, y desenlaces fatales en las últimas arremetidas. El caso Nosly dejó de ser un asunto clínico; el cual nunca pudo ser explicado por médicos, sicólogos ni siquiatras. Tampoco por la Iglesia, la que intervino ante los escándalos del hombre poseído por el demonio. Entonces se convirtió en policiaco, de orden público, a tal punto que el agente Salas logró que se dispusiera de tres cordones de seguridad alrededor de la casa en donde habitaba el engendro, con órdenes precisas de mantenerlo a raya, al costo que fuera, lo que obligó a que el barrio, tres cuadras a la redonda, fuera evacuado y militarizado.

Aquella postrera noche Nosly hizo que tres de los guardias, fuertemente armados, apostados a prudente distancia de la puerta blindada que le instalaron en la entrada de su habitación, como no tenían las respectivas llaves para abrirla, hicieran estallar sobre las bisagras y chapas las granadas de dotación de cada uno, y dispararan ráfagas de sus respectivos fusiles hasta echarla por tierra. Una vez logrado su objetivo, les ordenó dejar sus armas en el piso y no intentar detenerlo. La alarma en los tres cordones de seguridad subsiguientes no se hizo esperar. La orden era dramática y clara: el primero que viera fuera del perímetro de seguridad a Nosly, un paso afuera de su casa, debía disparar a discreción.

Una vez en la puerta de la casa Nosly leyó las órdenes que tenían que cumplir cada uno de esos veinticinco hombres apostados en las terrazas de las casas y esquinas de las primeras calles, y que constituían el primero de los tres anillos de seguridad montados para contenerlo. Pero, no hizo nada para evitarlo. Quizá eran muchas mentes para controlar al mismo tiempo; o, tal vez, era consciente del gran daño que le estaba causando a su familia; a esa familia que lo recibió con amor, agradecimiento, cariño y respeto, y a quien no

había sabido, o quizá no había querido, responder…
Quizá era el pago por lo que, antes de su secuestro, su
familia le hizo sentir… sufrir… padecer. Les estaba, tal
vez, cobrando con creces todas sus frustraciones como
esposo y padre. Sin embargo, reflexionó, tal vez el
equivocado era él al no entenderlos en ese entonces y
querer que sus hijos y su esposa fueran lo que él creía
que debían ser, desconociendo que cada uno de ellos,
equivocados o no, eran universos totalmente autóno-
mos y distintos; que instar cambiarlos a como él quería
o creía que debían ser, no dejaba de ser más que una
posición egoísta, egocéntrica, y por demás terca.

Lo mismo le había pasado con Arinhayeth, lo reconoció en ese momento. A ella quizá nunca la entendió, pese a ello instó, otra vez con obstinación, cam-
biarla, a pesar de lo feliz que era en su estado natural.
¡Sí!, ella le demostró que ni era ni quería ser la que él
buscaba, lo cual, incluso, la llevó a la muerte.

Entonces, lo entendió a cabalidad, era él, solo él,
el gran verdugo, el arquitecto del desastre, no solo de
su vida, sino de su familia, de su amada, en nombre de
su fatal egolatría; por lo tanto, él debía pagar por sus
errores. Tenía que ir, de una vez por todas, allá, a donde
lo aguardaba, con ansia desmedida, su Arinhayeth.

¡Sí! Había llegado la hora, el momento de ir al encuentro con su amada, quien ahora estaba ahí. Esta vez
sí había llegado cumplida a la cita, ahí, al final del postrer crepúsculo de la tarde que se desvanecía en las
sombras de la noche oscura lo estaba esperando, con
los brazos abiertos e iluminándole el delicado, perfumado y florecido sendero, engalanado a lado y lado con

la exquisita aromada de la flor de cera, esencia que le indicaba, que lo llevaba hasta ella, hasta esa mirada que sonreía, que embrujaba y que embriagaba... ¡oh, bella trigueña bella!

¡Ahí estaba Arinhayeth! Tenía puesta esa sedosa bata lila floreada que tanto le gustaba verle puesta; la misma vaporosa prenda que llevaba el día de su reencuentro en Timbiani. Esta vez, como en esa ocasión, ella lo tomó en sus brazos y lo apretó contra su regazo, partiendo, con destino incierto, al final de los adioses olvidados, mientras le cantaba al oído la narración que alguna vez, ebrio por los celos, le compuso, pero que guardó para este momento:

"¡Sonríes con tus ojos, Linda! Felicidad y necia picardía, incontrolables, aunque instes impedirlo, se asoman a tu mirar, dispuestos a ser capturados en mis versos...

Cuando sonríen tus ojos, Linda, exhalas exquisita alegría y embriagas de poesía y románticas melodías la estancia engalanada con tu presencia, rociando con susurros de dicha los rincones de mi melancolía...

Esa sonrisa tuya, Linda, es tesoro invaluable.

Cuando sonríen tus ojos, anegas de fantasía el valle triste de mis versos muertos...

Amarte, como te amo, Linda... ¡Dicha preciada! Emoción atorrante en mis añejos años. ¡Locura y delirio embriagante de néctar libado en los rebosantes pétalos de pasión que Dios, caprichoso, te ofrendó por labios!

Y aunque amarte, Linda, como te amo, no ha sido tarea fácil... y aunque no pude conquistar el pedestal de tu esquiva confianza... y aunque no haya logrado, y me declaro vencido en esta lid, encausar el torrente confundido de tus dispersos, inquietos y montaraces sentimientos por el camino espinoso de la íntegra fidelidad, ya que tus pasiones clandestinas e inconfesas doblegan tu espíritu taciturno, seduciendo fácilmente tu débil voluntad, siempre quise, necio, guiarte por la senda que conduce al jardín de la añoranza de mis versos tristes...

Hoy confieso a gritos, Linda, pese a todo, lo feliz que a tu lado he sido, en especial cuando sonríen tus ojos para mí e iluminas con el resplandor de tu mirada mi existencia que exhala en el ocaso ebúrneo de mis días...

Sin embargo, Linda, la vorágine de las dudas me arrastra, perenne, al oscuro laberinto de las calladas angustias que asesinan y ahogan en la nostalgia; pues me agobia, me enloquece y enceguece el resplandor estridente de tus ojos cuando el motivo que te anima es esa maldita ilusión aleve que ulula en tu corazón desde cuando, quizá sin proponértelo, tal vez por algún capricho, le permitiste entrar a tu vida y se quedó, y tú no lo dejas, pese a mis súplicas, que se vaya, sin importarte que por ello mis sentimientos sean presa de dolor y exhalo....

Mas hoy, sólo te pido, por último, Linda, que cuando mi vida, enferma de tristeza y corroída en el fracaso del amor, parta a lontananza, me prodigues una postrera sonrisa de tus ojos...

Hasta la eternidad, siempre tuyo, amor".

La ráfaga proveniente del francotirador apostado en la terraza de la casa de enfrente; muy cerca de donde montó su punto de mando y operaciones el agente Salas, quien en última instancia autorizó disparar, retumbó en el silencio de la joven noche, una vez Nosly pisó el antejardín al terminar de declamar, al vacío, cual si lo hubiera hecho a una mujer real, aquella emotiva narración a la sonrisa de los ojos de su amada.

Seis proyectiles rasgaron la penumbra y el estridente silencio de la agonía de la vida, penetrándole su humanidad, haciéndolo retroceder metro y medio hasta donde lo recibió su esposa con los brazos abiertos. Soledad Daniela se había despertado por el estruendo de las detonaciones de las granadas y salido de su alcoba —tras rogarles a los agentes que le reiteraron el riesgo que corría si lo hacía— en busca de su esposo, dispuesta a no dejarlo ir solo esta vez. Ella conocía la sentencia establecida por las autoridades en cuanto él pusiera un pie en la calle. Dos de los proyectiles traspasaron el cuerpo de Nosly y alcanzaron el de Soledad Daniela, hiriéndola de muerte, haciéndola caer al piso, abrazada a su esposo, a ese hombre que hoy moría por todo lo que quiso ser, pero que nunca fue… que no alcanzó a cumplir… que el propio caprichoso destino, siempre, le impidió lograr...

Ahí estaban los dos, al final del crepúsculo del olvido, y mientras los estertores de la muerte se hacían presentes, arrebatándoles el hálito, Soledad Daniela le tomó la mano inerte, como él le había pedido, unos días antes del secuestro, en esa, la última de sus narraciones que a ella le dedicó y al oído le cantó: *Cenizas de dolor*, de la cual, en esos aciagos momentos, ella le repitió la estrofa final que tanto la conmovió, no solo el día que Nosly, a su oído, quedo, le cantó, sino siempre que la recordaba:

> *"...mira que es breve la brizna*
> *que falta por recorrer el valle...*
> *Por eso, por siempre amada esposa mía,*
> *hoy solo quiero suplicarte por vez última,*
> *que al caer la tarde,*
> *que al momento de los adioses postreros*
> *de nuestras vidas,*
> *tú y yo partamos a lontananza,*
> *cogidos de la mano, cual si me quisieras..."*

En esos infinitos segundos cuando las luces de la vida se esfuman entre las sombras del olvido, ella le confesó a su oído lo mucho que siempre lo había amado… con ese amor difícil, lo reconoció, al que, sin saber por qué, lo condenó y por el cual él de ella se alejó… se perdió él… lo perdió ella… pero, esa era su única y rara forma de amar… no tenía otra. Así lo amó desde el principio y lo amaría toda la eternidad… él, su único hombre, su única y verdadera pasión; a quien le fue, siempre, fiel. Integra. Solo suya. Ella, mujer de un solo hombre, de un solo amor, hoy, ahora, ahí estaba, junto a él, dispuesta a seguirlo a donde fuera… cogidos de la mano, queriéndolo… amándolo, como siempre lo hizo… y él le había pedido...

Años antes esta declaración hubiera cambiado el curso de tan aciaga historia. Habría mitigado el dolor de un hombre que amó y sufrió, recibiendo en pago el indecible e inmarcesible dolor del aparente amor no co-rrespondido de su esposa; y que lo arrastró al caudaloso desamor, traicionero, aleve, infiel, letal que le prodigó Arinhayeth.

¡Sin embargo, esta vez era la muerte la encargada de volverlos a separar! ¡Cuán tarde fue! Nosly falleció sin oír la postrera, fúnebre, sentida y sincera declara-ción, desesperadamente apasionada y enamorada de su esposa, quien segundos después emprendió oscuro y solitario viaje al más allá; mientras que él, en etéreo sentimiento, atrapado en el resplandor de la seductora sonrisa de aquellos ojos de miel, se fraguaba hacia in-finito con el hálito de su infiel y letal amante, disipán-dose en el olvido, en la nada… dejando, una vez más, sola, allá, en la eternidad, a su difícil, pero al fin y al cabo, fiel esposa: Soledad Daniela.